JN319415

文庫

贈る物語 Terror

みんな怖い話が大好き

宮部みゆき編

光 文 社

「さるの手」後藤一之・絵／講談社刊『世界の名作怪奇館1　ハルツ山の人おおかみ』より

心の外にあるものを欲しがると、怖い目にあうよ。

贈る物語　Terror　目次

第五章　生者の恐怖と悲しみと　287

はじめに　怖いお話へのご招待と、本書の使用方法について

ようこそおいでなさいました、この恐怖の館へ！

などと書き出しますと、お化け屋敷の口上のようですね。でも、本アンソロジーの趣旨は、まさにお化け屋敷。とびきり怖い、粒ぞろいの〝人外のモノ〟が、読者の皆さんをお待ちしています。

まず最初に、本書の「使用法」について、ちょっとご説明いたしましょう。

もしも今このページを御覧の皆さんが、ホラーやサスペンス小説のファンであるならば、目次を一瞥《いちべつ》しただけで、

「あれ？　なんか有名な作品ばっかり並んでるじゃん」

と、思っていることでしょう。そうなのです。本書の収録作品をセレクトするとき、わたしは、
・既存のアンソロジーから採ること。
・そのアンソロジーは、入手が比較的容易であること（新刊書店で買える、もしくは図書

館や古本屋さんで見つけられる)。

　このふたつの条件を定めました。ですから、ちょっとでもこの分野に興味のある本好きの方《かた》ならば、親本の方《ほう》を読んでいたり、手元にお持ちの可能性が高いと思います。

　だから、そういう方《かた》は、この本を買っちゃいけませんのよ。

「そんなアンソロジー、どうして作る必要があるの?」

「アンソロジーってのは、書き下ろしのオリジナル作品を集めて作るか、さもなければ、読《よみ》巧者《こうしゃ》の読書人が埋もれた傑作を紹介するために作るものじゃないの?」

　どちらも正しい疑問です。実際、その種の傑作アンソロジーはたくさんありますし、わたしもそれらから、一夕どころか十夕、百夕もの愉《たの》しみを与えてもらっています。

　でもね——一方で、ちょっと気になることもある。それは、良質なアンソロジーはたくさん出版されているけれど、それらの大部分が、新刊書として書店にお目見えしている期間が、どんどん短くなってきてはいないかな、ということです。それともうひとつ、本好きにとっては今さら言及するまでもない傑作であっても、「小説にはあんまり関心がない」という方にとっては、永遠に無縁のもので終わってしまうということもあります。

　前者については、たとえば、一時新潮文庫でどんどん出版してくれて、わたしなんぞは狂喜乱舞していた『ナイト・フライヤー』を始めとする一連のアンソロジーは、現在品切れ状態。新刊としては手に入りません。在庫の品揃えが素晴らしい上に、頻繁に「復刊フェア」

をやってくれる早川書房の本でも、文庫版の『幻想と怪奇』は、やはり新刊書店では入手がきわめて困難です。本書で親本としたアンソロジーのなかで、「他の作品も読みたい！」と書店に駆けつけた方《かた》が、その場で確実に入手できるものといったら、東京創元社の本だけでしょう（それだけに、今回これを編んでみて、東京創元社の功績の偉大であることを再認識しました。敬礼！）。

後者については、たとえば「猿の手」と言えば〝三つの願い〟だよね、あれは怖いよねえ――と、知っている人にはもはや常識、いつでも盛り上がることができるけれど、知らない人にとっては、「それ何？」で終わってしまうことですよね。これは何とももったいない。もちろん、「知っている人は知っているけれど、知らない人は全然知らない」というのは、物事の健全な形だとは思うのですが、それでも知ってもらいたい、だって面白いんだからサということを、わたしはいつも思っていました。

それなら、今さら取り上げるのも気恥ずかしいような有名作品ばっかり採録したアンソロジーでも、いっぺん編んでみたらどうだろうか？　もしかしたらそれが入口になるという幸運に、恵まれないとも限らない。

これが、本書の企画の始まりでした。

「じゃ、どうして怖い話ばっかりなの？」

これも、もっともなご質問です。答えは簡単。わたしはコワイお話、とりわけ英米の短編恐怖小説が、死ぬほど好きで好きで好きで大好きでたまらないのです。子供のころから青春時代まで、もっぱらこの手のものを読んで過ごしましたし、今でもしょっちゅう書店を彷徨《ほうこう》しては、何処《どこ》かで美味《おい》しそうな匂いがしないかと鼻をクンクンさせています。ですから、どうしても、一度は自分の好きな作品をセレクトしたアンソロジーを作ってみたかった。また、これはほんのオマケ要素ですが、ここ数年、「作家になる前のミヤベさんはどんな本を読んできたんですか」というお問い合わせをいただくことが多く、もしも自分の好きな短編アンソロジーを作ることができれば、そういうご質問に対する、いちばん率直なお返事になるだろうという希望もあります。

怖い話というのは、老若男女、あらゆる人の関心を惹《ひ》くもの。その点で入口になり易いということも考えました。あと、長年これらの作品群に親しんできたファンの一人として、怪奇体験ばやりの昨今、雑誌やテレビで「わたしの体験談」として紹介されている逸話のなかに、「え？　これはあの有名な短編だよ！　小説だよ！　パクってるじゃん！」と、地団駄踏んでしまうようなものが混じっていることがあるのも、気になっていました。前述した、「知ってる人にとっては有名でも、知らない人には知られていない」ということの良くない側面が、そんなところで露呈しているのは悲しいことだとも思っていました。

そんなこんなで、本書は誕生しました。

本はその読み手に忠実な、心の広い親友です。知ってる作品ばかりでも、「もう一回読んでみるか」と手に取っていただけるも好《よ》し、「クリスマスだから、誰かに贈ろう」と思っていただければまた好し。どうぞお心のままに、本書を貴方《あなた》の良き友として遇してくださいませ。もしもそれがかなえば、編者にとって最高のクリスマス・プレゼントになります。

それでは、恐怖の館の本館へとご案内いたしましょう。

文庫版のためのまえがき

二〇〇二年十一月に上梓されました本書が、このたび光文社文庫に入ることになりました。親本は〝贈る物語 Gift for you〟というコンセプトのもと、綾辻行人《あやつじゆきと》さん編の「Mystery」、瀬名秀明《せなひであき》さん編の「Wonder」、宮部の「Terror」の三冊が同時に刊行されたのですが、文庫版では、十月から十二月にかけて三冊を順次刊行する形となり、合わせて副題も新しいものを添えることになりました。

私たち編者の三人も、版元の光文社さんも、刊行当時、『贈る物語』がクリスマスプレゼントとして使われるといいなという希望を抱いておりました。そのために、たいへん美麗な装丁とパッケージボックスで、豪華な三冊揃えをこしらえていただきました。

文庫版はぐっとシンプルに、ハンディで可愛らしい本となりました。ただ、中に詰まっているそれぞれの編者の情熱と企みに変わりはありません。多くの読者の皆様に、この三冊を愛でていただけますように！　刊行順で、はしなくもトリを務めることになりました編者として、あらためてここに深くお願い申し上げます。

編纂に先立ち、編者三人で集まって座談会をした折に、本好きの病膏肓《やまいこうこう》に入《い》る度合いは同じでも、作ろうとするアンソロジーの方向性はそれぞれ微妙に異なっているのがわかって、とても刺激的でした。完成したアンソロジーを手に取るときにはワクワクしました。私たちのそういう心躍る気分が、ページを通して皆様のお手元にも伝わってくれたら、これ以上嬉しいことはありません。

私は江戸物の怪談は書いておりますが、現代物ではストレートな恐怖小説を手がけたことがほとんどないので、本書で初めて、宮部の嗜好《しこう》（とルーツ）は、実はこういう方面にあったのだと、いわばカミング・アウトした格好になりました。英米の恐怖短編小説が好きで大好きであることは現在も変わりなく、「何か怖いものはないか、新しいゴースト・ストーリーはないか」と鼻をクンクンさせながら本屋さんを彷徨う「好きモノ」の暮らしは依然として続いております。そのなかで、デイビィット・マレルの「オレンジは苦悩、ブルーは狂気」をタイトルとした短編集や、ウェイクフィールドの恐怖短編集が平台に並んでいるのを見つけまして――これは純粋にタイミングの問題で、私の手柄でも何でもないんですが、どうしようもなく嬉しくて、ちょっとだけ肩で風切って書店のなかを歩いてしまったこともあります。

本書の巻末に、そのエピグラフの詩を引用させてもらったトルーマン・カポーティの『冷血』は、二〇〇五年に新訳新装版が上梓され、今年になって、カポーティがこのノンフィクション・ノベルをどのように書き、その後まったく書けなくなってしまったのはなぜなのか、当時の事情を題材とした映画も公開されました。カポーティを演じたフィリップ・シーモア・ホフマンは、これでアカデミー主演男優賞を受賞しましたが、しゃべり方までカポーティそっくりで、この映画そのものが、私にとっては静かなるTerrorにほかなりません。

という次第で、些末《さまつ》な思い出話や思い入れを書いたらきりがないのですが、終わりにひとつだけお詫びを申し上げます。粗忽者の私は、本書中の作品紹介の文章で、何度かネタばれに近いことをやらかしていると——このたびやっと気がつきました。

何度も読み直しているのですが、まるで自覚がなかったのは、それぐらいこのアンソロジーができたこと、作れたことを喜んでしまっていたからでして、まったくお恥ずかしい限りです。収録作品のすべてを、私自身は繰り返し繰り返し読んでいたので、内容がもう頭に染みこんでしまっていたということも、筆を滑らせる一因だったのではないかと思います。にわかアンソロジストの軽率をお許しください。

ともあれ、どの収録作も、多少のネタばれニアミスがあっても興趣が減るようなヤワな作品ではございませんし（わぁ、すごい開き直りだ）、もしかしたら私が怖いと感じて売り込んでいる部分とは違う部分に恐怖のポイントを見出される読者の皆さんもおられるかもしれませんし（これが恐怖小説や怪談の面白いところです）、親本の文章をそのまま文庫版にも活かしてもらうことにいたしました。

存分にご堪能の上、身体の芯から震えあがっていただけると信じています。どうぞ良き読書のひとときを――恐怖の宴をお楽しみくださいませ。

第一章　知りたがるから怖くなる

巻頭の口絵――怖いでしょう。一度見たら、ちょっと忘れがたいでしょう?
この第一章では、「今まで読んだなかでいちばん怖い話はどれ?」と問われたら、とっさに頭に浮かぶ作品を三つ並べてみました。なかでも、「猿の手」には特別な思い入れがあります。

中学一年の夏、学校の図書館で、いっぷう変わった真っ黒な表紙の本を見つけました。『世界の名作怪奇館』全八冊。今思えば、この叢書《そうしょ》との出会いが、わたしのその後の人生を決めてしまった――と言っても、けっして大げさではありません。英米編、ヨーロッパ編、東洋編、日本編、ミステリー編、SF編、ノンフィクション編に分かれた構成で、各巻に収録されている作品は、小中学生向きに易しく改稿され、タイトルも親しみやすいように変えられてこそいましたが、まさに極上の逸品ばかりでした。たとえば文豪ディケンズの名を、わたしはこの本で初めて知ったのです。収録作品のタイトルは「魔のトンネル」。後年、元タイトルは「信号手」というのだと知りましたが、わたしにとっては今でも「魔のトンネル」のままです。

モーパッサンには、有名な『脂肪の塊』を読む以前に、この本に収録されていた「白い服の女」という冷え冷えした幽霊話を通してお目もじしました。ビアスにも、ゴーゴリにも、サキにも、他のどんな本より先に、親しく紹介してくれたのはこの本でした。高校生になって、やっぱり図書館でP・K・ディックやブラッドベリに出会ったとき、「あ、この話知ってる！」と思うことができたのも、この本のおかげでした。

（余談ですが、今も昔も文学少女ではないわたしは、D・H・ロレンスって一作も読んだことないぞと思っていたのですが、このアンソロジーのために書棚を見直していて、そういえば「木馬を駆る少年」という短編は読んでいたと気づきました。しかも好きな短編でした。この短編は、あの『チャタレイ夫人の恋人』の直前に書かれたもので、実は『チャタレイ』ともテーマが通底しているのではないかと思われるそうなのですが、だからって『チャタレイ』を読もうとしないのがミヤべさんの不勉強なところね）。

それほどにまでわたしを魅了した、さながら黄金郷《エル・ドラド》のようなこの叢書のなかに、「猿の手」もいました。そして、そこに添えられていた後藤一之さんの手になる挿絵のひとつが、本書の口絵になっている、不気味にして魅力的なあの絵なのです。何とかしてこれを再録したいという熱望がかなって、これほど嬉《うれ》しいことはありません。

さて、第一章に選んだ三作を並べてみて、今さらながら、これは三つとも、何かを「知りたい」と思ったからこそ怖いことに巻き込まれてしまった人びとのお話だな――と思いました。「幽霊《ゴースト》ハント」なんて、その典型。現在でも、テレビや雑誌で「心霊スポット探訪」は人気の高い企画ですが、なんでまたわざわざそんな場所へ行くのかと訊《き》かれたら、「だって……ホントにお化けが出るかどうか知りたいんだもの」としか答えられないですよね。「オレンジは苦悩、ブルーは狂気」の主人公も、友人の謎めいた死に疑問を抱《いだ》き、真相を知りたいとさえ思わなければ、あんな目には遭わなかったでしょう。

そして「猿の手」。もちろんこの作品のテーマは人間の欲望というものですが、でも、猿の手に願いをかける親子三人のやりとりからは、強い金銭欲よりも、「本当に願いがかなったりするの？　知りたいなぁ」という、無邪気な好奇心の方がより強く感じられるような気がします。

そう、昔の人はよく言ったものです。好奇心は猫を殺す。いえいえ猫だけでなく、人の魂をも殺すのです。でも、それでも知りたがるのをやめられないのが、人間の本質というものなのでしょう。

だからこそ、〝怖い話〟は普遍の魅力を持っているのです。

「猿の手」

もしもあなたが、「三つまでなら、どんな願いでもかなえてあげるよ」と言われたらどうしますか。笑い飛ばす？　誰かと相談する？　それとも、迷わず即座に願ってしまうほど、切実にかなえたい夢をお持ちですか？

この「三つの願い」をテーマにした小説は、古今東西にあまた存在しています。これは、人間にとって普遍で不変の問いかけなのでしょう。そして「猿の手」は、そのなかでも極めつけの傑作です。

なお、本書では、東京創元社刊『怪奇小説傑作集1』から採りましたが、この「猿の手」には、完訳完全版の別バージョンも存在しています。そちらには、暖炉の炎のなかに猿の顔が浮かび上がるという薄気味悪いシーンがあり、なかなか捨てがたい味があります。ただ、採録した邦訳の方《ほう》が編者には慣れ親しんだものであり、また、この不気味な腕のミイラが、本当に「猿」の手なのかと深読みしてみる愉しみもありますので、敢《あ》えて完訳の方を採りませんでした。

作者ジェイコブズの名は、我が国では、この作品と切っても切れない関係にあります。「連想ゲーム」（古いね）のお題に使えそうなほど。一八六三年生まれのイギリスの作家で、当時は大変な人気作家であり、多くの読者に親しまれたそうですが、一時の人気を得ただけで消え去ることなく、時を超え言葉の壁を超えて、今でも現代日本の読者を震え上がらせているというあたり、〝本物〟の威厳を感じますね。

「幽霊《ゴースト》ハント」

かつてのラジオドラマ全盛時代をご存じの方《かた》ならば、この作品から、骨に食い込むほどの恐怖と同時に、やるせないような懐かしさも感じられるのではないでしょうか。わたしの〝朗読してみたい短編〟ベスト5のひとつなのですが、ラスト近くの「ハハハハハハ！」という高笑いが難しいだろうなぁ。

親本の『一ダースの戦慄』は、昭和四十三年刊行の『ヒチコック監督は、素敵に怖い小説だもっとも怖い話』を改題したものです。ヒッチコック監督は、素敵に怖い小説のアンソロジーをいくつも編んでいて、なかでも、『母が語ってくれなかった物語』というのは、タイトルだけで金賞をさしあげたくなるものです。

この作者のウェイクフィールドもイギリスの作家です。英国には、正調怪談の伝統が脈々と流れているんですね。他の作品も読んでみたいという方は、創元推理文庫の『怪談の悦び』をどうぞ。巻頭に収録されている「ダンカスターの十七番ホール」は、それはそれは不気味なゴルフ場のお話で、古典的題材ながらも肌身に迫る生理的な怖さに、本作と共通する興趣を感じられることでしょう。

猿の手

W・W・ジェイコブズ　平井呈一＝訳

1

外は寒い晩で、雨がしょぼしょぼ降っていたが、レイクスナム荘のこぢんまりした客間には、ブラインドが下ろされ、暖炉《だんろ》があかあかと燃えていた。おやじと息子《むすこ》が将棋《チエス》をさしていた。おやじのほうは一殺封陣、相手を窮地におとしいれておいて、バタバタと詰もうという日ごろのハッタリ流で、今夜もわざとキングをきわどいあたりへ無鉄砲に進めてきたりするので、炉ばたで静かに編物をしていたしらが頭の老夫人までが、見かねてそばから口を出すという始末。

「そーら、あの風の音を聞いてごらん」

取り返しのつかない差し手ちがいを、遅かりしあとになって気づいたおやじのホワイト氏は、息子の目をうまくそれからそらせようとして言った。

「聞いていますよ」息子のほうは平気で盤面を見おろしながら、片方の手をついとのばして、

「そら、王手」

「今夜はあの男、もう来そうもなさそうだね」おやじは、盤の上に片手を浮かせたまま、言った。

「こりゃあ詰みましたね」と、息子は答えた。

「こんな遠くに住むと、だから困るんだ」ホワイト氏は、いきなり思いもかけないはげしい調子で言いだした。「どんなひどい泥《どろ》んこの場末だって、これほどひどかないぞ。横町ときたら田圃《たんぼ》だ。通りはまるで川だ。土地の人間はなんと思っているか知らんが、おおかたなんだろう、大通りに二軒しか貸家のないところなんざ、かまっちゃおれんと考えてるんだろう」

「まあさ、あなた、だいじょうぶですよ」と、妻君はとりなし顔に、「この次はあなたが勝ちますよ」

キッと見あげたホワイト氏の目は、ちょうどうまく、母親と息子が心得顔に見かわす目とを目をさえぎった。おやじの口から、出かかったことばがそのままスーッと消え、薄いゴマ塩のひげのかげに、うしろめたい苦笑がそっとかくれた。

「や、あの人、見えましたぜ」

門のとびらがバタンと大きな音をたててしまり、のっしりした足音が玄関へ近づいてくる

のを聞きつけて、息子のハーバートが言った。

老人はいそいそと立って行くと、玄関の戸をあけながら、遠来の客に、いやどうも夜分降る中を、とかなんとか、しきりに恐縮《きようしゆく》がった挨拶《あいさつ》をふりまいているのが聞こえた。客もまた、どうもえらい道で……などと同じように恐縮している。ホワイト夫人は舌打ちをし、夫が部屋へもどってくると、軽い咳《せき》ばらいをした。夫のあとからは、背の高い、がっしりした体格の、目のクリクリした、あから顔の男がはいってきた。

「こちら、モリス曹長《そうちよう》だ」と、老人は紹介した。

曹長は握手をかわし、やがてすすめられた暖炉のそばの席につくと、老人は、ウィスキーのコップを出してきて、小さな銅の湯沸しを火の上にかける。客はそれを満足そうにながめていた。

三杯めのコップを重ねるころには、客の目が元気に輝いてきて、そろそろ話がほぐれだしてきた。遠来の客を熱心な興味で見まもる、小人数の家族にかこまれながら、客は大きな肩を椅子《いす》にいからせ、戦争や災害や異国の人たちの、もの珍しい話や武勇談などを話して聞かせた。

「なにしろ、もう二十一年になるのだからね」と、ホワイト氏は妻と息子にうなずきかけながら、

「出て行ったときは、まだおまえ、こんなちっぽけな倉庫の小僧だったのが、どうだいまあ、いまのこのすがたを」

「ほんとに、ちっともご苦労なすったようにお見えになりませんのねえ」と、ホワイト夫人はいんぎんに言った。

「わしも、インドへは、ぜひ一度行ってみたいよ」と、老人が言った。「なに、ほんの見物かたがただけだけどさ」

「いやあ、ご自分の家にこしたところはありませんよ」と、曹長は頭をふりながら言った。そして、空《から》になったコップを下におくと、そっと溜息《ためいき》をついて、も一度首をふった。

「あっちの古い寺だの、行者《ぎょうじゃ》、それから奇術師な、あれが見たいと思ってさ」と、老人は言った。

「それはそうと、モリス、あんたいつぞや話しかけた、猿の手かなにかの話な、あれはいったいどういうのだね？」

「いや、べつにあれは……」と、曹長は泡《あわ》を食ったように言って、「つまらん話で、お耳に入れるような話じゃありませんですよ」

「猿の手、と申しますと……？」と、ホワイト夫人は珍しそうにたずねた。

「俗にまあ、魔術とか妖術《ようじゅつ》とか申すものなんでしょうなあ、おそらく」曹長はさりげなく言った。

三人の聞き手は膝《ひざ》をのりだした。客は空のコップをうっかり口へ持っていき、気がついてそれを下におくと、老人はなみなみとそれへ酒をついでやった。

「見たところは――」と、曹長はポケットに手をつっこんで、

「ミイラみたいに干《ひ》からびた、ただのけだものの手なんですがね」

　そう言って、ポケットからとりだしたものを、前へさしだした。ホワイト夫人は気味悪そうに身をひいたが、息子はそれを手にとると、もの珍しそうにひねくって見た。

「それで、これにいったいどういう変わったことがあるんだね？」ホワイト氏は息子の手からその品を受けとると、しさいにひねくって見てから、テーブルの上にそれをおきながらたずねた。

「これには、ある老人の行者のまじないがかけてあるのです」と、曹長は言った。「その老人というのは、あらたかな坊さんでしてね。人間の一生は宿命によって定められている、これに逆らう人間は、憂《う》き目をこうむるぞ、という教えを、その人は見せたかったのですな。それでもって、つまりこの猿の手に、三人の人間が、めいめいに三つの願いをかなえられるように、まじないをかけたのです」

　曹長のようすが、いやにものものしかったので、聞いていた三人は、うっかり笑ったりなどして悪いことをしたと思った。

「なら、あなたなぜ、その三つの願いというのを、ご自分でかけないのですか？」と、息子のハーバートが利口《りこう》ぶって聞いた。

　曹長は、中年の人間が生意気ざかりの若者を見おろすときの、あのうさんな目つきでかれ

を見て、「わたしはやりましたさ」と、落ちつきはらって言うと、シミだらけなその顔がまっさおになった。

「それであなた、その三つの願いというのが、ほんとにかなえられましたのですか？」と、ホワイト夫人が聞いた。

「かないました」と、曹長は言った。コップがかれの丈夫な歯にあたって、カチリと鳴った。

「で、ほかにもどなたか、お願いになった方がございますんですか？」と、老夫人はたずねた。

「はあ、最初の男も願いがかないました」という答であった。「はじめの二つはなんの願いだったか、自分は知りませんが、三つめは死を願ったのです。そのおかげで、これが自分の手にはいったのです」

まじめくさった曹長の調子は、一座の者をしんとさせた。

「そうすると、モリス、きみはすでに三つの願いがかなったんだから、もうそいつに用はないわけだな」ややあってから、老人が言った。「なんのために、そうやって持っているのだね？」

曹長は頭をふって、「さあ、なんのためといって、ただ気まぐれですかなあ」とゆっくり言って、「じつは、売ろうと思ったこともあるんですがね。でも、結局売るのはよしました。さんざんこれには悩まされましたよ。だいいち、こんなもの買う人はありゃしませんからね。みんなおとぎ話だろうぐらいに考えて、中に多少真《ま》に受ける人があっても、そういうのはどうしたって、まず先にためしてみて、それからあとで金を払おうということになりますからね」

「きみがもし、も一度三つの願いをかけられるとしたら」と、老人は相手の顔をじっと見すえて、「どうだね、も一度やる気があるかね？」

「さあ、わかりませんな」

曹長はそういって、猿の手をとりあげて、親指と人差指でぶら下げていたが、なにを思ったか、いきなりそれを炉の火の中へ投げこんだ。老人はアッと声を上げると、すばやく身をこごめて、火の中からひったくるようにそれをつまみ出した。

「焼いてしまったほうがいいですよ、それは」曹長はまじめな声で言った。

「きみがいらなければ、わしがもらっておく」

「いや、そりゃだめです。そりゃいけません」相手は強引に言いはった。「わたしはそれをその火の中へ捨てたんです。あなた、それを持っていらして、なにかことがおこったからといって、わたしに文句をおっしゃっては困りますよ。まあ逆らわずに、もう一度火の中へくべてしまってください」

老人は首をふって、いま手に入れたばかりの品を、と見こう見しながらたずねた。「これきみ、どうやるのかね？」

「右の手に高くさしあげて、大きな声をして願うんですがね。しかし、くれぐれもお断わりしときますけど、あと、どんなことになるかわからんですよ」

「まるでアラビヤン・ナイトの話みたいですことね」と言いながら、ホワイト夫人は座を立つと、彼女は夕飯のしたくにとりかかりだした。「おとうさん、あなたわたしに、四人前の手が授かるように、なんて考えているんじゃないんですか？」

言われてホワイト氏が、「まじないの手」をソーッとポケットからとり出すと、親子三人は思わずドッと笑った。曹長はそれを見ると、きゅうに狼狽《ろうばい》の色を顔にあらわして、いきなり主人の腕をつかむと、

「あなたね、よんど願《がん》をおかけになるんでしたら、なにかまじめなことにしていただきますよ、よろしいですね」と、念をおすように言った。

ホワイト氏はポケットに猿の手をしまうと、椅子を並べなおして、客をテーブルに招じた。夕飯の間は、どうやら「まじないの手」は忘れられていたようであった。そして食後、親子三人は、曹長のインドにおける冒険談の二席めのつづきに、魅《み》せられたように聞きほれた。

「あの猿の手も、いまの話程度の嘘《うそ》っぱち話なら、ま、たいしたご利益《りやく》はないようだな」息子のハーバートは、終列車に駆けつける客を送りだして、玄関のとびらをしめると言った。

「おとうさん、あなた、あの方になにかさしあげたんですか？」ホワイト夫人は、夫を近々と見つめながら言った。

「うん、ちっとばかりな」と、老人はこころもち顔を赤らめながら「いらんと言ったけど、むりに持たせてやったよ。やっこさん、しきりとあれを捨ててしまえと、しつこく言うとった」

「そりゃとうさん、そのはずですよ」と、息子のハーバートは、わざと凄味《すごみ》をきかせて、「これからは自家《うち》はせいぜい金持になって、有名になって、しあわせになろうというんだもの。おとうさん、最初にまず皇帝になることを願いなさいよ。そうすりゃ、かあさんの尻の下に敷かれなくてもすみますから」

椅子の背蔽《おお》いをふりあげるおふくろどのに追っかけられて、息子はテーブルのまわりをグルグル逃げまわった。

おやじのホワイト氏は、ポケットから猿の手をとりだして、半信半疑でながめながら、「いや正直のとこ、なにを願ったらいいか、見当がつかんよ。ほしいものは、なにもかもあるような気がするて」

「でもね、とうさん、かりにここの家のお金がきれいさっぱりに払えたら、とうさんだっていい気持がするでしょう？」ハーバートはおやじの肩に手をかけて、「ねえ、それだったらとうさん、二百ポンド授けてもらうように頼んでごらんなさいよ。それでチョッキリすむんだから」

父親は、なるほどそれもそうかと、つい人の手に乗りやすい自分を恥じるように、ニヤニヤしながら、猿の手を高くさしあげた。息子も、なんとなく、まじめくさった顔をして、母親にチラリと目くばせをすると、そのままピアノの前に腰をおろして、ガン、ガーンと大きな音をでたらめに叩《たた》いた。それを合図に、「われに二百ポンドを授けたまえ」と、老人ははっきりした声で言った。

ピアノがそれに合わせて、も一度ガーンと鳴ったとたんに、老人はいきなりキャッと悲鳴をあげた。妻君と息子は何事ならんと、そばへ駆けよった。

「おい、それが動いたぞ！」老人は床の上にころがっているものを、こわごわ見やりながら「おれが願いを言ったとたんに、そいつがおれの手の中で、蛇みたいによじれたぞ」

「そりゃいいが、お金はいっこうに見えませんね」息子は拾いあげた猿の手を、テーブルの上にのせて「この手が動くなんて、そんなばかなこと、ぜったいにありゃしませんよ。賭《かけ》てもいいな」

「きっと、おとうさんの気のせいだったんですよ」妻君も案じ顔に、夫の顔を見ながら言った。

父親は頭《かぶり》をふって、「でもまあ、よかった。べつに何事もおこらなくて。だけど、とにかくさっきはゾッとしたぞ」

親子三人は、ふたたび暖炉のそばに腰をおろすと、男二人はパイプをふかしだした。外では、風がさっきよりもはげしく吹きつのってきた。老人は、二階のどこかの戸がバタンバタンあおる音を、しきりと気にしている。いつにない重苦しい沈黙が、三人の上におおいかぶさっていた。やがて老夫婦が二階の寝室へ引きあげるまで、その沈黙はつづいていた。

「とうさん、きっと寝床のまんなかに、金のザクザクはいった袋がデンところがっていますぜ」と、息子はお休みの挨拶を言うときに言った。「そして、とうさんがその不浄のお金をポケットに入れると、たんすの上になにか気味の悪いものがしゃがんでいて、そいつがじっとにらんでますぜ」

2

翌朝、冬の日ざしのさしこむ明るい食卓で、ハーバートは、自分の案じていたことを一笑に付した。部屋の中には前の晩に見られなかった、いつに変わらぬ健《すこ》やかな空気がただよっていた。そして、あの汚い、しなびた猿の手は、だれもご利益を信じた者がない証拠に、食器棚の上に、無造作におっぽりだされたままになっていた。

「古参の兵隊さんなんて、みんなあんなものなんですよ」と、ホワイト夫人は言った。「あんなばかげた話を、耳をすませて聞いていたこっちも、どうかしていましたね。いまどき、おまじないで願いごとがかなえられるなんて、そんなことがあるもんですか。でも、かりにあるとして、ねえ、おとうさん、いったいその二百ポンドが、どうやってあなたに危害をくわえるんでしょうね？」

「そりゃ空からとうさんの頭へ降ってくるのさ」と、茶目っけたっぷりのハーバートが言った。

「モリスに言わせると、ごく自然にそういうことになるんだそうだよ」と、父親は言った。「だから、願いごとをすると、まるで偶然みたいに、そういうことがおこるんだとさ」

「まあいいから、とうさん、ぼくが帰ってくるまで、お金のことには立ち入らないでくださいね」ハーバートは食卓から立ち上がりながら、「そんなことで、とうさんが下司《げす》ばった強欲爺《ごうよくじじい》になって、こっちがご免こうむるようなことになると困りますからね」

母親はゲラゲラ笑いながら、息子を玄関まで送り出して、道を下がっていくうしろ姿をしばらく見送っていたが、やがて食卓の前へもどってくると、自分の夫が人の口車にチョロリとのって、よけいな散財をしたことが、いやに愉快になってきた。そのくせ、それからまもなく郵便配達がドアを叩いたときには、ハッと思って、急いで彼女は玄関までとびだして行ったが、来た郵便が仕立屋の請求書だとわかると、いやだよ、自分までやっぱりあの退役曹長の一杯きげんのホラ話にひっかかっていたのかと、業腹《ごうはら》でならなかった。

「ハーバートが帰ってくると、またきっと、なにかおかしなことを言いだしますよ」

昼飯の食卓に二人がすわったとき、ホワイト夫人は言った。

ホワイト氏はビールの手酌をやりながら、

「いや、とにかく、なんと言われようが、わしの手の中であれが動いたのだ。うそじゃないよ、それは」

「動いたと思ったんですよ」老夫人はとりなし顔に言った。

「いや、たしかに動いた。気のせいなんて、そんなもんじゃない。わしはただ……なんだ、どうしたんだ?」

妻君は返事をしなかった。彼女は、家の外を、一人の男がうろんなそぶりでうろうろしているのに、目をつけているところだった。男は、なにやら決心がつきかねるようすで、家のほうをのぞいてみては、さて思いきってはいりかねているといったふうであった。彼女はふっと例の二百ポンドのことが胸に浮かび、その見知らぬ男がりっぱななりをして、豪勢な新しいシルクハットをかぶっているのを目にとめた。三たび、男は門の前に足をとめたが、そのまま行き過ぎた。四度めに、男は立ちどまって、門に手をかけると、きゅうに決心がついたように、門をおしあけてツカツカと中へはいってきた。同時に、ホワイト夫人は両手をうしろへまわして、エプロンの紐《ひも》を手早くほどくと、その万能前かけを自分の椅子のクッションの下へおしこんだ。

彼女は、どこか落ちつかない、ソワソワしたようすの客を、部屋へ招じ入れた。客はホワイト夫人のことをチロリチロリとぬすむように見ながら、しきりと彼女が、部屋の散らかっていることや、夫が庭いじりの上着を着ている詫言《わびごと》を言うのを、上《うわ》の空で聞いていた。彼女は、女の身として許すかぎりの我慢《がまん》に我慢をして、相手が用件を切りだすのを待ちこらえたが、客はのっけからみょうに黙りこんでいた。

「わたくし、じつはあの、こちら様をお訪ねするようにと、言いつかってまいった者なのですが——」客はやっとのことで、からだを前にこごめ、ズボンの糸くずをむしりながら、そう言って口を切った。「わたくし、モー・アンド・メギンズ会社の者でして……」

老婦人はギクンとした。「なにかあの、ございましたのでしょうか？」彼女は思わず息をはずませてたずねた。「ハーバートになにかございましたのですか？　なんでございます、なにがあったのでございます？」

夫のホワイト氏が横合いから口をはさんだ。

「これこれ、かあさんや」と、口早に言って、「まあすわんなさい、そこへ。そう短兵急に言ったってしようがない。こちらはおまえ、べつに悪い知らせを持っていらしたというわけじゃ、ねえ、ございませんやねえ」と心配そうに客の顔をのぞきこんだ。

「はあ、あの、お気のどくですが――」と、客が言いかけようとするのへ、「伜《せがれ》が怪我《けが》でもいたしましたのですか？」と、母親はつめよった。

客はそうだとうなずいた。「えらい大怪我でして――」と静かに言ってから、「しかし、もうお苦しみになってはおりません」

「まあ、それはようございましたわ」老夫人は両手をしっかりと組んで、「ほんとに神様のおかげで……ありがたいことだと……」

言いかけて、ふと彼女はことばを切った。もう苦しんではいないと、相手が保証するその不吉な意味をさとったのである。目をよそにそらした客の顔のなかに、彼女は、もしやと思った自分の杞憂《きゆう》の、恐ろしい確証を見てとったのだった。ハッと息をのんで、まだそれとは気のつかぬ夫のほうをふり返ると、彼女はオロオロ震える自分の老いの手を、夫の手の上に重ねた。長い沈黙がそこにあった。

「ご子息様は機械にはさまれまして——」

ややあってから、客が低い声で言った。

「えっ、機械にはさまれた……」ホワイト氏は愕然《がくぜん》として、客のことばをくりかえして、

「うーん、そうでしたか」

といって、すわったなり、茫然《ぼうぜん》として窓から外を見やっていたが、やがて老妻の手をとると、自分の両手の間にそれをしっかりと握りしめた。——もうかれこれ四十年もむかしの二人の求婚時代によくしたように。

「あれは、いまではわしのたった一人の倅でしてな」と、かれは客のほうへ静かに向きなおりながら言った。「じつに痛手です」

客は咳払いをして座を立つと、窓のほうへ静かにすさって、「それで、会社からはわたくしに、莫大《ばくだい》なご損失をこうむられたこちら様に対して、心からのご同情をお伝え申せということで……」と脇目《わきめ》もふらずに言った。「わたくしは会社の一雇用人でして、ただ会社の命令に従って罷《まか》り出たということを、ご承知いただきたいと存じます」

返事はなかった。老女の顔は蒼白《そうはく》で、目をじっと見据えたなり、息も聞こえるか聞こえぬくらいであった。また夫の顔は顔で、例の曹長がはじめて初陣《ういじん》に出たときには、こうもあっ

たろうかと思えるような表情であった。

「それで、つまりモー・アンド・メギンズ会社といたしましては、この際全責任を放棄する。会社側としましては、これに対していかなる賠償も認めてはおりませんのですけれども、しかし日ごろご子息様のご精勤ぶりを考慮しまして、その報償といたしまして、金一封を差しあげたいと、こういう意向でおりますので」

ホワイト氏は妻の手を落とした。かれはフラフラと立ちあがると、恐怖《きようふ》の面持《おももち》で、客の顔をじっと凝視《ぎようし》した。カラカラに乾いたくちびるから、やっとことばらしいものが出た。

「いくらなのです？」

「二百ポンド」これが答だった。

妻君がアッと声をあげたのも耳にはいらずに、老人はかすかにニヤリと笑い、目の見えない人間のように、両手を前につきだしたと思うと、そのまま気を失って床の上にドタリと倒れた。

3

家から二マイルほどはなれた、広い新しい墓地に、死んだ伜を埋葬《まいそう》した老夫妻は、暗い影と沈黙にとざされたわが家へもどってきた。二人とも、ほとんどまだ、身にしみてしみじみさとる間もないほど、すべてがあまりにバタバタとかたづいてしまった。二人は、まだほかになにかがおこるような——年老いた心にはとても耐えきれないこの重荷を、すこしでも軽くしてくれるようなことが、なにかおこりそうだという心待ちの気持が、尾を引いて残っていた。だが、そんな期待も日がたつにつれて、しだいにあきらめに——ときには無情とさえ思い誤られる、あの老年のたよりないあきらめに変わった。ときどき二人して、いちんちものも言わずにいるようなこともあった。それは、おたがいにもう、語りあうことがなにもなくなってしまったからであった。毎日毎日があきあきするほど長かった。

それから一週間ばかりたったある晩のことである。老人は夜なかにふと目をさまして、腕をのばしてみると、寝床の中には自分だけしかいない。部屋のなかはまっ暗で、窓のある見当から、シクシク忍び泣きの声が聞こえた。老人は床《とこ》の中におきあがって、耳をすました。

「さあ、いいかげんにもう、ここへはいって来ないか」と、かれはやさしく言った。「風邪《かぜ》をひいてしまうぞ」

「いいえ、あの子は、あの子はもっと寒い思いをしています」老女はそういって、また新しく涙にむせんだ。

その妻のすすり泣く声が、いつのまにか老人の耳から消えて行った。寝床の中はぬくぬく暖かい。目は眠気で重ったるい。いつしかかれはトロトロとまどろんだと思うと、いきなり妻の叫ぶ声にハッと目がさめた。

「ああ、猿の手！……猿の手！」妻が狂ったように、そういってどなっている。

老人はギョッとして、はねおきた。「どこに？　どこにあるんだ？　おい、どうしたのだ？」

彼女はよろめきながらかれのそばへやってくると、

「ねえ、後生《ごしょう》ですから、あれをわたしにください」とおちついた声で言った。「まだ焼いてしまやしなかったんでしょ？」

「客間にあるよ、客間の棚の上に」そう答えて、老人は不審そうに「なぜだね？」

すると彼女は、泣くのと笑うのといっしょくたに、いきなり身をかがめると、かれのほおに接吻《せっぷん》した。

「わたし、たったいま気がついたんですよ」彼女はヒステリカルに言った。「どうして、もっと前にそのことに気がつかなかったんでしょう？　あなたも、どうして考えついてくださらなかったのかしら？」

「考えつくって、なにを？」と、かれは聞き返した。

「あとの二つの願いごとですよ」と、彼女は早口に答えた。「まだあなた、一つ願っただけなんですよ」

「おい、まだあとをねだる気なのか？」かれはすこしきつい調子で詰問《きつもん》した。

「ええ、ねだりますとも」彼女はどんなものだと言わんばかりに、「ねえあなた、もう一つためしに願ってみましょうよ。あなた、下へ行って、あれをとってきてくださいよ。そして、あの子を生き返らしてやりましょうよ」

老人はベッドの上にすわりこむと、震える手足から掛物をはらいのけて、「なにをいうんだ、ばか！　気でもちがったのか！」と愕然として言い放った。

「後生だから、取ってきてくださいったら！」彼女は息をはずませながら、「早くとってきてくださいよ。そして、お願いするんです。ああ、あの子！　わたしのかわいいあの子！」

老人はマッチをすって、ろうそくに火をともした。

「とにかく、床へはいりなさい」と、オロオロ声で「自分で言ってることが、おまえにはわからんのだ」

「最初の願いはかなったんです」老女は夢中で言った。「ですから、ですから二度めの願いだって、かなえられないわけはありません」

「あれはおまえ、偶然の一致だよ」老人はスラスラものが言えなかった。

「いいえ、とにかく行って、とってきて、そしてお願いしてくださいったら！」老女はそう言って喚《わめ》きたてながら、老人をとびらのほうへ引きずって行った。

老人はしかたなく、暗闇《くらやみ》の中を階下へ降りて行った。そして手さぐりをしいしい、客間へはいって、炉棚《ろだな》のところへ行った。猿の手は、おいた場所にあった。きゅうに老人は、まだ口にこそ唱えないが、それを願えば、機械にズタズタにひきちぎられた伜のハーバートが、いまにも目の前に現われてくるんじゃないかという気がして、ゾーッと恐ろしくなり、急いで部屋を逃げ出そうとしたとたんに、出口がわからなくなって、思わず息をのんだ。額《ひたい》が脂《あぶら》汗で冷たくなり、テーブルのまわりをウロウロまわって、例の不吉な物を片手につかんだまま、壁をつたいつたい、ようやくのことで戸口にたどりついた。

二階の寝室へとって返すと、なんだか妻の顔つきまでが、ふだんとちがっているように見えた。まっさおな色をして、なにか待ちかまえているような顔をしている。つねにないその顔つきが、ひどく老人には気がかりだった。かれは妻が気味悪かった。

「さあ、お願いしてください！」彼女は強い声で叫んだ。

「フン、ばかばかしいいたずらだぞ」かれは口のうちでボヤいた。

「さ、お願いしてください！」妻は重ねて言った。

老人は片手を高くあげた。

「願わくは、わが伜を生き返らせたまえ」

とたんに、猿の手が床の上に落ちた。老人はガタガタ震えながら、床の上に落ちた猿の手をじっと見まもった。やがて震えるからだを椅子に力なく沈めると、老女のほうは燃えるような目をして、さっさと窓ぎわに行って、そこのブラインドをサッとあげた。

窓から外をのぞいている老妻のすがたを、老人はときおり見返りながら、寒さにからだを金凍《かなこお》りにしてすわりつづけていた。燃えさしのろうそくが、陶器の燭台《しょくだい》の火皿の底までとぼりつき、壁だの天井《てんじょう》だのに、ゆらゆら揺れる大きな影を投げていたが、そのうちにひと揺れ大きく揺れると、そのままジーと消えてしまった。老人は、まじないの効目《ききめ》が出ないのに、言いようもなくホッとした思いで、ベッドにはいもどると、それから一、二分して、老妻もやはり無言のまま、モソクサかれのわきへはいってきた。

二人とも、どちらからも口をきかず、黙って横になったまま時計の音を聞いていた。階段がミシミシ鳴り、どこかの壁の中でねずみが暴れまわっている。おしかぶさるような暗闇のなかで、しばらく横になっていた老人は、やがて勇気をふるいおこすと、マッチ箱をとって火をすり、ろうそくをとりに階下へ降りて行った。

階段の下までくると、マッチが燃えつきた。代わりの一本をつけようとして、老人が足をとめたとたんに、だれか玄関の戸を静かに、ほとんど聞きとれないくらいの小さな音で、トントンと叩く音がした。

老人の手からマッチが落ちた。その場に射すくめられたようになって、じっと息を殺してしばらく立っていると、つづいてまた、トントンとノックの音がした。同時に、老人はいきなり身をひるがえすと、階段を飛ぶように寝室に駆けもどるなり、あとのとびらをピッシャリ締めた。そのとき、三度めのノックの音が、家じゅうにひびきわたった。

「なんでしょう、あれ?」と、老女はハッと飛びおきて叫んだ。

「ねずみだよ」老人は震える声で言った。「ねずみのやつだよ。いま階段のとこで、わしのそばを駆けぬけて行った」

老妻は寝床の上におきあがって、耳をすました。そのとき、また大きなノックの音が家じゅうに響きわたった。

「あっ、ハーバートですわ！　ハーバートですわ！」と、彼女は金切り声をあげた。

いきなり彼女は、部屋の入口へ駆けよって行った。が、老人はその前に立ちふさがって、彼女の腕をつかむと、グッとおさえつけた。

「これ、なにをしようというんだ？」老人は胴間声《どうま》を殺して低くささやいた。

「あの子です。ハーバートですよ！」と、彼女は夢中で身をもがきながら叫んだ。「わたし、二マイルもはなれていること、すっかり忘れてました。なにをそんなにわたしのこと、つかまえるんですよ？　いいから、はなして、はなしてくださいったら。玄関をあけてやるんですからさ」

「おい、後生だ！　入れちゃいけない、入れちゃいけないぞ！」老人はガタガタ震えながら叫んだ。

「いやですよ、自分の子をこわがったりして」彼女はもがきながら叫んだ。「はなしてくださいったら。ハーバート、いま行くよ。かあさんがいま行くよ」

そのとき、またノックの音がした。つづいて、また鳴った。老女はいきなり身をよじると、夫の手からのがれて、部屋の外へ飛び出した。夫は踊り場まで跡を追いかけて行って、階段を駆け降りていく妻のうしろから、すがるように呼んだ。ガチャリと鎖《くさり》をはずす音が聞こ

え、閂《かんぬき》が穴からキーと引きぬかれる音が聞こえ、つづいて息をはずませた老女の緊迫した声が、

「あなた、閂！　降りてきてくださいよ！　わたしにゃとどかないから！」

夫はそのとき、寝室の床をはいまわって、猿の手をさがしていた。玄関の外にいるものが、家の中へはいってこないうちに、せめて猿の手が見つかりさえすれば。……表のとびらを叩く音はますます烈《はげ》しくなってくる。妻が椅子を戸のところへ引きずって行く音が聞こえる。閂がギーときしりながら抜かれる音がした。間髪を入れず、老人は猿の手をさぐりあてた。そして狂乱のていで、三度めの最後の願いを祈った。

とたんに、ノックの音がパッタリとやんだ。しかし、反響《こだま》はまだ家の中に尾を引いていた。椅子がズルズル引きもどされる音、つづいて玄関のとびらのあく音がした。寒い風がドッと階段を吹きあげてきた。それにつづいて、失望と悲嘆にワッと泣きむせぶ妻の声。老人はやにわに勇を鼓《こ》して階段を駆けおりると、妻のそばまで行き、さらにそれから表の門のところまで走りでて行った。道のむこう側でチラチラしている街灯が、人っ子ひとりいない、静かな寂しい往来を照らしていた。

幽霊《ゴースト》ハント

H・R・ウェイクフィールド　田中潤司＝訳

ラジオをお聞きのみなさん、わたしはトニイ・ウェルドンです。これから、おなじみの幽霊ハントの三回めをはじめます。前二回以上の好成績をおさめられればよいと思っております。準備はすっかりととのい、いまはただ、お化けの登場を待つばかりです。今夜のゲストは、パリのミニヨン教授。心霊現象の探求にかけては世界で名高い方で、わたくしは、教授とごいっしょに仕事ができることをほこりに思っています。

いま、わたくしどもは、ロンドンからほど遠からぬ、中三階建てのジョージ王朝時代風の建物に参っております。わたしどもがこの家を選んだのには理由があります。と申しますのは、この家には、まことに身の毛もよだつような来歴があるからなのです。この家が建てられて以来、家の内外で、三十人以上もの自殺者があったとの記録が残されております。実際には、もっとずっと多かったのかもしれません。一八九三年以来でも、八人の自殺者を出しているのです。建築者であり最初の住人であった人物は町の富裕な商人でしたが、これがひどい道楽者で、大食はする、大酒は飲む、といろいろな好ましくない所業を重ねたということですが、この男は、また、家庭の夫としてもあまり良くない人物だったようです。この男の奥さんは、夫の虐待と不信とを耐え得る限り耐え忍んだあげく、二階の大きな寝室に附属している化粧室で首吊り自殺をとげてしまいました。これから恐ろしい出来ごとが続発するようになったのです。

わたしは、さきほど、『家の内外での自殺』という表現を用いましたが、それは何故《なぜ》かというと、拳銃で自殺したり、首を吊ったりした人たちのほかに、九人もの人がまことに奇妙なことをしたからなのです。この人たちは、夜中にベッドから起き上がると、百ヤードほど離れた、庭のはずれを流れている川に身を投げて死にました。最後の一人などは、ある秋の日の明け方、その川に投身自殺する現場を、実際に目撃されています。その男は、川に向かってまっすぐに駆けながら、並んで走っている友人に話しかけるような調子で、なにか叫んでいたということです。この家の持主のいう所では、もう、ここには借手がつかないだろうするから、周旋人の台帳からも消してもらおうと思っているのだそうです。その理由がなにかは、きっと、いってはもらえないでしょう。彼は、われわれに、虚心坦懐《きょしんたんかい》にことに当ってほしいと希望しました。それで、もし、教授のくだした判断があまり良くないものであれば、この家はとりこわして、建て直すとのことです。その気持はよくわかります。そうなったら、この家には『死の罠』というレッテルが貼られることになるのですからね。

さあ、これでこの家のご紹介はすみました。この家が探険に価するということは聴取者のみなさんにもよく納得していただけたことと思います。しかし、それだからといって計画通り幽霊が出てくれるかどうかは保証の限りではありません。なにしろあの連中は臆病《おくびょう》で、こういった場合には夜の休暇をとる習慣があるらしいんです。

さあ、仕事にもどりましょう――わたしは、いま、一階の応接室の中央よりにある、りっぱなマホガニーの机に向かって坐《すわ》っています。他の家具には白い保護布がかかっています。壁は明るいオーク材のパネル。家の中の電気は切られているので、わたしの持っている明りといえば、あまり光力の強くない懐中電燈ただひとつ。教授が、もしかしたらお眼《め》にかかれるかもしれないものを探しに、家の中を歩きまわっておられる間、わたしは、この部屋で待っていることになっています。教授はマイクを持ってお行きにはなりません。マイクを持ち歩くと気がちるし、それに教授は、こういった調べものをする時には一人ごとをおっしゃるくせがあるからなのだそうです。なにか報告するようなことがあれば、わたしのところへ戻ってみえることになっています。おわかりになりましたね？　さあ、それでは、探険にお出かけになるまえに、教授にご挨拶《あいさつ》していただきましょう。教授はわたしなどよりよほど流暢《りゅうちょう》に英語をお話しになります。ミニヨン教授、どうぞ――

紳士そして淑女諸君、わしがミニヨン教授じゃ。この家は、疑いもなく、なんというたらよいか、邪気に満ち満ちておる。それは人の心に深い作用を及ぼすのじゃ。よろしくない、まったくよろしくない。邪気にまみれ、よこしまな過去の悪臭がぷんぷんと匂う。わしは断言するが、この家はとりこわさにゃいかん。わが友、ウェルドン君はそれほどにも感じてはおられぬようだが、それは、彼が、わしと違って、心霊作用を受けやすくはないし、霊媒的素質もないせいじゃ。ところで、今夜、われわれは幽霊や霊魂を見ることが出来るかどうか？ それは、わしにはなんともいうことが出来ん。じゃが、彼らはここにおり、そして、彼らは悪霊であることはたしかじゃ。わしには彼らの存在を感じとることが出来る。ひょっとすると、危険があるかもしれん。それはすぐにわかるじゃろう。これから、わしは、道しるべとして、ただひとつの懐中電燈を持って調査をはじめる。ほどなく、わしはこの場に戻り、わしが見たものを諸君にご報告するつもりじゃ。もし、なにも見なかったなら、感じたことと経験したこととをお話しすることにしよう。しかし、われわれが常闇《とこやみ》の底から霊魂を呼ぶことが出来るにしても、われわれが呼んだその時に、彼らが来てくれるかどうか、それはわからないということを忘れないでもらいたい。では、はじめよう。

　聴取者のみなさん。もし、誰かに霊魂を呼び出すことが出来るのだとしたら、それはミニヨン教授をおいて他にあるまい、とわたしは確信しています。みなさん方は、教授の言葉が、わたしの話などよりはるかに印象的であったことがおわかりになったと思います。なにしろ、ご自分のよく知っていらっしゃる分野についての専門家のお話でしたからね。さて、どうも、こうやって、だだっぴろい、静まり返った部屋に一人っきりでとり残されると、あまりよい気分ではありません。さっき、教授が、このわたしなどは、この家に入ってもそれほどには感じてはいまいとおっしゃっていましたが、あれは少し間違っています。わたしにしたところで、どう考えても、ここが陽気で楽しい場所だとは思えません。それはあなた方にもよくおわかりでしょう。なるほど、わたしは心霊作用を受けやすくはないかもしれません。しかし、わたしでさえも、この家の中のなにかが、わたしどもがここにいるのを嫌がっており、帰らせたいと思っているというような感じは、明らかに受けています。玄関を入ったとたんに、そんなふうに感じたのです。敵意のみなぎった中に入って行くといった感じでした。といっても、なにも、わたしはみなさんをからかっているのでもなければ、みなさん方の期待を高めようとしているものでもありません。

聴取者のみなさん、ここはとても静かです。部屋の中を眺めまわしてみましょう。ここにある懐中電燈が奇妙な影を投げかけています。ドアのわきの壁に変てこな影が出来ていますが、どうやら大きな書棚の影のようです。それが書棚であることは、この部屋に入った時、埃《ほこり》よけのカバーをちょっとめくってみたので、わかっています。とても素敵な出来です。みなさん方がみな、わたしの声に耳をすましておいでだと思うと、ちょっと妙な気分ですね。

どなたかわたしのそばにおいでになったら、そんなことは気にならないんでしょうけれど。この家の持主は、板張の壁の中で、鼠《ねずみ》の騒ぐもの音がするだろうといっていました。ほら、いま、その音が聞こえます。あの音から想像すると、ずいぶん大きな鼠のようです——あなた方にも聞こえたでしょう。

さて、ほかに、なんのことをお話ししたらよいでしょう。この部屋の中にこうもりがいるということ以外には、とりたてて申しあげるようなことはないんです。こうもりが飛んでいます。あれは鳥ではなく、こうもりでしょう。はっきり見たわけではありません。壁ぎわを飛んで、わたしの顔すれすれに通りすぎて行った時、その影が見えただけなんです。わたしは、こうもりのことはよく知りません。しかし、あれは、冬は冬ごもりをしてるんではなかったかと思います。このこうもりは不眠症にかかっているのでしょう。ああ、また飛んで来ました。——通りすぎる時、わたしの身体《からだ》にさわって行きました。

おや、この上の部屋で、教授が歩きまわっている音が聞こえます。まあ、じっと耳をすませていと思いますが——耳をすませてごらんなさい。あなた方には聞こえな
ウワッ！　聞こえましたか？　教授は椅子かなにかを倒したようです——あの音では、相当重い椅子ですね。教授の探険がうまく行くといいんですが、ああ、また、こうもりが来ました——どうもわたしは気に入られてしまったようです。通りすぎるたびに、その羽でわたしの顔をさわって行きます。こうもりってやつはくさいですね——長いこと風呂に入らない

んでしょう。ここに飛んでるのはものがくさったみたいな匂いがします。

教授はなにを倒したんでしょうね——天井に小さなしみがひろがって行くんです。多分、花瓶かなにかでしょう。ウワッ！　いまの鋭いパシッという音が聞こえましたか？　お聞きになったと思います。壁に張ってあるオーク材のパネルがひび割れたのだと思いますが、こんなところで聞くと、思わずドキッとさせられます。なにかがわたしの足元を走り抜けました——多分、鼠です。わたしは鼠ってやつが大嫌いです。もちろん、たいていの方がそうでしょうね。

天井のしみがずいぶん大きくなりました。戸口のところまで行って、教授に声をかけ、なんともなかったかどうかたしかめてみようと思います。わたしの声と教授の答が、多分、あなた方にも聞こえると思いますが——

先生！——先生！

おや、彼は返事をしません。少し耳が遠いのかもしれませんね。別に変わったことはないと思います。教授は、こんな時に邪魔されるのはおいやでしょうから、くり返して呼ぶのはやめておきます。また、すこしここに坐っていることにします。聴取者のみなさんは、退屈なさっておられるんじゃありませんか。わたしはそんなでもありません。しかし、もちろん——おや、教授のせきばらいが聞こえました。聴取者のみなさんにも聞こえましたか？

——とても重々しいせきばらいです。いまのせきばらいが聞こえたのは、どうも——なるほど、教授はそっと下へおりてきて、わたしをおどろかして楽しもうというつもりかもしれませんよ。なにしろ、みなさん方にも申しあげたように、わたしはだんだん、この場所が気味悪くなりかけているんですからね。お金をもらってもいやですね、こんなところに住むのは。大金をもらったにしても――向うへ行け、こん畜生！　さっきのこうもりです――ウアー！　いやな匂いだ。

ほら、耳をすませてください――あの鼠の音が聞こえますか？　あの音から想像すると、ラグビーでもやってるんでしょう。ああ、この家から出られたら、どんなに嬉《うれ》しいかわかりません。この家の中で自殺した人たちのことを想像出来ますよ。考えて見れば、人生なんて大したことはない、と自分自身にいい聞かせたんでしょう。一生懸命に働き、悩み、年をとり、友だちが死んで行くのを眺める。川へとびこんで、一切合切《いっさいがっさい》、けりをつけてしまおう、ってわけでしょうね。

少し気が滅入《めい》ってきましたよ。この妙ちきりんな家のせいです。この前に探険した二カ所では、こんなにいやな気分にはなりませんでした。しかし、ここは――いったい、教授はなにをしているんでしょう。せきばらいをするだけで、わたしにはあのせきばらいの意味がわかりません。というのは――ええい、向うへ行け、こん畜生！　あのこうもりのやつはなんで俺を苦しめやがるんだ！　こん畜生！　こん畜生！

聴取者のみなさん、わたしにはみなさん方という話しかけられる相手があるので助かります。あなた方が答えてくだされぱいいんですがね。わたしは自分の声を聞いているのがいやになってきました。あなた方だって、一人きりの部屋の中で、長いことしゃべっていると、変な気持になってきますよ。それにお気づきになったことがおありですか？　誰かがなにかいい返しているような気持になってきて――

ほら！　――いや、もちろん、あなた方に聞こえたはずはありません。もちろん、マイクに入らないからですよ。わたしの頭の中でだけ聞こえたんです。主観的なものです。そう、そういったわけ。そういったわけです。まったく変ですね。笑ったのはわたしだったんですよ、もちろん。わたしは、何回も『もちろん』といいました。もちろん、いいましたとも。さて、みなさん、退屈なさったんじゃありませんか。だが、わたしは退屈しませんよ。わたしは違います！　いまのところ、幽霊は出て来ていません。教授が幸運を摑《つか》まないかぎりだめですね――

ほら！　いまのはお聞きになったでしょう！　あのパネルはなんて音を立てるんだろう！　お聞きになりましたね。聴取者のみなさん――なにも聞こえないよりはましですよ！　ハハハ！　教授！　教授！　へえ、なんて反響するんだろう！

ところで、みなさん、わたしは、ちょっと、おしゃべりをやめようと思います。お気にはなさらんでしょうね。なにか聞こえるかどうか、ためしてみましょう――

いまの音、聞こえましたか？　なんの音だか、さっぱりわかりません。わからないんです。

あなた方に聞こえたかな？　さっぱりわからない。しかし、家がずいぶんゆれ、窓がガタガタしました。話をやめるのはよしましょう。おしゃべりをつづけます。人間は、いったい、この場所の雰囲気にどれくらい耐えられるものなんでしょうね。人の気持を滅入らせるようなところがたしかにあるんです。

おや！　あのしみが大きくなった——天井のしみです。下へたれてきそうになりました。しずくになって——すぐに落ちてきます。色つきのしずくのようです。教授は大丈夫なのかな？　つまり、化粧室かなにかにとじこもってしまったところ、この家の化粧室というのが——いや、そんなことはどうだかわかりませんよ。そうでしょう？

どうも、あの影が動いたようです。いや、違った。懐中電燈をおいた位置がほんの少し違ったからでしょう。影というのは妙な形を作るものですね。これは、腕を長々とのばして仰《あお》向《む》けに横たわった人間の身体みたいです。どうです、陽気になったでしょう？　実をいうと、僕の伯母さんはガス自殺したんだ——おや、何故、こんなことをいってしまったんでしょう。台本には全然出ていないのに。

教授！　教授！　あのケバみたいな頬《ほお》ひげをはやしたじいさんはどこへ行ってしまったんでしょう？　僕は、この家をとりこわすよう、持主にすすめてみるつもりです。声を大にしてね。僕は、少ししたら、二階へ行って、教授がどうなったか見てこなけりゃなりません。ええと、みなさんには伯母さんのことを話していたんでしたね——

聴取者のみなさん、これ以上、ここにいると僕はまったく気が狂ってしまいそうです――なんにしても、早くしなければだめです。早く、早く。まったく気が狂ってしまう！　だめになってしまう。まったく、だめになってしまうんです。僕にはよくわかりました――いや、くり返すのはよしましょう。聴取者のみなさん、とても退屈なさってるんではありませんか。僕があなた方だったら、スイッチを切ってしまいますね――

僕だったらスイッチを切ってしまいますよ？　他の局ではなにをやってますか？　本気でいってるんですよ――スイッチをお切りなさい！　おや、僕はなにを――あのしみからポタポタ、ポタポタポタって！　あすこへ行って、僕の手へ受けとめて――なんてことだ！

教授！　教授！　教授！　さあ、階段を上がるんだ！　どの部屋なんだろう？　左か右か？　左、右、左、右――左だ。さあ、中へ入って――

やあ諸君、今晩は！　君たちは教授をどうしちゃったんです？　彼が死んだのはわかっています――僕の手に、彼の血がついているでしょう？　彼をどうしたんです？　さあ、諸君、説明してくれたまえ。彼をどうしたんだ？　君たちは、僕に歌をうたうみたいにくり返させようっていうのか――

スイッチを切れ、この馬鹿！

いや、面白くないでしょう――ハハハハハ！　僕の笑い声を聞きなさい、聴取者のみなさん――

スイッチを切るんだ、馬鹿！

あすこに横たわっているのが教授であるはずはないよ——彼は赤い髭《ひげ》など生やしちゃいなかった！　僕をそんなにとりかこまないでくれよ。とりかこむなっていったら！

僕にどうさせたいんだ？　川へ行かせたいんじゃないのかい？　ハハハハ！　いまかい？

君たちもいっしょに来る？　じゃあ、行こう！　川へ！　川へ！

「オレンジは苦悩、ブルーは狂気」

古典的傑作が二つ続きましたので、ここでぐっと新しいのを一つ入れてみました。自分でも、三つ並べてみて「おお、これは意外だ」と思ったのですが、ジェントルな語り口の「猿の手」「幽霊ハント」の後《うしろ》に置くと、この作品の文章はちょっと角張っていて、とっつきにくい感じがするんです。〃古い作品は文章も古いので読みにくく、新しい作品の方が現代人の感覚にフィットしていて読みやすいはず〃というのは、単なる思いこみに過ぎなかったりするのかも。というわけで、前二作よりはやや助走路の長い作品ですが、その分だけ加速度のつき方も凄いので、楽しんでくださいね。

作者デイヴィッド・マレルの名前を、どこかで聞いたことがあるという方は多いのでは？　映画『ランボー』の原作『一人だけの軍隊』を書いた作家です。へえ……あれを書いた人がこのナイーヴな怪談を？　と、ちょっと意外に感じますが、ランボーと本作の気の毒な主人公とのあいだには、ある要素（ランボーの場合は、ベトナムで優秀な戦士だったということ、本作の主人公の場合には、あるものを見てしまったこと）を身に帯びているが故《ゆえ》に、異人化させられてしまったという共通項があります。

あらゆる創作家のなかで、画家というのはちょっと特別の存在のような気がします。優れた絵画を鑑賞して、この絵を描いた人だってみんなと同じものを見ているはずなのに、どうしてあんなふうに見て取り、あんなふうに描くことができるんだろうと、感嘆することがありますよね。画家の目は、画家以外の人びとの目とは違うのです。

この短編のテーマも、そこにあります。

もし、こんなものを見ちゃったら――。人生の平穏と引き替えにしても、あなたは、この度はずれた才能を欲しますか？

手近に鋏《はさみ》を置かないようにして……。

オレンジは苦悩、ブルーは狂気

デイヴィッド・マレル　浅倉久志＝訳

ファン・ドールンの絵がつねに論争の的であることは、いうまでもない。十九世紀末に彼の作品がパリの画壇にどれほどの物議《ぶつぎ》をかもしたかは、すでに伝説になっている。ファン・ドールンは画壇のしきたりを見くだし、既成の絵画理論の彼方《かなた》をさぐって絵画技術のエッセンスをつかみとり、それに魂をうちこんだ。色彩、構図、マチエール。これらの原理を頭においた場合、彼の創造した肖像画や風景画は、従来の絵とはあまりにもかけはなれており、あまりにも革新的であるため、どの絵の主題も、ファン・ドールンがカンヴァスに絵具を塗るための口実にしか思えないほどだった。鮮烈な色彩の絵具は、熱情にあふれた斑点《はんてん》と渦巻《うずま》きを形づくり、しばしばカンヴァスから三ミリも盛りあがるほど、浮き彫りのように厚塗りされていた。そのテクニックが鑑賞者の知覚を強く支配する結果、そこに描かれた人物または風景は二次的なものに思えるのだった。

十九世紀末にアヴァンギャルド絵画運動として勢いを得た印象主義は、視野の周辺にあるものをぼやけたしみとして認識しがちな人間の目の性質を模倣した。ファン・ドールンはこれをさらに一歩進め、ものとものとのあいだに差異がないことを強調したため、すべての物体がおたがいに溶《と》けあい、相互に関連する汎神論《はんしんろん》的色彩の宇宙に融けこんだ。ファン・ドールンの描く木々は、心霊体の触手となって空や草に向かって伸び、眩《まば》ゆいほどの渦巻きへと合体していた。彼は光の生みだすイリュージョンよりも、現実そのものか、でなければ、すくなくとも現実に関する独自の理論に精魂をかたむけたようだった。樹木は大空だ、と彼の技術は断言していた。草は樹木であり、大空は草だ。すべてはひとつだ、と。

ファン・ドールンのこの姿勢は、同時代の評論家にはまったく不人気だったため、数カ月も費やした労作一枚が、一回の食事代にもならないことがしばしばだった。この挫折《ざせつ》がノイローゼを生みだした。彼が自分で自分の肉体を傷つけたときには、セザンヌやゴーガンのような旧友たちもショックを受け、疎遠《そえん》の仲になった。ファン・ドールンは無名のまま、貧窮の中で亡《な》くなった。彼の天才がはじめて認められたのは、死後三十年を経た一九三〇年代のことだった。一九四〇年代には、魂の苦悩を負った彼の生涯《しょうがい》が、あるベストセラー小説の素材となり、一九五〇年代には、それがハリウッドの超大作映画になった。もちろん現在では、彼のいちばん不出来な小品でも三〇〇万ドル以下では買えない。

ああ、芸術。

ことのはじまりは、マイヤーズだった。スタイヴェサント教授との懇談《こんだん》をすませてきたという。「やつは承諾したよ……しぶしぶだが」

「やつが承諾したとは意外だな」わたしはいった。「スタイヴェサントは後期印象派、特にファン・ドールンが大嫌《だいきら》いだ。なぜもっと楽な相手を選ばなかったんだい？　ブラッドフォードの爺《じい》さんとか」

「学界でのブラッドフォードの評判が、最悪だからさ。発表できない学位論文なんて、はなから書く意味がない。有名な指導教授の名前があると、編集者も注目する。それに、もしスタイヴェサントを納得させることができたら、だれでも納得させられるわけだし」

「納得させるって、なにを……？」

「スタイヴェサントもそれを知りたがったよ」マイヤーズはいった。

あの瞬間は、いまもまざまざとおぼえている。マイヤーズがひょろ長い体をのばし、メガネをずりあげ、縮《ちぢ》れた赤い髪がひたいへバリバリとにじり出てくるほどのしかめっつらをしたことを。

「スタイヴェサントは、自分がファン・ドールンに無関心なのを棚に上げて、こういいやがった――まったく、あの尊大な肛門《こうもん》野郎のしゃべりかたときたら！――なぜきみは、貴重な人生の中の一年を費やしてまで、すでに無数の研究書や評論の主題になり、すでに語りつくされた感のある芸術家のことを書きたいのかね？　なぜ、もっと無名だが有望な新表現主義の画家を選んで、きみの名声が彼とともに上昇するほうに賭《か》けないのかね？　もちろん、スタイヴェサントが推薦した画家は、やつのお気に入りのひとりだった」

「もちろんな。ところで、彼が指名したその画家というのは……」

マイヤーズはその名を挙げた。

わたしはうなずいた。「スタイヴェサントは、ここ五年間、その画家の絵を収集してきた。その絵の転売価格が上がれば、退職してロンドンにタウンハウスが買えるというもくろみだ。おまえはなんといってやった？」

マイヤーズは答えようと口をひらきかけて、ためらった。彼は思案ぶかげな表情になり、ファン・ドールンの渦また渦の〈窪地《くぼち》の糸杉《いとすぎ》〉に向きなおった。その複製画のかかっている壁の横には、ファン・ドールンの伝記や、研究書や、画集のぎっしり詰まった、天井までとどく本棚があった。マイヤーズはしばらく無言だった。まるでそのなじみ深い複製画が――複写された色彩は原画の鮮烈なトーンと比べものにならず、カンヴァスに盛りあがり渦巻く絵具の絶妙な質感も、印刷では再現できていないが――息のとまるほどの感動をよびおこしたかのように。

「なんといってやったんだよ？」わたしはもう一度きいた。

マイヤーズは挫折と感嘆のまじった吐息《といき》をついた。「批評家たちがファン・ドールンについて書いてることはたいていゴミだ、といってやったさ。やつは同意したが、ただし、そうした批評しかひきよせないのは作品の責任ではないか、とほのめかした。で、ぼくはいった。才能のある批評家さえ、ファン・ドールンの核心にはせまっていない。彼らは重要なものを見落としている」

「というと？」

「それがまさにスタイヴェサントのつぎの質問だった。あいつの癖は知ってるよな？　苛立《いらだ》ってくると、さかんにパイプに火をつけなおすんだ。早くまくしたてないとまずい。そこで、こう答えたんだ。自分がなにを探しもとめているかはまだわからないが、なにかがある」

——マイヤーズは複製画を指さして——「あそこにあるなにか。だれも気づいていないなにかだ。ファン・ドールンも日記の中でそれをほのめかしている。どういうものかはわからないが、彼の絵になにかの秘密が隠されていることには確信がある」マイヤーズはわたしをちらと見た。

わたしは眉《まゆ》を上げた。

「そうさ、だれも気づいたものがいなければ、それは秘密にちがいない、そうだろう？」

「だが、おまえもまだ気づいていないとすると……」

なにかに強制されたように、マイヤーズはまた複製画をふりかえり、賛嘆のこもった声でいった。「どうしてそれがあるとわかるのか？　それはファン・ドールンの絵を見るたびに、それを感じるからだよ。なんとなく」

わたしは首をふった。「それを聞いて、スタイヴェサントがなんといったか、見当がつくな。あいつは美術を幾何学なみに考えていて、どんな秘密も――」

「やつはこういった。もしきみが神秘主義者になりたいなら、美術でなく、宗教の学校へ行くべきだ。だが、もし自分自身のキャリアの息の根をとめるために首吊《くびつ》りの縄《なわ》がほしいなら、よろしい、与えてやろう。わたしは自分に偏見がないと信じたいから、だとさ」

「笑わせるぜ」

「ところが、冗談をいってる顔じゃなかった。わたしはシャーロック・ホームズが好きだ、というんだ。もしきみが謎《なぞ》を見つけ、それを解決できると思うなら、ぜひともそうしたまえ。おまけに、例の最高に恩着せがましい微笑をうかべて、きょうの教授会でそのことを議題にしてみよう、といった」

「じゃ、どこに問題がある？　願いはかなえられたわけじゃないか。やつはおまえの学位論文の指導を承諾した。どうしてそんなに不満そうな――」

「きょうは教授会なんて予定にないんだよ」

「そうか。こけにされたんだ」

マイヤーズとわたしはアイオワの大学院へはいったときに知りあった。それが三年前のことだが、やがてキャンパス近くの古いアパートで隣合わせの部屋を借りるほど、仲がよくなった。ここの家主《やぬし》のオールドミスは水彩画の趣味があり——ついでにいうと、才能は皆無で——レッスンをつけてもらうために、美術学生にしか部屋を貸さなかった。マイヤーズの場合は特例だった。彼はわたしとちがって画家志望ではない。美術史専攻だ。たいていの画家は本能的に絵を描く。自分の目的を口で説明するのは不得手だ。しかし、マイヤーズの特技は、絵具でなく言葉を使うことだった。即席の講義のおかげで、彼はほどなくこの老婦人のいちばんおぼえめでたい借家人になった。

しかし、その日を境に、女家主はほとんどマイヤーズに会えなくなった。わたしもだ。いっしょに受けている講義にも、マイヤーズは顔を出さなかった。図書館にこもりきっているのだろう、と思った。夜遅くに、彼の部屋のドアの下から明かりがもれているのに気づいてノックしてみたが、返事はなかった。電話してみた。くぐもったベルの音が執拗《しつよう》に鳴りつづけているのが、壁ごしに聞こえた。

ある晩、電話のベルを十一回鳴らして、そろそろ切ろうかと思ったときに彼が出た。くたびれきった声だった。

「すっかり疎遠になっちまったな」わたしはいった。

マイヤーズはけげんそうな声を出した。「疎遠？　だって、二日前に会ったばかりじゃないか」

「それをいうなら、二週間前だろ」

「おい、ほんとかよ」

「シックス・パックがあるんだ。よかったら――」

「ああ、いいね」彼はためいきをついた。「こいよ」

マイヤーズが自分の部屋のドアをあけたとき、わたしはどっちに驚いたのかよくわからない。マイヤーズの外見にか、それとも部屋の変わりようにか。

まずマイヤーズからはじめよう。もともと痩《や》せてはいたが、いまは憔悴《しょうすい》して骨と皮だ。シャツとジーンズはしわくちゃ。赤い髪の毛はボサボサ。メガネの奥の目は赤く充血している。ひげも剃《そ》ってない。ドアを閉めてビールをとろうとした手がふるえていた。

部屋の中はどこもかしこも――その強烈な色彩の氾濫《はんらん》が生みだす異様な効果をどう言葉で伝えていいかわからないが――ファン・ドールンの複製画でおおわれていた。壁の隅《すみ》から隅まで。ソファーも、椅子《いす》も、デスクも、テレビも、本棚も。それにカーテンも、天井も。さらには、わずかな通路だけを残して、床までが。渦巻くひまわり、オリーブの木々、草地、空、川の流れ。それらがわたしをとりまき、包囲し、こっちへつかみかかってくるようだ。同時に、その中へのみこまれるような感覚も味わった。それぞれの複製画の内部にある物体のぼやけた輪郭がおたがいに溶けあうだけでなく、どの複製画もその隣のものと溶けあっている。わたしは色彩の混沌《こんとん》のまっただなかで絶句していた。

マイヤーズは、たてつづけにビールをあおった。わたしが室内のありさまに茫然《ぼうぜん》としているのを見て、てれくさくなったのか、複製画の渦のほうに手をふった。「まあ、なんていうかな、研究対象に浸りきっていたわけさ」

「最後に食事をしたのはいつだ？」

マイヤーズは途方に暮れた顔になった。

「だろうと思った」わたしは床に並べられた複製画のあいだのせまい通路をすりぬけ、電話にたどりついた。「このピザはおれのおごりだ」近くのペピーズにデラックスの特大を注文した。ビールの出前はしてくれなかったが、冷蔵庫の中にはシックス・パックがもうひとつあり、いまにそれが必要になりそうだった。

わたしは電話を切った。「マイヤーズ、いったいなにをしてるんだ？」

「いまいったろう……」

「浸りきっていた？　よしてくれ。学校へは出てこない。最後にシャワーを浴びてから何日になるかわからない。それにひどいなりだ。スタイヴェサントと物別れになったぐらいで、自分の健康をぶちこわすことはないぜ。やつには気が変わったといってやれよ。ほかの、もっと楽な指導教授をさがせばいい」

「スタイヴェサントとこれとは、なんの関係もない」

「くそっ、だったらなんと関係があるんだ？　実力テストが終わって、学位論文ブルースのはじまりか?」

マイヤーズはビールの残りを飲みほして、新しい缶《かん》に手をのばした。「いや、ブルーは狂気だ」

「なに?」

「そういうパターンなんだよ」マイヤーズは渦巻く複製画のほうに向きなおった。「年代順に調べてみた。ファン・ドールンの狂気が進行するにつれて、ブルーがしだいに多用されていく。それと、彼にとってはオレンジが苦悩の色なんだ。伝記に書かれた私生活の危機と作品とを重ねあわせると、それに対応してオレンジが多用されていくのがわかる」

「マイヤーズ、おまえはおれのいちばんの親友だ。はっきりいわせてもらうが許してくれ。おまえはノイローゼぎみだよ」

マイヤーズはまたビールをあおってから、肩をすくめた。わかってもらおうとは期待していない、といいたげに。

「なあ、いいか」わたしはいった。「個人的な色彩コード、感情と絵具の相関関係、そんなものはたわごとだ。おれは知ってる。おまえは歴史屋だが、こっちは絵かきだ。いっとくがね、色彩への反応は人それぞれにちがう。広告代理店のひけらかす理論なんて気にするな。ある色を使った商品がほかの色よりも売れるとかなんとか。すべては状況しだいだ。流行しだいだ。今年の〝流行色〟は、来年には時代遅れ。だが、本当の偉大な画家は、最大の効果が得られる色ならなんでも使う。彼の関心は創造にあって、売れ行きにはない」

「ファン・ドールンは、もうすこし自分の絵が売れてほしかっただろうよ」

「たしかに。あの先生はかわいそうにも自分が流行になるまで長生きできなかった。しかし、オレンジが苦悩、ブルーが狂気を意味するだって？　そんなことをスタイヴェサントにいってみろ、教官室からほうりだされるぞ」

マイヤーズはメガネをはずして、鼻の両脇《りょうわき》をもんだ。「どうも頭が……たぶん、きみのいうとおりかな」

「たぶんもくそもない。おれのいうとおりさ。おまえに必要なのは、食べ物と、シャワーと、睡眠だ。絵は色彩と形態の組合わせで、それは個人によって好みがちがう。画家は自分の本能にしたがい、自分が扱いこなせる技法を利用して、ベストをつくす。だが、もしファン・ドールンの作品に秘密があるとすれば、それは色彩コードじゃない」

マイヤーズは二缶目のビールをからにして、悲しそうにまばたきした。「きのう、ぼくがなにを発見したか知ってるか？」

わたしは首を横にふった。

「ファン・ドールンの分析に没頭した研究家たちのことなんだが……」

「それがどうした？」

「みんな発狂してる。ファン・ドールン同様に」

「なんだって？　そんなばかな。ファン・ドールン研究家の書いた本は、おれも何冊か読んだよ。みんなスタイヴェサントとおなじように因習的で退屈だ」

「それは主流の学者たちのことだろう。連中は安全だった。ぼくがいうのは、本当に優秀な批評家たちだ。ファン・ドールン同様に、天才を認めてもらえなかった批評家たちだ」

「彼らはどうなった？」

「苦しんだ。ファン・ドールン同様に」

「精神病院へ入れられたのか？」

「もっとわるい」

「おい、マイヤーズ、気をもたせるな」

「その経過には驚くべき相似性があるんだ。彼らはめいめいに絵を描こうとした。ファン・ドールンの流儀でだ。そして、ファン・ドールン同様に、自分の目をえぐりだした」


もう、これだけで明らかだと思う――マイヤーズはいわゆる〝神経質な〟性格だった。これは否定的評価ではない。むしろ、わたしが彼を好きになった理由のひとつは、興奮しやすいところだ。それと、あの想像力。マイヤーズとつきあっていると、けっして退屈することがなかった。彼はアイデアを愛した。学習に意欲を燃やしていた。そして、自分の興奮をわたしにも感染させた。

正直なところ、こっちはどんなインスピレーションでも、のどから手の出るほどほしかった。わたしはまずい画家ではない。けっしてない。かといって、偉大な画家でもない。大学院の卒業が近づくにつれて、自分の作品が〝そこそこおもしろい〞以上の段階にはけっしてたどりつけないのを、痛いほど意識するようになっていた。自分では認めたくなかったが、このままだと落ちつく先はおそらく広告代理店の商業美術家だろう。

しかし、その晩は、マイヤーズの想像力を前にしても胸がおどらなかった。むしろ不気味だった。彼はいつもなにかに熱中している。エル・グレコ、ピカソ、ポロック。どれもが彼を夢中にさせ、執念の段階までひきずりこんだあげく、つぎつぎに見捨てられていった。彼がファン・ドールンに焦点を合わせたときも、たんなる一時的熱中だろう、とわたしはたかをくくっていたのだ。

しかし、この部屋に氾濫するファン・ドールンの複製画は、彼がより大きな強迫観念にとりつかれたことを明らかに物語っていた。ファン・ドールンの作品に秘密があるというマイヤーズの主張に対しては、懐疑的だった。偉大な芸術は、しょせん説明不可能だ。そのテクニックを分析し、そのシンメトリーを図解しても、最終的には言葉で伝えられない謎が残る。天才は要約できない。わたしの目からすると、マイヤーズは〝秘密〞という言葉を、表現しようのない卓越性の同意語として使っているように思えた。

彼のいう意味が、文字どおりに、ファン・ドールンの隠された秘密であると知って、わたしはぞっとした。マイヤーズの瞳《ひとみ》にこもる悲しみを見て、これにもぞっとした。ファン・ドールンだけでなく、その研究家たちも狂気におかされたという話を聞いて、わたしはマイヤーズまでがノイローゼになったかと心配だった。自分の目をえぐりとる？　冗談じゃない。

　結局、朝の五時までマイヤーズにつきあい、彼をなだめすかして、二、三日の休息が必要だと納得させた。はじめに持ってきた半ダースのビールと、冷蔵庫の中の半ダース、それに廊下のむこうの部屋にいる美術学生からゆずってもらった半ダースもからになった。夜明けがた、マイヤーズがうとうとしはじめるのを見とどけてから、よろよろと自分の部屋へもどる直前に、彼はわたしにこういった。きみのいうことは正しい。自分には休息が必要だ。明日になったら、家族に電話する。デンヴァーへ帰る飛行機代を払ってくれるかどうか、たずねてみる、と。

　二日酔いで、つぎに目がさめたときは夕方だった。講義をサボったことを悔やみながら、シャワーを浴び、昨夜のピザの味をなんとか口の中から消した。マイヤーズが電話に出ないのを知っても、驚きはしなかった。おそらくむこうもひどい二日酔いだろう。だが、日が暮れてから、もう一度電話し、それから部屋のドアをノックするころには、心配になってきた。部屋のドアはロックされていたので、家主の鍵《かぎ》を借りに下へおりていった。そのときだった、郵便受けにメモがはいっているのが目についたのは。

あれは本気だ。休息がほしい。故郷へ帰る。また連絡する。クールにやれ。いい絵を描けよ。きみはいいやつだ。

永遠の友、マイヤーズ

のどがうずいた。それっきりマイヤーズは帰ってこなかった。その後は、二度会っただけだ。一度はニューヨークで、そしてもう一度は……。

ニューヨークの話をしよう。わたしは卒業制作を仕上げた。アイオワの広大な空と、黒い土と、森におおわれた山々を讃《たた》える風景画の連作だ。その中の一枚は地元のパトロンに五十ドルで売れた。三枚は大学の病院に寄贈した。残りの行方《ゆくえ》はわからない。

いろいろなことがあった。

予想どおり、この世界はわたしの上出来だが偉大ではない作品を待ちこがれてはいなかった。わたしは自分の属する場所に落ちついた。マディソン街の広告代理店の商業美術家だ。わたしのデザインになる缶ビールは業界随一だった。

やがて、ある化粧品会社の販売部門に働く、頭のいい、魅力的な女性と知りあった。わたしの勤めている代理店のクライアントだ。仕事上の会議が個人的な夕食になり、そして一晩じゅうつづく親密な夜になった。わたしはプロポーズした。彼女はそれを受けた。

コネティカットで暮らしたいわ、と彼女はいった。異存はない。その時期がきたら、子供もほしいわね、と彼女はいった。異存はない。

マイヤーズはわたしの会社へ電話してきた。どこからさがしあてたのかわからない。息せき切ったその声は忘れようがなかった。

「見つけたぞ」と彼はいった。

「マイヤーズか？」わたしはにやにやした。「本当に——？　で、どうしてる？　いままでどこに——？」

「だからいってるだろうが。見つけたんだよ！」

「なんの話だか——」

「忘れたのか？　ファン・ドールンの秘密だ！」

たちまち思い出がよみがえった——マイヤーズが生みだしたあの興奮、わが青春のすばらしい、期待にみちた会話——アイデアと未来が手招きしていた日々、そして夜。「ファン・ドールン？　それじゃ、いまでも——」

「そうなんだ！　ぼくは正しかった！　秘密があったんだ！」

「とんでもない野郎だ。ファン・ドールンのことはどうでもいい。それより、こっちはおまえのことを心配してたんだぞ！　なぜあんなふうに――？　いきなり姿を消すなんて許せない」

「そうするしかなかったんだ。ひきとめられたくなかった。きみに――」

「おまえのためを思ったんだ！」

「きみがそう考えたってことだよな。だが、ぼくは正しかった！」

「いまどこにいる？」

「ぼくがいるだろうと、きみが予想するその場所さ」

「昔のよしみだ、マイヤーズ、いらいらさせるな。いまどこにいる？」

「メトロポリタン美術館」

「じゃ、そこにいてくれるか、マイヤーズ？　すぐにタクシーをつかまえるから。早く会いたいよ。待ちきれない」

「ぼくもだ。きみに早くこれを見せたくてな！」


わたしは締切りをのばしてもらい、ふたつの先約をキャンセルして、フィアンセには今夜の夕食につきあえなくなったと電話した。彼女はむっとしたようだった。しかし、こっちの頭にはマイヤーズのことしかなかった。

彼は入口の円柱のむこうに立っていた。顔はやつれていたが、目は星のように輝いていた。

わたしは彼を抱きしめた。「マイヤーズ、また会えてよかった――」

「あるものを見せたいんだ。いそげ」

彼はわたしのコートをひっぱって、せきたてた。

「しかし、いままでどこにいたんだよ？」

「あとで話す」

われわれは後期印象派の展示室にはいった。すっかり煙《けむ》に巻かれて、わたしはマイヤーズのあとにしたがい、彼の熱心さに負けて、ファン・ドールンの〈日の出の樅《もみ》の木〉の前にあるベンチにすわった。

その原画を見るのははじめてだった。複製画とは比べものにならない。女性化粧品の広告を一年も描きつづけてきたわたしは、完全にうちのめされた。ファン・ドールンのパワーに思わず……。

涙が？

自分のヴィジョンに欠けた技巧がうらめしかった。

一年前に青春を捨てたことがうらめしかった。

「見ろよ！」マイヤーズが片手を上げて、絵のほうを示した。

わたしは眉をよせた。じっと見つめた。

ずいぶん暇がかかった――一時間か、二時間か――それもマイヤーズになだめすかされてだ。わたしは精神集中をつづけた。そして、ようやく、それを見つけた。

深い賛嘆の念が変化して……。

心臓が高鳴った。とうとうマイヤーズが画面の上を片手でなぞり、さっきからわれわれを警戒の目で見ていたガードマンが、たまりかねて近づいてきたとき、ふいに雲が切れて、レンズが焦点を結んだような気持を味わった。

「すごい」とわたしはいった。

「見えたか？　この藪《やぶ》、この木立、この枝？」

「見える！　驚いたな、見える！　どうしていままでそれに——？」

「気がつかなかったか？　それは、複製画には現われてこないからさ」マイヤーズはいった。

「原画でしかわからない。しかも、その効果はおそろしく深いところにあるんで、よほど長く見つづけていないと——」

「永遠にだ」

「それぐらい長く思えたな。しかし、ぼくにはわかっていた。ぼくは正しかった」

「秘密か」

わたしが子供のころ、父に——どれほどわたしは父を愛したことか——きのこ狩りに連れていってもらったことがある。田舎町《いなか》から車ででかけ、鉄条網を張ったフェンスを乗りこえ、森の中を歩いて、枯れた楡《にれ》のならぶ斜面にたどりついた。父はわたしに斜面の上のほうをさがせと教え、自分は斜面の底へおりていった。

一時間後、父はふたつの紙袋にきのこをどっさり詰めてもどってきた。わたしは一本も見つけていなかった。

「お父さんは場所がよかったんだね」わたしはいった。

「おまえのまわりにもいっぱいあるじゃないか」父はいった。

「ぼくのまわりにも？　どこに？」

「ちゃんと見なかったな」

「ぼく、このへんを五回も往復したんだよ」

「さがすにはさがしたが、本当に見てなかったのさ」父は長い棒切れをひろって、その先を地面に近づけた。「この棒の先をよく見てごらん」

わたしはそうした……。

そのとき胃袋の中にわきあがった熱い興奮は、いまも忘れられない。まるで魔法のように、きのこが出現したのだから。もちろん、きのこは最初からそこにあった。ただ、色が枯葉そっくり、形が枯れ枝や岩のかけらそっくりなので、周囲の環境にすっかり溶けこみ、無知な目にはまったく見わけがつかなかったのだ。いったん見かたが変わり、いったん自分の心が視覚印象を再吟味《ぎんみ》しはじめると、きのこはいたるところに見つかった。何千本もの数に思えた。いまのいままでその上に立ち、その上を歩き、それを見つめていたのに、気がつかなかったのだ。

マイヤーズに教えられて、ファン・ドールンの〈日の出の樅の木〉の中に小さい顔の群れを見いだした瞬間は、それよりもはるかに大きいショックだった。大部分の顔は五ミリもなく、それとない暗示、点の集まりや影となって、風景にすっかり溶けこんでいる。その顔は厳密には人間でなかったが、口と鼻と目はあった。どの口も黒くひらいた空洞《くうどう》であり、鼻はぎざぎざの裂け目であり、目は絶望をたたえた暗い吸いこみ穴だった。ゆがんだ顔はどれもすさまじい苦痛に泣きさけんでいるらしい。苦悩にみちた悲鳴、虐《しいた》げられた絶叫が、いまにも聞こえてくるようだ。ただちに連想したのは劫罰《ごうばつ》だった。地獄だった。

その顔の群れに気づくのと同時に、渦巻く絵肌《えはだ》から無数のそれが出現したため、風景はひとつの幻覚に、そしてグロテスクな顔が逆に現実に変わった。樅の木々は、のたうつ腕ともがき苦しむ胴体がからみあう、卑猥《ひわい》な塊《かたまり》に変貌《へんぼう》した。

わたしがショックのあまり一歩後退したのは、ガードマンが絵からわたしをひきはなそうとする一瞬前だった。

「だめだよ、絵に――」とガードマンがいいかけた。

マイヤーズは、すでにつぎのファン・ドールンを指さしている。〈窪地の糸杉〉の原画だ。わたしは彼につづいたが、いまではなにをさがすべきかを知っていた。あの小さい、虐げられた顔の群れは、あらゆる枝と岩の中に見つかった。カンヴァスはいちめん顔だらけだった。

「すごい」

「つぎはこれだ！」

マイヤーズは〈収穫期のひまわり〉へといそいだ。こんども、まるでレンズの焦点が変わったように、ひまわりの花はどこかへ去ってしまって、目にはいるのは苦悩にみちた顔と、ねじくれた四肢《しし》だけだった。わたしはよろよろと後退し、膝《ひざ》のうしろにベンチが当たるのを感じて、腰をおろした。

「おまえは正しかった」

すぐそばでは、ガードマンが苦《にが》い顔で立っていた。

「ファン・ドールンにはたしかに秘密があったんだ」驚きのあまり、わたしは何度も首をふった。

「それでなにもかも説明がつく」マイヤーズはいった。「あの虐げられた顔が、彼の作品に深みを与えていた。あの顔は隠れてはいるが、見るものはどこかでそれを感じる。美しさの下に苦悩が隠されているのを、感じとる」

「しかし、なぜ彼は――？」

「ほかに選択の余地がなかったんだろう。彼の天才が彼を狂気に追いやったんだ。これは推測だけど、ファン・ドールンは世界を文字どおりあんなふうに見ていたんじゃないか。あの顔は、彼が格闘していたデーモンたちだ。彼の狂気の膿《う》みただれた産物だ。それに、あれはたんなる視覚的トリックじゃない。あれは天才にしかできない芸当だよ。全世界の人間の前へ堂々と提出しておきながら、風景と完全に重ねあわせて、だれの目にも見えないようにするというのは。なぜなら、恐ろしいことに、彼にとってはあれがごく当然のものだったからだ」

「だれの目にも見えない？　おまえが見つけたじゃないか、マイヤーズ」

彼は微笑した。「ということは、ぼくも気が狂っているのかな」

「それはどうだか」わたしも微笑を返した。「しかし、執念ぶかいという意味にはなる。これで一躍おまえは有名になれるな」

「だが、まだ研究は終わっていない」マイヤーズはいった。

わたしはけげんな顔をした。

「いまのところ、ぼくが手に入れたのは、興味しんしんたる錯覚の実例だけだ。画面の奥底でもだえ苦しみ、たぶんそれによって比類ない美を生みだしている虐げられた魂の群れ。それを〝二次的イメージ〟と名づけることにしたよ。きみの広告関係でいう、〝サブリミナル〟かな。しかし、これはコマーシャリズムじゃない。狂気を自己のヴィジョンの一要素として使いこなした、たぐいまれな芸術家だ。もっと掘りさげる必要がある」

「いったいなんの話だ？」

「ここに展示された絵だけでは、まだ実例として充分じゃない。ぼくは彼の作品をパリやローマ、チューリッヒやロンドンで見てきた。親からは、むこうの忍耐の限界、こっちの良心の限界まで金を借りた。しかし、これを見たいま、自分のやるべきことがわかった。この苦悩にみちた顔が現われたのは、一八八九年、ファン・ドールンが屈辱のうちにパリを離れたあとなんだ。初期の絵ときたら、ひどいものだよ。彼は南仏のラ・ヴェルジュに落ちついた。その六カ月後に、彼の天才はとつぜん開花した。狂気のように描きまくった。それからパリにもどってきた。作品を展示したが、だれにも理解されない。彼は制作をつづけ、何度も個展をひらいた。それでも、理解者はいなかった。彼はラ・ヴェルジュにもどり、天才の頂点に達し、そして完全に発狂した。とうとう精神病院に収容されたが、その前に自分で自分の目をつぶしていた。これがぼくの学位論文だ。彼のたどった道すじを追っていこうと思う。彼の作品を伝記と重ねあわせ、狂気の進行につれて、あの顔がどれほどふえていき、どれほどきびしさをましていったかを説明したい。風景のそれぞれに対して、ゆがめられたヴィジョンを重ねあわせていく、その過程での魂の苦悩を、劇的に表現してみたいんだ」

まず過激な態度をとり、それをいっそう過激な行動に移していくところは、いかにもマイヤーズらしかった。誤解しないでほしい。マイヤーズの発見は重要だ。しかし、彼は引きぎわを心得ていなかった。わたしは美術史家ではないが、その関係の本は読んだから、いわゆる〝心理学的批評〟、偉大な芸術を神経症の現われと見る試みが、控え目にいっても見当はずれだとみなされているのを知っている。もしマイヤーズがスタイヴェサントに心理学的な学位論文を手わたしたりしたなら、あの尊大な肛門野郎に教官室からたたきだされるにちがいない。

その発見をさらに押しすすめようとするマイヤーズの計画について、わたしが感じた懸念《けねん》のひとつはそれだった。もうひとつの懸念は、いっそう強いものだった。さっきマイヤーズは、ファン・ドールンのたどった道を追っていこうと思う、といった。美術館を出て、ふたりでセントラル・パークの中を歩いている最中に、マイヤーズが文字どおりにそうするつもりであることがわかったのだ。

「南仏へ行くつもりなんだよ」と彼はいった。

わたしは驚きに目をまるくした。「ということは、まさか——」

「ラ・ヴェルジュ？　そのとおり。あそこで論文を書くつもりだ」

「しかし——」

「あそこ以上に適当な場所があるか？　ファン・ドールンは、あそこでノイローゼに苦しみ、あげくに発狂した。できることなら、彼の住んでいた部屋を借りたい」

「マイヤーズ、いくらなんでも、それは行き過ぎだぞ」

「だが、完全にすじは通ってる。あの世界へ浸りきりたいんだよ。当時の雰囲気《ふんいき》、歴史の感覚が必要なんだ。それを書くムードに自分をおくために」

「この前おまえが浸りきったときには、自分の部屋をファン・ドールンの複製画だらけにして、睡眠もとらず、食事もとらず、シャワーも浴びなかった。あんなことは——」

「夢中になりすぎたことは認めるよ。だが、あのときは、まだ自分がなにをさがしているのか、よくわからなかった。それが見つかったいまは、健康そのものさ」

「ひどく消耗してるように見えるがな」

「目の錯覚だよ」マイヤーズはにやりとした。

「まあいい、おごるから酒と夕食をつきあえ」

「すまん。そうしてられないんだ。飛行機の時間がある」

「今晩、発《た》つのか？　せっかくひさしぶりに会ったのに——」

「その夕食は、こんど論文を仕上げたときにおごってくれ」


結局、夕食はおごらずじまいだった。そのあとマイヤーズの顔を見たのは一度だけだ。きっかけは、その二カ月後にむこうがよこした手紙だった。というより、看護婦にことづけた手紙だ。看護婦は彼の伝言を書きとめたあとに、説明を補足していた。マイヤーズは自分で自分の目をつぶしたのだ。いうまでもなく。

　きみが正しかった。くるべきじゃなかった。しかし、ぼくが人の忠告を聞いたことがあるか？　つねにぼくは正しかった、そうだろう？　もう手遅れだ。あの日、美術館できみに見せたもの——ちくしょう、あれはほんの一部だ。真相を見つけたいまは、もう耐えられない。ぼくの失敗をくりかえすな。たのむから、二度とファン・ドールンの絵を見るな。頭痛。痛くてたまらない。休息がほしい。故郷へ帰る。クールにやれ。いい絵を描けよ。きみはいいやつだ。

永久の友、マイヤーズ

追伸の中で、看護婦は自分の英語の拙《つたな》さを詫《わ》びていた。自分はリヴィエラでアメリカ人のお年寄りの世話をすることがあるので、その必要上、英語を勉強した。しかし、英語をしゃべったり書いたりするのは、ヒヤリングよりも不得手だから、この文章もすじが通らないのではないかと心配だ、と書いてある。たしかにすじは通らないが、それは彼女のせいではなかった。マイヤーズは非常な苦痛を訴え、モルヒネを投与されているので、はっきり物が考えられない、と彼女は書いていた。それでも、なんとか首尾一貫した話ができたのは、むしろ奇跡だ、と。

あなたのお友だちは、ここで一軒しかないホテルにいます。支配人は、彼がほとんど眠らないし、食はそれ以上に細いといいます。彼の研究は、とりつかれたようでした。部屋の中はファン・ドールンの複製でいっぱいでした。彼はファン・ドールンの日課をそのとおり真似《まね》ようとしました。彼は絵具とカンヴァスを要求し、三度の食事を断わって、だれがきてもドアをあけません。三日前に、悲鳴で支配人は目をさましました。ドアはふさがれていました。ドアを破って中にはいるには、三人の力が必要でした。お友だちは絵筆の先で自分の目を突き刺したのです。ここの病院は優秀です。お友だちは肉体的には回復すると思いますが、目だけはもう治らないでしょう。でも、わたしは彼の精神状態が心配です。

マイヤーズは故郷へ帰ると書いていた。その手紙は一週間かかって、わたしの手元へ届いた。彼の両親には、きっと電話か電報ですぐに通知がいったにちがいない。おそらく、もういまごろは、アメリカにもどってきているだろう。彼の両親がデンヴァーに住んでいるのは知っていたが、ファースト・ネームもアドレスも知らなかったので、ニューヨーク公立図書館までタクシーを飛ばし、クレジット・カードを使って、デンヴァーの電話帳にあるすべてのマイヤーズを順々に呼びだした。やっと連絡がとれた。彼の両親ではなく、その屋敷の留守番をしている一家の友人とだ。マイヤーズはまだアメリカへ連れもどされていない。彼の両親はすでに南仏へ出発したという。わたしはつぎの便の飛行機をつかまえた。たいしたことではないが、その週末には結婚式を挙げる予定だったのだ。

ラ・ヴェルジュはニースから三十キロ内陸にあった。わたしは運転手を雇った。道路はオリーブの木と農地のあいだを縫い、糸杉におおわれた丘陵《きゅうりょう》を越え、そして何度か断崖《だんがい》の下を通った。ある果樹園を通りすぎたとき、前にそれを見たことがあるような、不気味な確信におそわれた。ラ・ヴェルジュにはいって、既視感《デジャヴュー》はいっそう強まった。この村は十九世紀の中に閉じこめられているようだった。電柱と電線をべつにすれば、なにもかもファン・ドールンが描いた当時のままだ。ファン・ドールンが有名にした玉石舗装のせまい街路と、田舎風の商店に見おぼえがあった。わたしは道をたずねた。マイヤーズとその両親をたずねあてるのは、むずかしくはなかった。

こうしてようやくたずねあてたとき、葬儀屋はわが親友の柩《ひつぎ》の蓋《ふた》を閉じようとしていた。熱い涙があふれてきて、こまかいことを見わけられる心境ではなかったが、あの看護婦が手紙の中で請けあっていたとおり、この田舎の病院がりっぱな設備に恵まれていることはわかった。目の負傷だけなら、マイヤーズは生きながらえることができただろう。

だが、彼の精神が受けた損傷はまた別問題だった。マイヤーズはしきりに頭痛を訴えたという。それだけでなく、しだいに苦悩が激しくなった。モルヒネも効果がなかった。マイヤーズがひとりにされていたのは、ほんの数分間のことだった。やっと眠ったように見えたからだ。そのつかのまに、マイヤーズはベッドからよろめき出て、手さぐりで部屋のむこうまで歩き、そして鋏《はさみ》を見つけた。包帯をむしりとって、すでにからっぽの眼窩《がんか》に鋏を突きたて、脳をえぐりだそうとした。目的を達しないうちに倒れたが、その傷だけで充分だった。

二日後に死が訪れた。

彼の両親は蒼白《そうはく》な顔で、あまりのショックにすっかり取り乱していた。わたしは自分のショックをなんとかこらえ、ふたりを慰めようとした。あのすべてが朦朧《もうろう》とした、恐ろしい数時間の中でも、正常さをとりもどそうとする努力の中で、自分の心がこの場と無関係なものに気づいたことをおぼえている。マイヤーズの父親はグッチのローファーをはき、18金のロレックスの腕時計をはめていた。大学院でのマイヤーズは、わたしに劣らず切り詰めた予算で暮らしていたのだ。彼に裕福な両親がいるとは、想像もしていなかった。

わたしは彼の両親を手伝い、遺体をアメリカへ空輸する手配をすませた。それからいっしょにニースへ行き、たえずそばにつきそって、彼の柩が飛行機の貨物室へ積みこまれるのを見とどけた。彼の両親と握手し、抱きあった。わたしに見送られて、ふたりはすすり泣きながら搭乗橋《とうじようきよう》をのぼった。その一時間後に、わたしはラ・ヴェルジュにもどった。

そこへもどったのは、ある約束のためだった。わたしは彼の両親の悲しみをやわらげたかった──そして自分の悲しみも。なぜなら、わたしはマイヤーズの親友だから。「そちらはまだいろいろの用事が残っているでしょう」と、わたしは彼の両親にいったのだ。「故郷までの長い旅。葬式の手配」のどがふさがって、声が出なかった。「手伝わせてください。この始末はきちんとつけて、残っている支払いがあればきちんと清算し、彼の衣服をまとめて……」そこで大きく息を吸った。「それに、彼の本やそのほかの遺品をぜんぶまとめて、お宅のほうへ送ります。そうさせてください。これはむしろ自分自身のためでもあるんです。お願いします。なにかしないではいられない気分なんです」

マイヤーズは自己の野心に忠実に、その村唯一《ゆいいつ》のホテルで、ファン・ドールンとおなじ部屋を借りていた。その部屋が使えたことに、びっくりしないでほしい。ホテルの経営者が、それを宣伝に利用していたのだ。一枚の銘板が、その部屋の歴史的価値を述べたてていた。部屋の内装は、ファン・ドールンが暮らしていた当時とおなじスタイルだった。ふだんなら、料金を払って部屋の中をのぞき、天才の残り香を嗅《か》ごうとする観光客がいたことだろう。だが、このシーズンは不景気で、おまけにマイヤーズには裕福な両親がいた。気前のいい室料と、彼一流の熱狂的な口調を武器に、マイヤーズはホテルの持主を説得し、その部屋を借りることに成功したらしい。

わたしはその部屋のひとつおいて隣にある部屋を——というよりも物置に近かったが——借り、まだ涙にかすむ目で、死んだ親友の所有物を荷造りしようと、ファン・ドールンのカビくさい聖域にはいった。ファン・ドールンの複製画がいたるところにあり、中の何枚かには血しぶきがこびりついていた。悲嘆に沈んだ気分で、それを積み重ねはじめた。日記が見つかったのは、そのときだった。

大学院にいたころ、ファン・ドールンを大きく扱う後期印象派の講座をとって、彼の日記の写真版を読んだことがある。出版社が、手書きのページを写真複写して製本し、解説と脚注をつけたのだ。その日記は最初から暗号めいていたが、ファン・ドールンがますます制作に熱中し、ノイローゼがますます悪化するにつれて、文章もまったくの謎また謎におちぶれた。彼の筆跡は——正気のころでさえ、ととのっているとはいえなかったが——急速に抑制を失い、狂乱した思考をいそいで書きとめようとするあまり、ほとんど解読不能な斜線や曲線になっていた。

小さい木製のデスクの前にすわり、日記のページをめくると、何年か前に読んだおぼえのある文章が、そこかしこに見つかった。一段落ごとに、みぞおちがますます冷たくなった。なぜなら、その日記は写真複写の本ではなく、ノートに手書きされたものだったからだ。マイヤーズがどこをどうしてか、日記の原本を入手した、という不可能事を信じたいのは山々だが、それでは自分をごまかすことになるとわかっていた。この日記のページは、歳月のために黄ばんだり、脆《もろ》くなったりしていない。青インクがまだ茶色に褪《あ》せていない。このノートは、最近に購入され、記入されたものだ。これはファン・ドールンの日記ではない。マイヤーズのものだ。みぞおちの氷が、溶岩に変わった。

その日記から顔を上げたとき、デスクのむこうの棚《たな》に何冊かのノートが積んであるのが目にとまった。気が気でなくなり、それをわしづかみにすると、不安におそわれながらページを繰った。みぞおちがいまにも噴火しそうだった。どのノートもおなじだ。おなじ文章が書きつらねてある。

　手をふるわせながら、もう一度棚をさがし、原本の複写版を見つけて、ノートと照らしあわせてみた。このデスクにすわったマイヤーズ、思いつめた狂気の表情で、この日記を書き写しているマイヤーズを想像すると、うめきがもれた。彼はこの日記のあらゆる単語、あらゆる斜線、あらゆる曲線を書き写したのだ。八回も。

　マイヤーズはまさしく環境に浸りきり、ファン・ドールンの崩壊する精神状態におのれを近づけようと努力を重ねた。そして、ついに成功した。ファン・ドールンが自分の目をえぐりだすのに使った道具も、やはりとがった絵筆の先端だった。精神病院で、ファン・ドールンはとうとう鋏を使って自分の脳を突き刺した。マイヤーズのように。あるいはその逆か。マイヤーズがついに屈服したとき、恐ろしいことに、もはや彼には、ファン・ドールンと自分の区別がつかなかったのではないか？

　わたしは両手で顔をおおった。ひきつるのどの奥から慟哭《どうこく》が絞りだされた。それがおさまるまでの時間は永遠に思えた。わたしの意識は、苦悩を抑えようともがいていた。（「オレンジが苦悩の色なんだ」とマイヤーズはいった）。理性は悲しみを押しころそうとたたかっていた。（「これまでファン・ドールンの分析に没頭した研究家たち……」とマイヤーズはいった。「本当に優秀な批評家たちだ。ファン・ドールン同様に、天才を認めてもらえなかった批評家たちだ。彼らは苦しんだ……そして、ファン・ドールン同様に、自分の目をえぐりだした」)。彼らは絵筆の先端を使ってそうしたのだろうか? 相似性はそこまで濃厚なのか? 最後には、彼らも鋏で脳を突き刺そうとしたのだろうか?

さっき整理しかけた複製画に目をやった。まだ、その大部分がわたしをとりまいている——壁や、床や、ベッドや、窓や、天井から。色彩の奔流《ほんりゅう》。輝かしい渦。

いや、すくなくとも、かつてはそれを輝かしいと思ったことがある。しかしいまは、マイヤーズの与えてくれた洞察力《どうさつりょく》、メトロポリタン美術館で開眼したヴィジョンで、陽光に浸った糸杉や干し草畑、果樹園や草地の背後をさぐろうとした。そこに隠れた秘密の闇《やみ》を、極小のねじれた腕やひらいた口を、黒点のような虐げられた目を、もだえる胴体の青いもつれあいを。(「ブルーは狂気だ」とマイヤーズはいった)。

それに要したのは、わずかな知覚の移動だけだった。それだけで、もはや果樹園や干し草畑はなくなり、地獄に堕《お》ちた魂の恐ろしいゲシュタルトだけがそこにあった。ファン・ドールンはまさしく印象派の新しい段階を発明したのだ。彼は神の創造物の光輝の上に、自分自身の嫌悪《けんお》のおびただしいイメージを重ねあわせた。その絵にあるものは賛美ではなかった。嫌悪だった。ファン・ドールンはどこを見ても、おのれの悪夢しか見なかった。まさにブルーは狂気であり、ある期間ファン・ドールンの狂気に接していると、その人間までが狂気におちいるのだ。(「たのむから、二度とファン・ドールンの絵を見るな」とマイヤーズは手紙に書いていた)。ノイローゼの最終段階で、マイヤーズはわたしに警告するだけの清明な意識をとりもどしたのだろうか？（「頭痛。痛くてたまらない。休息がほしい。故郷へ帰る」）。たしかに彼は故郷へ帰った。こっちがおよそ予想もしなかったやりかたで。

もうひとつの考えがうかんで、わたしは愕然《がくぜん》とした。（「ファン・ドールンの分析に没頭した研究家たち……。彼らはめいめいに絵を描こうとした。ファン・ドールンの流儀でだ」とマイヤーズは一年前にいった）。まるで磁石に吸いよせられるように、わたしの視線は複製画の混沌の上を横ぎり、部屋の反対側の隅、壁に立てかけられた二枚の油絵に焦点を結んだ。身ぶるいし、立ちあがり、おずおずとそこへ近づいた。

しろうとくさい絵だった。マイヤーズは、しょせん美術史学者だ。絵具の塗りかたがなってない。とりわけブルーとオレンジの斑点《はんてん》が。糸杉もへたくそだった。その根方の岩は、漫画のように見える。空も質感がたりない。しかし、画面に散らばる黒点がなんのつもりなのか、わたしにはわかりすぎるほどわかった。無数の小さな青い裂け目の意図も理解できた。たとえマイヤーズにそれを描きだす力量がなくても、あの微小な、苦悩に満ちた顔と、よじれた四肢が、そこに暗示されている。彼はファン・ドールンの狂気に感染した。そのあとに残されたものは、末期的段階だけだった。

わたしは魂の底から吐息をついた。村の教会の鐘が鳴りひびくのを聞きながら、友が平安を見いだしたことを、ひたすら祈った。

ホテルを出ると、すでにあたりは暗かった。わたしは歩きたかった。夜の闇より深いあの部屋の闇から逃れて、自由な気分になり、よく考えたかった。しかし、わたしの足は、疑問に誘われ、玉石舗装のせまい街路を村の病院へと向かっていた。マイヤーズは、ファン・ドールンの部屋でやりはじめたことを、そこでやりおえたのだ。受付でたずねると、五分後には、黒い髪をした、魅力的な三十前後の女性が現われた。

その看護婦の英語は、けっこう上手だった。彼女はクラリッスと名乗った。

「あなたがぼくの友だちの世話をしてくれた方ですね」わたしはいった。「彼の口述した手紙に説明をつけて、送ってくださったのも」

彼女はうなずいた。「彼のことが心配でした。とても苦しんでいたので」

入口ホールの蛍光灯《けいこうとう》がブーンとうなっていた。わたしたちはベンチに腰をおろした。

「なぜ彼が自殺したかを理解したいんです」わたしはいった。「自分ではわかっているつもりですが、あなたのご意見を聞きたくて」

知的な光をおびたはしばみ色の瞳が、とつぜん用心深くなった。「彼はあの部屋に長くいすぎました。研究に身を入れすぎました」彼女はかぶりをふってから、床をじっと見つめた。

「心は罠《わな》になることがあります。責め苦になることがあります」

「しかし、ここへやってきたとき、彼は興奮でわくわくしていたと思いますが?」

「ええ」

「研究のほうはともかく、まるで休暇旅行の気分だったのでは？」

「たしかにそうでした」

「では、なにが彼を変化させたんです？　ぼくの友だちは変わり者だった。それは認めます。いわゆる神経質でした。しかし、彼は研究をたのしんでいました。外からは働きすぎで病気に見えたかもしれないが、まなぶことを栄養にしていました。肉体は衰えても、頭は冴《さ》えていた。いったい、なにがバランスを崩したんですか、クラリッス？」

「バランスを――？」

「どうして彼が興奮から抑鬱《よくうつ》におちいったかということです。なにを知ったために彼はあんな――？」

　彼女は立ちあがって、腕時計に目をやった。「ごめんなさい。わたしの勤務時間は二十分前に終わりました。友人の家に招かれていますので」

　わたしの口調は硬化した。「失礼しました。おひきとめして」

　病院の外、玄関の街灯の下で、わたしも腕時計に目をやり、もう十一時半近いことに驚いた。疲労で膝が痛かった。その日のトラウマで食欲がなかったが、なにか食べなければと思い、ホテルの食堂にもどって、チキン・サンドとシャブリを注文した。自分の部屋へ持って帰るつもりだったが、そこまでたどりつけなかった。ファン・ドールンの部屋とあの日記がさし招いていた。

サンドイッチとワインは手つかずで忘れられた。そのデスクにすわり、ファン・ドールンの複製画の渦巻く色彩と隠れた恐怖にとりかこまれて、ノートの一冊をひらき、理解しようとした。

ドアにノックの音がしたので、ふりかえった。

また腕時計に目をやり、時間が分のように速く過ぎさったことに驚いた。もう午前二時に近い。

ノックがくりかえされた。穏やかだが執拗なノック。支配人？

「どうぞ」わたしはフランス語でいった。「鍵はあいている」

ノブがぐるっとまわった。ドアが大きくひらいた。

クラリッスがはいってきた。看護婦の制服ではなく、スニーカーと、ジーンズ、それにぴっちりした黄色のセーターが、はしばみ色の瞳を強調していた。

「ごめんなさい」英語だった。「病院では、きっと無礼な女だと思ったでしょう？」

「とんでもない。あなたには約束があった。ぼくがひきとめていたんですから」

彼女はてれくさそうに肩をすくめた。「病院から帰るのがいつも遅くなるので、なかなか友人にも会えなくて」

「よくわかります」

彼女はゆたかな長い髪をかきあげた。「わたしの友人は疲れて寝てしまいました。家に帰る途中で、ホテルの前を通ったら、明かりが見えたんです。ひょっとしたら、あなたじゃないかと……」

わたしはうなずき、つぎの言葉を待った。

それまで彼女はそうすることを避けてきたようだったが、いまようやく部屋の中に向きなおった。わたしが複製画の上の血痕《けっこん》を見つけた場所に。「あの日の午後、支配人からの電話で、先生とわたしは大急ぎでここへ駆けつけました」彼女は複製画をじっと見つめた。「こんなに美しいものが、どうしてあれほどの苦痛をもたらすのかしら？」

「美しい？」わたしは、小さな黒い口の群れにちらと目をやった。

「ここにいてはだめです。お友だちが犯した過《あやま》ちをくりかえさないように」

「過ち？」

「あなたは長い旅をしました。ショックを受けました。休息をとらないとだめです。でないと、お友だちのように過労で倒れてしまいますよ」

「彼の所持品に目を通していただけです。荷造りをしてから、アメリカへ送り返そうと思って」

「早くかたづけておしまいなさい。ここで起こったことを考えて、ご自分を苦しめないように。お友だちの心をかき乱したものにとりかこまれているのは、よくありません。悲しみが深まるだけです」

「とりかこまれて？　彼なら〝浸りきって〟というところですよ」

「あなたは疲れきってらっしゃるわ。さあ」彼女は手をさしだした。「部屋まで送ってあげます。眠れば心痛もやわらぐでしょう。必要なら、錠剤をあげますが……」

「ありがとう。しかし、鎮静剤はいりません」

彼女はまだ手をさしのべている。わたしはその手をとって、廊下に出た。

一瞬、複製画のほうをふりかえって、美の内部にひそむ恐怖を見つめた。マイヤーズのために無言の祈りを唱え、電気を消して、ドアに鍵をかけた。

わたしたちは廊下を歩いた。自分の部屋にもどって、わたしはベッドに腰をかけた。

「ぐっすりおやすみなさい」彼女はいった。

「そうできればね」

「お察しします」彼女はわたしの頬《ほお》にキスした。

わたしは彼女の肩に手をふれた。彼女の唇《くちびる》がわたしの唇をさぐった。彼女は体をあずけてきた。

わたしたちはベッドの上に折り重なった。無言で愛を交わした。

眠りは彼女のキスのように訪れた。優しく、息苦しく。

しかし、わたしの悪夢の中には、あの小さな黒い口の群れがあった。

日光が窓からさしこんでいる。ずきずきする目で腕時計を見た。十時半だ。頭が痛い。クラリッスは、化粧たんすの上にメモを残していた。

ゆうべのは同情です。あなたの悲しみをわかちあい、やわらげてあげたかった。予定していたことをなさい。お友だちの遺品の荷造りを。それをアメリカに送りなさい。それといっしょに帰りなさい。お友だちの過ちをくりかえしてはだめです。お友だちのいう、〝浸りきって〟はだめです。美しいものから苦痛を受けとらないように。

わたしは帰国するつもりだった。本当にそのつもりだった。フロントに電話して、ボーイ長に空き箱をいくつか持ってきてもらうようにたのんだ。シャワーを浴び、ひげを剃ってから、マイヤーズの部屋へいって、複製画を一山に積みあげた。つぎは本の山を作り、もう一つ衣類の山を作った。それをいくつかのダンボール箱に分けて詰めこみ、なにか忘れてないかとあたりを見まわした。

マイヤーズが描いた二枚のカンヴァスは、まだ隅に立てかけられたままだった。それは送らないことにしよう。彼をうち負かした幻覚のことを、これ以上だれにも思いださせる必要はない。

あとは箱に封をして、宛名《あてな》を書き、郵送するだけだった。だが、ダンボール箱の蓋を閉めかけたとき、中にあるノートが目についた。

なんという苦しみ、とわたしは思った。なんというむなしさ。

もう一度ノートをめくりはじめた。さまざまな文章が目をひいた。失敗したキャリアに対するファン・ドールンの失望。彼がパリを離れてラ・ヴェルジュにやってきた理由——重苦しい、中傷的な画壇の空気、俗物的な批評家と、初期作品に対する彼らの嘲笑《ちょうしょう》的な反応。

《因習から自己を解放する必要。画壇の駆け引きを体内からとり除きたい。クソをひりだす必要。これまでに描かれたことがないものを見つける。教えられた感じかたでない感じかた。ほかの人間の見かたを真似ずに、物を見る》

このファン・ドールンの野心がどれほど彼を貧窮に追いこんだかは、伝記を読んで知っていた。パリでは、文字どおり、レストランの裏口から路地に投げ捨てられる残飯で命をつないだという。彼がラ・ヴェルジュへの探索の旅に出発できたのも、彼の友人で、成功はしたがごく平凡な(いまでは嘲笑されている)画家が、すこし金を貸してくれたからだった。なけなしの資金を長持ちさせるため、ファン・ドールンはパリから南仏までの道を歩きとおした。

ここで思いだしてほしいが、当時のリヴィエラは、山と岩と畑と村しかない、流行とは無縁の土地だった。足を引きずりながらラ・ヴェルジュの町にはいったファン・ドールンは、見るもあわれな姿だったにちがいない。彼がこの田舎町を選んだのは、まさにここが型破りであり、パリのサロンとはあまりにも対照的であるため、ほかの画家があえて描こうとしない、庶民的な風景にみちみちていたからだった。

《これまでに想像もされなかったものを創造する必要》と、彼は書いている。絶望の六カ月間、彼は努力し、失敗した。ついに自己懐疑におちいったあと、とつぜん鮮やかに方向転換して、信じられないほど輝かしい多産な一年間で、三十八枚の傑作を世に送りだした。もちろん、当時の彼は、一枚のカンヴァスも食費に代えることができなかった。しかし、いまの世界は認識をあらためている。

ファン・ドールンは不眠不休で描きつづけたにちがいない。とつぜん開花したエネルギーは、とほうもないものだったにちがいない。わたしという、技術だけは達者でも、因習的な目しか持たない画家くずれにとっては、彼がうらやましい。自分の描いた、感傷的な、ワイエスもどきのアイオワ風景を、ファン・ドールンの革新的な天才と比較すると、絶望におちいる。アメリカでわたしを待っている仕事は、雑誌広告用に、ビール缶や紙巻きタバコをいかにもそれらしく描くことなのだ。

わたしはノートのページをめくりつづけ、ファン・ドールンの絶望と顕現の道程《どうてい》をたどった。彼の勝利には、たしかに代償が必要だった。狂気。自己の手による失明。自殺。だが、わたしはこう考えずにいられなかった。死にぎわに、もしできれば自分の人生をやりなおしたい、と彼は願ったろうか。自分の作品がいかにすばらしく、いかに驚嘆すべきものになっているかを、彼は知っていたにちがいない。

それとも、知らなかったのだろうか。自分で自分の目を突き刺す前に、彼が描いた最後の作品は自画像だった。短い、薄くなりかけた頭髪、おちくぼんだ目、青白い皮膚、もじゃもじゃのあごひげを生やし、頬のこけた、憂鬱《ゆううつ》そうな男。その有名な自画像を見るたびに、十字架につく前のキリストはきっとこんなふうだったろう、とわたしは思ったものだ。そこに欠けているのは、いばらの冠だけだった。しかし、ファン・ドールンはべつのいばらの冠をいただいていたのだ。頭の上でなく、頭の中に。もじゃもじゃのあごひげと、おちくぼんだ目の中に隠れて、あの小さな黒い口と、もだえる体の群れが、すべてを物語っていた。とつぜんかちえたヴィジョンのために、彼は極度の苦しみをなめたのだ。

ノートを読み、ファン・ドールンの懊悩《おうのう》にみちた言葉と筆跡をまねようとしたマイヤーズの努力を見て、悲しみを新たにしながら、わたしはファン・ドールンが顕現を描写しているくだりにたどりついた。《ラ・ヴェルジュ！　わたしは歩いた！　わたしは見た！　カンヴァス！　絵具！　創造と劫罰！》

その謎めいた一節のあと、ノートは——つまり、ファン・ドールンの日記は——まったく支離滅裂になっていく。悪化する頭痛を訴える、執拗なリフレーンを除いては。

病院の外で待っていると、クラリッスが三時からの勤務に出勤してきた。まぶしい日ざしが、彼女の瞳をきらめかせていた。バーガンディ色のスカートに、トルコ玉色のブラウス。心の中で、わたしはその木綿の感触を味わっていた。

　わたしを見て、彼女の足どりは一瞬ためらいを見せた。むりに笑顔をこしらえて近づいてきた。

「お別れをいいに？」そうであってほしいといいたげな口調だった。

「いや。いくつか質問があって」

　彼女の微笑は砕けちった。「遅刻すると困るんだけど」

「ほんの一分ですむ。ぼくはフランス語の単語をあまり知らない。辞書を持ってこなかったんでね。この村のラ・ヴェルジュという名前だが。あれはどういう意味？」

　なんとくだらない質問かといいたげに、彼女は肩をすくめた。「あんまりぱっとした名前じゃないわ。直訳すれば〝棒〟」

「それだけ？」

　彼女はわたしの渋い顔に反応した。「いくつかの同義語はあるわ。〝枝〟。〝鞭《むち》〟。たとえば、父親が子供を躾《しつ》けるときに使う柳の小枝」

「それ以外に、なにか意味はない？」

「間接的にはね。同義語は、文字どおりの意味からどんどん遠ざかっていく。たぶん、杖《つえ》。またはふたまたの棒。ふたまたに分かれた枝を前にさしだして野原を歩いていくと、水脈をさがしあてられるという人たちがいるの。水脈に近づくと、棒の先がひとりでにさがるらしいわ」

「アメリカでは占い棒といってるよ。むかし父から聞いた話だと、本当にそれを使える男を見たそうだ。ぼくは信じられなくてね、その男が両手で棒をかたむけたんじゃないかと思った。すると、この村にそんな名前がついたのは、大昔にだれかが占い棒でここの水脈を見つけたからだろうか？」

「ここの山には川や泉がたくさんあるのに、わざわざそんな手間をかける人間がいるかしら？　いったいなぜそんなに、その名前に興味があるの？」

「ファン・ドールンの日記で読んだことが気になってね。この村の名前が、なにかの理由で彼を興奮させた」

「でも、彼はどんなことにだって興奮したでしょうよ。気が狂っていたんだから」

「変人ではあった。しかし、彼が発狂したのは、日記のその部分を書いたあとなんだ」

「というと、彼の症候群がそれまでは現われなかったとでも？　あなたは精神科医じゃない」

　これには同意するしかなかった。

「また無礼だと思われるかもしれないけど。もうほんとに仕事に行かないと」彼女はいいよどんだ。「ゆうべのことは……」

「あなたがメモに書き残していったとおりだ。同情のジェスチャー。ぼくの悲しみをやわらげようという努力。あなたにはそれ以上の気持はなかった」

「わたしがたのんだとおりにしてちょうだい。どうかお国へ帰ってちょうだい。ほかの人たちのように、ご自分を破滅に追いこまないで」

「ほかの人たち？」

「あなたのお友だちのように」

「いや、〝ほかの人たち〟といったじゃないか」言葉が堰《せき》を切ってあふれた。「クラリッス、話してくれ」

彼女は天を仰ぎ、窮地に追いつめられたように眉をひそめた。「お友だちが自分で自分の目を突き刺したあとで、わたしは村の噂《うわさ》を聞いたの。古老たちの。たぶん、時がたつにつれて誇張されていく、ただのゴシップでしょうけど」

「どういう噂？」

彼女はいっそう眉をひそめた。「二十年前、ひとりの男がファン・ドールンの研究でここへやってきた。三カ月ここで暮らしているうちに、彼は神経症になった」

「で、自分の目を突き刺した？」

「あとでこっちへ流れてきた噂によると、イギリスの精神病院で自分の目をつぶしたんですって。十年前には、べつの男がやってきた。彼は自分の目に鋏を突きたてた。脳に届くまで」

わたしは目を見はった。肩胛骨《けんこうこつ》に走るけいれんを抑えられなかった。「いったいなにがあったんだろう？」

わたしは村の中をたずねてまわった。だれも答えてくれなかった。ホテルの支配人は、ファン・ドールンの部屋を貸すのをやめる、とわたしに通告した。ついては、マイヤーズの所持品をすぐにかたづけてほしい。

「しかし、ぼくの部屋は使ってもいいんだろうね？」

「もし、そうお望みならね。おすすめはしませんが、フランスはいまでも自由の国ですからな」

わたしはホテル代を払い、二階へ上がって、ファン・ドールンの部屋から自分の部屋までダンボール箱を運び、そして電話のベルに驚いて向きなおった。

フィアンセからの電話だった。

いつ帰ってくるのか？

わからない、と答えた。

この週末の結婚式はどうするつもりか？

結婚式は延期してほしい。

彼女が受話器をたたきつける音に、わたしはひるんだ。

ベッドに腰をかけると、この前ここにすわったときのことがいやでも思いだされた。クラリッスと愛を交わす直前、彼女がわたしの前に立っていたときのことが。わたしは、せっかく築きあげようとした人生を、自分から捨てようとしている。

一瞬、もうすこしでフィアンセに電話をかけたくなったが、べつの種類の衝動にうながされて、ダンボール箱のほうに目を向けた。ファン・ドールンの日記に。マイヤーズの手紙に添えたメモの中で、クラリッスは彼がすっかり研究にとりつかれ、ファン・ドールンの日課を忠実にまねようとした、と書いていた。またもやある考えがうかんだ——最後には、マイヤーズとファン・ドールンの区別がなくなったのだろうか？　ファン・ドールンの絵の中に苦しむ顔が隠されていたように、マイヤーズの身に起こった秘密も、日記の中に隠されているのだろうか？　わたしはノートの一冊をとりあげた。ページをめくりながら、ファン・ドールンの日課に関する記述をさがした。こうしてそれははじまった。

前にも書いたが、電柱と電線をべつにすると、ラ・ヴェルジュの村は、前世紀の中に閉じこめられたままだ。ホテルだけでなく、ファン・ドールンのお気にいりの居酒屋も、毎朝のクロワッサンを買ったパン屋も、当時のままに残っている。彼がよく訪れた小さなレストランも、まだ営業をつづけている。村はずれには、彼がときどきその川原で午後のワインをたのしんだという、鱒《ます》の住む川がごぼごぼと流れているが、汚染のために鱒はとっくに死にたえた。わたしはそれらすべてを訪れた。彼が日記に書いたとおりの順序で。

一週間後――八時の朝食、二時の昼食、川原での一杯のワイン、田園地帯の散歩、そして部屋への帰還――日記はすっかり頭の中にはいり、いちいちひらく必要はなくなった。朝は、ファン・ドールンが絵を描く時間だった。朝は光線のぐあいが最高だ、と彼は日記に書いている。そして夕方は思いだすとき、スケッチをするときだ。

とうとう、わたしはこう考えるようになった。ファン・ドールンがやったように油絵を描いたり、スケッチしたりしなければ、彼の日課を正確に追うことにはならない。そこで、スケッチ帳、カンヴァス、絵具、パレット、そのほか必要な品々を買いそろえた。そして大学院を卒業して以来はじめての創造的行為にとりかかった。ファン・ドールンが好んだ土地の風景を題材にして、予想どおりのものを生みだした――ファン・ドールンの絵から霊感を取りさった模作だ。最終的にマイヤーズの正気を奪ったものについてはなんの発見もなく、まったく理解できずにいるうちに、倦怠《けんたい》がおそってきた。資金も底をつきかけている。あきらめようかと思った。

ただ……。

自分がなにかを見逃しているという、不安な感覚があった。日記に明示されていない、ファン・ドールンの日課の一部か。それとも、この土地そのものに、わたしのまだ気づかないなにかがあるのか。ファン・ドールンの才能まではむりとしても、彼の意欲だけはまねて、絵を描いているのだが。

クラリッスは、もはや鱒のいない川のうららかな岸辺で、ちびちびワインを飲んでいるわたしを見つけた。影が落ちたのを感じてふりむくと、逆光でシルエットになった彼女が立っていた。

病院の外であの不安な会話を交わして以来、この二週間わたしはクラリッスに会っていなかった。逆光の中で、彼女は最高に美しく見えた。

「最後に着替えをしたのはいつ？」と彼女はたずねた。

一年前、わたしもマイヤーズにおなじ質問をしたことがある。

「ひげを剃らないと。それに飲みすぎよ。ひどい顔」

わたしはワインをちびりと飲み、肩をすくめた。「まあね。のんだくれが、自分の充血した目についてどういったか知ってるかい？　この目が見られたもんじゃないって？　こっち側から見れば、もっとひどい」

「すくなくとも冗談をいうだけの元気はあるのね」

「だんだん、自分が冗談の種に思えてきた」

「あなたはけっして冗談の種じゃないわ」彼女はわたしのわきにすわった。「あなたはお友だちになりかわっているのよ。なぜお国へ帰らないの？」

「そうしようかと思ってる」

「よかった」クラリッスはわたしの手にふれた。

「クラリッス？」

「えっ？」

「もう一度だけ質問に答えてくれるか？」

彼女はわたしの顔をまじまじと見た。「どうして？」

「正しい答が得られたら、ぼくは帰るかもしれない」

彼女はゆっくりとうなずいた。


町にもどり、自分の部屋にはいって、わたしはクラリッスに複製画の山を見せた。その中に隠れた顔のことをもうすこしで打ち明けそうになったが、彼女の心配そうな表情を見て、思いとどまった。そうでなくても、むこうはわたしの精神状態がおかしいと思っているのだ。

「午後の散歩では、ファン・ドールンが画材に選んだ場所を見て歩くんだよ」わたしは複製画をよりわけた。「この果樹園。この畑。この池。この崖《がけ》。まだまだある」

「ええ、わたしもどこだかわかる。みんな見おぼえのある景色」

「もし現地を見れば、ぼくの友人になにが起こったか理解できるんじゃないかと思った。きみの話だと、彼はそこを訪ねてまわったそうだから。どの場所も、この村から半径八キロの円内にある。密集しているものも多い。それぞれの場所を見つけるのはむずかしくなかった。

一カ所以外は」

クラリッスは当然の質問をしなかった。そうせずに、おちつかない態度で自分の腕をさすった。

ファン・ドールンの部屋からダンボール箱を運んだときに、マイヤーズの二枚の習作も自分の部屋へ運びこんであった。いま、わたしはそれをベッドの下からとりだした。

「ぼくの友人の絵だ。彼が画家でなかったのはひと目でわかる。しかし、たとえへたくそであっても、二枚ともおなじ場所を描いたものであることはたしかだ」

わたしはファン・ドールンの複製画の一枚を、山の下からぬきだした。

「この場所だよ。岩にとりかこまれた窪地の中に、糸杉の木立がある。ここだけが、まだ見つかっていない。村の人たちにもきいてみた。みんな、知らないという。きみは知っているかね、クラリッス？　教えてくれるか？　ぼくの友人がおなじ場所を二度も描くほど執念を燃やしていたとすれば、なにか重要な意味があるにちがいない」

クラリッスは手首を爪《つめ》で横にひっかいた。「ごめんなさい」

「え？」

「お役に立てないわ」

「立てないのか、立つ気がないのか？　それはどこだか知らないという意味か、それとも、知っているが教えないという意味か？」

みんなはなにを隠そうとしてるんだ?」

「お役に立てないといったのよ」

「この村はいったいどうなってるんだ、クラリッス? みんなはなにを隠そうとしてるんだ?」

「わたしはできるだけのことをしたわ」クラリッスはかぶりをふって立ちあがり、戸口へと歩いた。悲しそうに、ちらとこっちをふりかえった。「ときには、そのままにしておくほうがいいこともあるのよ。秘密にしておくだけの理由が」

わたしは彼女が廊下を歩みさるのを見まもった。「クラリッス……?」

彼女はふりかえって、「北」とただひとことを口にした。彼女は泣いていた。「神のご加護がありますように」とつけたした。「あなたの魂のためにお祈りをするわ」そして彼女は階段の下に姿を消した。

いまはじめて、わたしは怖くなった。

その五分後に、わたしはホテルを出た。ファン・ドールンの絵の題材になった場所をめぐり歩くときは、いつもいちばん楽な道を選んできた——東、西、そして南。北につらなる、木に覆《おお》われた遠い山々のことをたずねるたびに、村人たちはあそこにはなにもたいしたものはない、ファン・ドールンに関係したものはなにもない、と答える。窪地に糸杉の生えている場所は、とわたしはきく。あの山々には糸杉は一本もない、オリーブの木だけだ、と村人たちは答える。だが、いまにしてわたしは知った。

ラ・ヴェルジュは、東と西から断崖のせまった、楕円形《だえんけい》の谷の南端にある。北の山々へたどりつくには、すくなくとも三十キロの歩きだ。

わたしは車を借りた。砂ぼこりの雲を残しながら、アクセルに足を押しつけ、みるみる大きくなる山々を見つめた。村から見える木々はたしかにオリーブだった。だが、そのあいだに点々とする鉛色の岩は、ファン・ドールンの絵にあるとおりだ。車はつづら折りの道路をスキッドしながら、山中に分けいった。頂上の近くでパークできるせまい場所を見つけ、いそいで車をおりた。だが、どっちへ行けばいい？　衝動的に左を選び、岩と木々のあいだを足早に歩いた。

わたしの判断は、いまになってみるとそれほど気まぐれに思えなくなった。左の斜面のほうがより劇的な感じで、美学的にも迫力がある。風景がより荒々しい。深みといおうか、存在感といおうか。

本能にうながされて前進した。この山に到着したのは五時十五分だった。時間が異様に凝縮された。あっというまに、腕時計が七時十分をさしていた。夕日が断崖の上で真紅に燃えている。わたしは怪奇な風景に道案内をゆだね、あたりをさがしつづけた。尾根と峡谷が迷路のように入り組み、道を曲がるたびに前方がふさがったりひらけたりして、ひとりでに進む方向が決定された。わたしは岩山を迂回《うかい》し、サンザシの斜面を駆けおり、シャツが裂け、両手から血が流れるのも気にとめず、ある窪地の崖っぷちで立ちどまった。その盆地を埋めているのは、オリーブでなく糸杉だった。そのあいだには大岩がいくつもそそりたって、岩屋を形作っていた。

　窪地の傾斜は急だった。焼けつくような痛みをがまんしながら、窪地の縁ぞいに茨《いばら》の中を歩いた。大岩が下へと導いてくれた。わたしは胸騒ぎをこらえて、早く谷底に着こうと必死になった。

　この小谷、この糸杉と大岩の窪地、この茨に縁どられた漏斗は、ファン・ドールンの絵のイメージだけでなく、マイヤーズの習作のイメージでもある。だが、なぜこの場所がふたりにあれほどの影響を与えたのか？

　その答は、疑問がわくのとほとんど同時にやってきた。聞くほうが見るよりも早かったが、ただし、聞くという言葉ではその感覚の正確な表現にならない。あまりにもかぼそく、かんだかいその音は、ほとんど可聴域のかなたにあった。最初は、近くにスズメバチの巣でもあるのかと思った。静まりかえった窪地の空気の中に、微妙な振動が感じられるのだ。鼓膜の裏がむずがゆく、皮膚がピリピリした。その音は、実はおびただしい音の集合だった。どれもが同一で、おたがいに溶けあっている点では、昆虫《こんちゅう》の群れのブンブンいう唸《うな》りのようだ。しかし、この音はもっとかんだかい。唸りというよりは、遠くから聞こえる悲鳴か泣き声のコーラスを思わせる。

眉をよせて、糸杉のほうへもう一度踏みだした。皮膚のピリピリする感じがいっそう強まった。鼓膜の裏がたまらなくかゆくなり、両手で頭をかかえた。近づくにつれて、木々の中にいるものが見え、恐ろしいまでの明瞭《めいりよう》さでそれを見たとたん、恐怖にかられた。息をあえがせ、よろよろと後退した。だが、間にあわなかった。木々の中から飛びだしたものは、目にもとまらぬほど小さく、そして高速だった。

それは右の目に命中した。白熱した針を網膜から脳の奥までつっこまれたような、ものすごい苦痛。わたしは右手で目をおおい、絶叫をあげた。

そのままよろよろと後退をつづけた。苦痛が恐怖をあおりたてる。しかし、鋭い灼熱《しやくねつ》の苦痛は、いっそう強まり、頭蓋《ずがい》の中を駆けめぐった。膝ががっくり折れた。意識がぼやけた。わたしは斜面に倒れた。

ようやく車で村に帰りついたときは、真夜中を過ぎていた。目はもう痛まないが、恐怖は強まる一方だ。気絶の後遺症でまだ目まいはするものの、なんとか自制をたもって病院にはいり、クラリッスの住所をきいた。彼女に遊びにこいといわれたのだ、と嘘《うそ》をついた。眠そうな顔の係員はいぶかしげな顔をしたが、教えてはくれた。わたしは五ブロック先の彼女のコッテージめざして、必死に車をとばした。

明かりがついていた。ノックをした。返事がない。ドアをたたきつづけた。強く、激しく。

ようやく影が見えた。ドアがひらくのを待って、よろめきながら居間にはいった。クラリッスが堅く身に巻きつけているネグリジェも、ひらいた寝室の戸口もほとんど目にはいらなかった。上掛けを胸に当てて愕然とベッドに起きあがった女が、すばやく立ちあがり、寝室のドアを閉めた。

「これはどういうこと?」クラリッスはどなった。「だれもはいれといってないわよ! だれも——」

わたしは気力をふるいおこして訴えた。「説明してるひまがないんだ。ぼくは怖い。きみの助けがほしい」

彼女はネグリジェをいっそう体にきつく巻きつけた。

「刺されたんだ。病気に感染したらしい。ぼくの内部にいるやつをとめるのに、力をかしてくれ。抗生物質。解毒剤。思いつけるものをなんでも。これはウイルスかもしれない、真菌類かもしれない。バクテリアのような作用をするのかもしれない」

「なにがあったの?」

「いまもいったように、時間がないんだ。病院で治療を求めようかとも思ったが、むこうが理解してくれそうもない。マイヤーズ同様に、ノイローゼと思われるだけだ。だから、きみがついてきてほしい。きみから説明して、なんでもいいからこいつを殺せそうな薬をどっさり注射してもらいたい」

「いま着替えるわ」

病院へいそぐ途中で、わたしは一部始終をクラリッスに説明した。病院へ着くなり、彼女は医師に電話した。医師を待つあいだに、わたしの目を消毒し、つのる一方の頭痛を抑えようと痛み止めをくれた。医師がやってきた。わたしの症状がどれほど重いかを見て、眠そうな表情が緊張に変わった。予想どおり、医師はまるでわたしがノイローゼであるかのように反応した。そうじゃないとどなりつけ、抗生物質で飽和状態にしてくれとたのんだ。クラリッスの口添えのおかげで、鎮静剤だけでお茶をにごされずにすんだ。医師は融和性のあるすべての薬剤の組み合わせをためした。もしそれで治るものなら、わたしはドレイノでも甘んじて飲んだろう。

わたしが糸杉の木々の中に見たものは、おびただしい数の小さな黒い口と、小さなもだえる胴体だった。それらはファン・ドールンの絵にあるように、カムフラージュされていた。いまにして知ったのだが、ファン・ドールンは狂気のヴィジョンを現実に重ねあわせていたのではない。彼は印象派ではなかった。すくなくとも〈窪地の糸杉〉においては。わたしはこの絵を、彼の脳が侵されてからの第一作だと信じている。彼は散歩の途上で見たものを文字通りに描いたのだ。その後、感染症が進行するにつれて、彼はひらいた口ともだえる体を、目に見えるすべてのものの上に重ねあわせて見るようになった。この意味でも、彼は印象派ではなかった。ひらいた口ともだえる体は、彼にとって、その後のすべての風景の中に実在していた。感染した脳の限界まで、彼は自分から見た現実を描きつづけた。彼の芸術は具象的だったのだ。

信じてほしい、わたしは知っている。なぜなら、病院の薬は効かなかったからだ。わたしの脳はファン・ドールンとおなじように病んでいる……それとも、マイヤーズとおなじように。なぜあのふたりが、刺されたときにうろたえなかったか、なぜ病院へ駆けこんで、医師にその出来事を説明しなかったのかを、わたしは考えてみた。結論はこうだ。ファン・ドールンは自分の絵を活気づけるようなヴィジョンを必死にほしがっていたため、喜んで苦痛に耐えた。マイヤーズはファン・ドールンを理解しようと必死だったため、研究対象とさらに一体化するために進んで危険をおかし、自分のまちがいに気づいたときはすでに手遅れだった。オレンジは苦悩、ブルーは狂気。なんと真実だろう。わたしの脳にとりついたものがなんであれ、それは色彩感覚に影響を与えた。オレンジとブルーが、しだいにほかのすべての色を駆逐《くちく》するようになった。しかたがない。ほかの色がほとんど見えなくなってきたのだ。わたしの絵はオレンジとブルーで充満している。

わたしの絵。なぜなら、もうひとつの謎も解けたからだ。これまでいつもふしぎでならなかったのは、どうしてファン・ドールンがとつぜんあれほどのエネルギッシュな才能を見いだして、一年で三十八枚もの傑作を描きあげたのかということだった。いまのわたしはその答を知っている。この頭の中にあるもの、ひらいた口ともだえる体、苦悩のオレンジと狂気のブルー――それが猛烈な圧力、猛烈な頭痛を生みだすため、それを抑え、それをとり除こうと、あらゆる手段をためしてみた。コデインからデメロール、さらにはモルヒネ。どれも一時的に痛みをやわらげてはくれるが、充分ではない。やがてわたしは、ファン・ドールンが理解し、マイヤーズが努力したことをまなんだ。その病《やまい》を描くことで、なぜか症状が軽くなるのだ。しばらくは。痛みがぶりかえすと、また前以上の勢いで、猛烈に描きつづける。その痛みをやわらげるためなら、どんなことでもする。だが、悲しいことに、マイヤーズは画家ではなかった。病気の捌《は》け口がなく、そのため、ファン・ドールンの一年にくらべて、たったの数週間で末期的段階に達してしまったのだ。

だが、わたしは画家だ――すくなくとも、むかしはそうありたいと願っていた。ヴィジョンはないが、技術はあった。いま――神よ助けたまえ――わたしはヴィジョンを手に入れた。最初、わたしは糸杉とその秘密を描いた。予想通りのものができた。ファン・ドールンの原画の模倣だ。しかし、無意味に苦しむのはごめんだった。大学院で描いた中西部の風景画は、いまもまざまざとおぼえている。黒い土をしたアイオワの風景。見るものにその土の肥沃《ひよく》さを感じさせようとする努力。当時、その結果はワイエスのまがいものだった。だが、いまはちがう。わたしがすでに描きためた二十枚の絵は、ファン・ドールンのヴィジョンとはちがう。わたし自身の創造物だ。ユニークな作品だ。この病気とわたしの経験の組み合わせ。強力な記憶に助けられて、わたしはアイオワ・シティに流れる川を描く。ブルー。町外れの広大な空のもと、果てしない田園を埋めたトウモロコシ畑を描く。オレンジ。自分の無垢《むく》を描く。自分の青春を。それらの中に隠された究極の発見を通して描く。美の中にひそむ醜。恐怖がわたしの脳の中で化膿《かのう》する。

クラリッスはとうとうこの土地の伝説を話してくれた。ラ・ヴェルジュの村ができたとき、隕石《いんせき》が空から堕ちてきた。それは夜を照らしだし、北の山々に落ちて爆発した。火炎が噴きあがった。木々が炎になめつくされた。深夜のことだった。それを目撃した村人はすくない。衝突の現場が遠すぎるため、少数の目撃者は、その夜すぐにはクレーターを見にいかなかった。翌朝には煙はすでに散っていた。火炎もおさまっていた。目撃者たちは隕石を見つけようとしたが、当時はいまのような道路がなかったので、錯綜《さくそう》した山なみにさえぎられ、捜索は遅々として進まなかった。しかし、少数の中の少数は、あきらめずにさがしつづけた。ようやく探索をなしとげた、少数の中の少数の中の少数は、頭が痛い、小さい黒い口が見える、とうわごとを口走りながら、よろよろと村へ帰ってきた。彼らは棒きれで土の上に異様な絵を描き、やがてそのうちに、自分で自分の目をつぶした。伝説によると、何世紀ものあいだに、山々の中でクレーターを見つけた人間は、村に帰ってくるたびに、それとおなじような自己損壊をひきおこした。当時は未知の存在が力を持っていた。この山々はタブーという負の力を獲得した。当時もいまも、村人はそこへ寄りつかない。そこは、神の杖が大地にさわった場所と呼ばれる。ラ・ヴェルジュ。それが、燃えさかる隕石の落下の詩的な表現なのだ。

明白な結論は出さずにおこう――その隕石が運んできた胞子がクレーターの中で増殖し、やがて糸杉の茂る窪地になった、という結論は。ちがう――わたしにとって、隕石は原因ではあるが結果ではない。わたしは糸杉のあいだの深い穴を見、その穴から、昆虫に似た小さい口ともだえる体が――あの激しい号泣！――吐きだされるのを見た。彼らは糸杉の葉にすがりつき、苦しみにあがきながら奈落《ならく》の底に落ち、そしてそこから新しく吐きだされた苦悶《くもん》する魂にとってかわられる。

そうだ。おびただしい数の魂。くりかえすが、隕石はただの原因だった。その結果、地獄の蓋がひらかれた。あの小さい、泣きさけぶ口は、呪《のろ》われたものたちだ。そして、わたしも呪われている。必死に生きのびよう、地獄と呼ばれる究極の牢獄《ろうごく》から逃れようとして、ある必死な罪人がそこから飛びだした。彼はわたしの目をとらえ、わたしの脳、つまり、魂への門をつらぬいた。わたしの魂。それは化膿している。わたしはその膿汁《のうじゆう》をとり除くために絵を描く。

わたしはしゃべる。それでいくらか楽になる。クラリッスがそれを書きとめ、彼女のガールフレンドがわたしの肩をさすってくれる。

わたしの絵はすばらしい。いつの日か、わたしは認められるだろう。いつも夢見ていたように。もちろん、天才として。

なんという代償だろう。

頭痛は悪化する一方だ。オレンジはますます鮮やかになる。ブルーはますます心をかきみだす。

わたしはベストをつくしている。マイヤーズよりも強くなれ、と自分を励ましている。マイヤーズはほんの数週間しか生きられなかった。ファン・ドールンは一年も生きのびた。もしかすると、天才とは体力なのか。

脳が腫《は》れあがってきた。頭蓋《ずがい》がいまにもはりさけそう。黒い口の花ざかりだ。

頭痛！　自分に強くなれといいきかせる。新しい一日。しゃにむに新しい絵を完成する時間だ。

とがった絵筆の先端が誘惑する。なんでもいいから、この煮えたぎった心の腫れ物を切開し、自分の目を突き刺して、安堵《あんど》の恍惚感《こうこつかん》を味わいたい。しかし、耐えなければ。

左手のそばのテーブルの上で、鋏が待ちかまえている。

だが、きょうはやらない。明日もだ。

わたしはファン・ドールンより長く生きぬいてみせる。

第二章　狼なんか怖くない？

以前、ある雑誌のコラムで、若い女の子が「送りオオカミ」という言葉を知らなかったために恥をかいた——というエピソードを読み、驚いたことがあります。そうかぁ。今や死語になりつつあるんですね、送りオオカミ。アイドル時代の石野真子さんのヒット曲、「オオカミなんか怖くない」も、カラオケで歌うとき、解説が必要になるのかしら。

さて、怪物の御三家と言えば、吸血鬼、フランケンシュタイン（博士のつくった怪物）、そして狼男だと相場が決まっています。少なくとも、わたしの年代ではそうでした。今の若い読者の皆さんや、子供たちに質問してみたら、答が違ってるかもしれない。ゾンビやエイリアン、遊星からの物体Xが入ってたりしてね（ここで「ハンター」や「タイラント」を挙げる人は、カプコンさんのあのゲームのやり過ぎです）。

子供のころ、わたしは本当に本当に吸血鬼が怖くて仕方がありませんでした。夏休みなど、昼間からテレビで吸血鬼映画の放送があったりすると、ときどき外へ出ては、「ああ、お陽様《ひさま》だお陽様だ、お陽様が出ていれば安全だ」と、太陽にあたって休憩していたくらい。当時の映画はまだモノクロでしたから、生々しい血の色は見えないし、特撮技術だって今よりはずっと稚拙だったはずです。でも、あの恐怖は本物でした。日本では死んだヒトを火葬するから大丈夫だなんて、理屈をこねて自分を宥《なだ》めても、やっぱり何日か眠れない夜を過ごすハメになったものでした。

で、フランケンシュタインはといえば、ひたすら可哀想《かわいそう》に思えました。外見は醜いし不気味だけど、動きは鈍そうだから、危なくなったら走って逃げられそうだし――と、考える余裕があったりしました。どうせなら、フランケンシュタイン博士はあの人造人間をいっぱいつくって、淋《さび》しくないようにみんなで暮らせるようにしてあげればいいのに、なんて思ってもいました。

だけど狼男は――全然怖くなかったし、可哀想にも思えなかった。なんか、笑っちゃうという感じだったんです。どうしてだろう？

やっぱり着ぐるみのせいかな。大きな犬に追いかけられたら怖いし、噛《か》まれたら痛いから嫌だけど、月夜に人間が狼に変身するって、何かヘンだよと軽んじるような感覚が、子供ながらにもあったみたいです。日本の昔ばなしの山《やま》ン婆《ば》の方がずっと怖いぞ、と。

ところが――ね。

この章でご紹介するのは、そんなわたしの「狼男なんか怖くないもん人生」を、根底からくつがえしてしまった恐怖の古典的傑作です。

「人狼」

この短編にも、『世界の名作怪奇館』で初めて出会いました。そこでのタイトルは「ハルツ山の人おおかみ」。挿絵も怖かった！

今回、同じく「贈る物語」の一冊として、センス・オブ・ワンダーに満ちたアンソロジーを編んでおられる瀬名秀明さんも、やはり『世界の名作怪奇館』に思い出をたくさんお持ちで、打ち合わせでお会いした際、わたしが「ハルツ山の人おおかみ！」と叫んだら、「そうそう、懐かしいですねえ」とおっしゃっていました。

全編、息を抜く間のないサスペンスの連続であり、最初から最後まで救いのない小説であるせいか、とても短編とは思えない重量感があります。「子供たちだけが、恐怖の正体が身近な存在であることを知っている」という仕掛けはよくあるものですが、都落ちして親子で山中に隠れ住んでいるという主人公たちの悲しい境遇が、どこにも逃げ場がないという恐怖を、より効果的に演出しています。正体がばれてから、人を誑《たぶら》かし餌食《えじき》とする人狼が、主人公の父親を罵《ののし》る台詞《せりふ》にご注目ください。ここでもまた、悪しきものは、人間の欲望にこそつけ込むのだということがよくわかります。

そういえば、わたしは、「女の美しい髪が鏡のように光る」という表現を、この小説で覚えたのでありました。

「獲物」

ミステリーには、「ファイナル・ストライク」という趣向があります。最後の一節、またはほんの一行で、読者をあっと驚かせる。たいへん難しい技法ですが、成功すればこれほど強力なものはありません。

この作品は、恐怖小説ではありますが、ミステリー的なファイナル・ストライクの手法を使っています。ただ、読者には、待合室に居合わせた見ず知らずの男の正体が、話が進むにつれて、何となく見当がついてくる。ですから、厳密な意味で「あっと驚く」わけではありませんけれど、それでも見事なオチだと言えましょう。

物語の展開や結末には、「そうだったのか!」と「そうこなくっちゃ!」の二通りがあるものだと、わたしは先輩作家から教わりました。この作品は、「そうこなくっちゃ」のお手本みたいなものですね。怖い結末ではあるのだけれど、そうとわかってスッキリするという感じ。でもやっぱり、馴染《なじ》みのない駅の待合室では、知らない人に、身の上話なんかしない方《ほう》がいいのかもしれません。

この作品も『一ダースの戦慄』から採りました。親本では、堂々巻頭を飾っています。

なお、この章にはもう一篇、ぜひとも並べて収録したい作品がありました。現代を代表する英米のホラー作家がこぞって参加した書き下ろしアンソロジー〝ナイトヴィジョン〟のなかの一冊、『スニーカー』（ハヤカワ文庫）に収録されている、ジョージ・R・R・マーティンの「皮剝ぎ人」という中編です。古典的傑作二作の次に、スタイリッシュでカッコいい現代の狼人間を持ってくると美しいなぁと悦にいっていたのですが、枚数の関係で断念せざるを得ませんでした。興味のある方《かた》は、『スニーカー』を探してみてください。マーティンは、わたしには少々クセのある作家に思われ、あんまり反《そ》りがあわないのですが、これは大好きな作品です。

人狼

フレデリック・マリヤット　宇野利泰＝訳

1

正午前、フィリップとクランツは、二本マストの小帆船で出帆した。針路を知るには、格別の困難も感じなかった。日のあるうちは島々の姿を、夜は夜で、きらめく星を羅針儀とした。といって、直線コースをとったわけではない。より安全な航路を主眼に、波静かな水域を選び、西よりも北へと船首を向けた。島々を荒らすマレイ海賊から、いく度となく追跡を受けた。船脚が速かったことがなによりで、船体が貧弱だったこともさいわいした。ときには間近まで迫られたこともないではないが、そうした場合も、海賊船のほうから避けてくれた。ろくな獲物が期待されなかったからであろう。

ある朝、島々の陰で、いつになく風がないだとき、フィリップが口を切った。「クランツ。いつかぼくが、ぼくの数奇な前半生を話したとき、きみにもそれに似た思い出があると言ってたな。きょうはそいつを、話して聞かせんか」

「いいだろう」とクランツが応じた。「話そう話そうとは思っていたが、いつもなにか邪魔がはいった。またとない機会だ。話して聞かせはするが、驚かんようにしてもらいたい。きみのに負けない奇怪な話だからな。ときに、きみはもちろん、ハルツ山の伝説を聞いていると思うが」

「あいにく」フィリップは答えた。「記憶に残るほどのことは聞いていない。しかし、なにかの本で読んだことはある。いろいろ不思議な言い伝えのあるところだそうだね」

「荒涼《こうりょう》落莫《らくばく》とした地方でね。奇怪な口碑《こうひ》が、ずいぶんたくさん伝わっているが、あの土地に育ったぼくにとっては、いくら奇怪にみえるにしても、全部が全部、ほんとうだと信じたいくらいだ。

ぼくの父は、あの山の付近で生まれたわけでない。もとからそこに住みついていた人間でもない。元来父は、ハンガリア貴族の農奴だった。トランシルヴァニアに広大な領地を持っていた貴族のね。

農奴といっても、食うに困るような身分ではない。いうおう資産もあったし、教育だってひととおりは受けていた。そんなわけで、領主からも重んじられて、執事頭《がしら》にまでとりたてられた。しかし、そこはむかしのことで、金にこそ不自由はしなかったが、農奴はしょせん農奴――というのが、当時のぼくの父の境遇だった。

父は結婚して、五年たっていた。その結婚で、子供が三人生まれた――総領がシーザー、つぎがハーマン、これがつまり、ぼくなのさ。末は女で、マーセラといった。農奴としては、おそろしく気どった名だというかもしれぬが、あの地方では、いまだにラテン語が使われているくらいなんだ。

母はすばらしい美人だった。不幸なことに、こころ以上に顔が美しすぎた。土地の領主が、母を見染めてうつつをぬかした。そこで領主は、父を遠方に使いに出して、その留守に望みを果たした。母は甘い言葉にのせられたのだ。用件は予想外に早くすんだので、父は帰宅してみて、その事実を知った。母の不品行は隠しようがなかった。誘惑の相手と、ベッドをともにしているところを見られてしまったからだ。激昂《げっこう》した父は、その場で二人を刺した。激情のあまりとはいえ、農奴の身として領主を殺せば、理由のいかんを問わず、その所業が許される見こみはない。悲劇の発覚する以前に、姿をくらます必要があった。父は即刻、手もとのあり金をかき集めて逃亡した。厳冬のこととて、三人の子供を橇《そり》にのせ、夜陰に乗じ馬を走らせた。国内では、どんな片いなかに身をひそめたところで、捕えられることは必至だったので、休みなしに馬を飛ばし、ハルツ山脈の奥ふかくまで逃げこんだ。

もちろんこうしたいきさつは、ものごころがついたあとで知った。いまに頭に残っていることといえば、丸太づくりだが、住みごこちのよい山小屋で、父と兄と妹の四人で暮らした楽しい記憶なのだ。あの付近は、ドイツの国境につづく山岳地帯で、山なみのあいだを鬱蒼《うっそう》とした森林がおおっている。平地といっては、ほんの数エーカーがところどころに散在しているにすぎない。そのわずかな土地も、耕せるのは夏のあいだだけといった状態だが、それでもどうやら、ぼくたち親子四人の口を過ごすだけは、こと足りたようだ。

冬になると、ぼくたちは毎日、小屋のなかに閉じこめられた。父は狩に出ていくのだが、留守のあいだ、ぼくたちは一歩も外へ出ることを許されなかった。それというのも、その季節は狼《おおかみ》がたえずうろついているので、子供たちだけでは心もとなかったからだ。

父はその小屋を、わずかの地所ぐるみに森の住人から買いとったのだ。その地方の人びとは、狩猟半分、炭焼き半分で生計を立てていた。近くに鉱山があるので、鉱石の吹きわけ用に木炭が使われたのだ。文字どおり人煙まれなところで、どの村へ出るにしても、二マイルは歩かねばならなかった。

あの辺の景色は、いまでもはっきりおぼえている。ぼくたちの小屋は、ちょうど山の中腹にあった。ふりあおぐと、ふとい松の木が山巓《さんてん》をおおい、脚下には森林が果てしなくつづいている。小屋の窓からも、木々の梢《こずえ》がのぞかれた。小屋のあたりから、山腹は急傾斜になって、深い谷間がひろがっているのだ。夏の眺めは、とくに美しかった。その代わり、冬ともなれば、みじめきわまるものだった。あのくらい荒涼とした世界は、想像することもむずかしいだろう。

さっき言ったように、冬になると、くる日もくる日も、父は狩猟にいそがしかった。出かけていくときは、入口に錠を下ろすことがある。ぼくたちを外へ出すまいとしてだ。それというのも、留守のうちに、ぼくら子供たちのめんどうを見る人間がいないからで、実際、あんな寂しい山中では、女中を雇いたくてもさがすことができなかった。かりにまた、たまたま見つかったにしても、ぼくの父には、女中をひとつ屋根の下におく気がなかったらしい。女への憎しみが、骨の髄まで浸《し》みこんでいたのだった。どんなにそれが根づよいものであったかは、ぼくたち男の兄弟と、妹のマーセラとのとりあつかいが、全然ちがっていたことからでも想像がつくのだ。

あの時分のぼくたちくらい、みじめな育てられ方をした子供も少なかろう。火事でもおこすといけないと、父の留守中は、まるで火の気《け》を許されなかった。父が帰ってくるまでのあいだは、山と積んだ熊の皮のあいだに潜りこんで、それでどうにか、冷えこんでくる寒さをしのぐより方法がなかった。だから、夕方父が帰ってきて、薪木《たきぎ》を燃しつけてくれるのが、ぼくたちにはなによりもうれしいことだった。

こんなぐあいに、父はその日その日を、山また山と駆けまわる生活をつづけていた。なにが父を、そうまで烈《はげ》しい活動に駆りたてたか、犯した罪を悔いているのか、境遇の激変に、焦躁《しょうそう》にまで追いやられたのか。おそらくはその双方が混じりあったのであろうが、とにかく父は、たえずからだを酷使していないことには、気の休まることがないようにみえた。そのまきぞえで、子供のほうはみじめなものだ。ぼくたちが齢《とし》に似合わぬ分別を身につけたのは、じつを言えばそういうわけがあったからだ。

そのころのぼくたちは、そうした暗い毎日を送っていた。だれひとり口もきかずに、ひたすら春の訪れを待ちわびていた。雪がとけて、草木がいっせいに芽生える日を、小鳥が歌いだして、子供たちも自由に遊びに出られる日を持つのであった。

こうした奇妙で、人間ばなれのした生活が、兄のシーザーが九つ、ぼくが七つ、妹のマーセラが五つになる年までつづいた。これから話そうという、あの奇怪な物語は、その年にそもそもの発端を開くことになった。

ある日の夕方、父はいつもよりおそく帰ってきた。荒れた天候だったせいもあるが、ろくな獲物も背負っていなかった。数フィートの積雪を歩いてきたので、五体がすっかり冷えきっていたこともあって、父はひどくふきげんだった。

小屋へはいるなり、父はすぐに薪木を運んで、炉に火を燃やしはじめた。子供たちは、三人そろって手つだった。すると、どうしたことか、父はふいに、腕でマーセラを突き飛ばした。妹は倒れた。そのはずみに、口のはたをなにかにぶつけたとみえて、ドクドクと血が噴きだした。兄が駆けよって、いそいで抱きおこした。妹は泣き声ひとつたてずに、悲しそうな顔で、じっと父を見つめるばかりだった。ふだんから、邪慳《じゃけん》なあつかいには慣れていたし、なにより父のけんまくが恐ろしかったからだ。

そのあとの父は、ひどく暗い顔になって、炉の前に椅子《いす》をひきよせると、なにかぶつぶつ、女の悪口をつぶやきながら、薪木をくべるにいそがしい様子だった。妹がひどい目にあうときは、ぼくと兄のシーザーも、おなじようにその場をはずすのだった。

父が骨折って、炉の火をあかあかと燃えあがらせても、ぼくたちはそばへよろうとしなかった。マーセラは流れた血を拭《ぬぐ》おうともせず、部屋の隅にちぢこまったままだ。ぼくとぼくの兄も、そのわきにうずくまっていた。父だけがひとり、燃えしきる火を前に、いぜんとして暗い表情をつづけていた。

そんな状態で、ものの三十分もたったであろうか、急に、窓のすぐ下で、狼が吠《ほ》えるのを聞いた。父は跳びあがって、猟銃をつかんだ。吠え声はつづいている。火薬を点検すると、父はいそいで小屋を出ていった。

ぼくたちは、外の気配に聞き耳をたてつつ、父の帰りを待っていた。狼を仕止めさえすれば、父はおそらく上きげんでもどってくるであろう。いくら邪慳にとりあつかわれたにしても——ことに妹のマーセラは、残酷なくらいひどい目にあわされてはいるが、それでもぼくたちは、ぼくたちの父が好きだった。父が笑顔で、明るい声をたてるのを見たかったのだ。なぜって、ほかにぼくたちには、うれしいことなんてないではないか。それにこういうこともはっきり言える。ぼくたち三人くらい、兄妹仲のよいのも少なかった。たまたまぼくと兄とが、なにかのはずみでけんかになると、あの小さなマーセラが、すぐにあいだに飛んできて、ぼくたち二人の口にキスをする——おねがい。けんかしちゃいや。そういって争いを封じるのだ。かわいいやつだった。いまだって目をつぶると、あの児《こ》のきれいな顔が浮かんでくる。かわいそうな、小さなマーセラ！」

「では、死んだのか？」フィリップが訊《き》いた。

「死んださ。ああ、死んだんだ。だが、その話はあとでする。物語には順序があるからな」

ぼくたちは父の帰宅を持っていた。いつまでたっても銃声が聞こえない。で、兄が言った——おとうさんは狼を追っていったんだ。まだなかなか帰ってこないだろう。マーセラ。口のはたの血を洗ってやるよ。そんな隅っこにいることはないよ。炉の火で温まろうじゃないか。

ぼくたちは炉のそばへよって、真夜中ごろまでおきていた。夜がふけるにつれて、さすがに父の身が気になりだした。といっても、父にまちがいがあったとも思われないが、ずいぶん遠くまで追っていったものだと考えた。

そこで兄のシーザーが言いだした。

『ぼくはおとうさんをさがしてくる』そう言って、兄は戸口へ歩みよった。

『おにいちゃん』とマーセラが言った。『気をつけてよ。いま時分は、狼がうろつく時間よ。あたいたちだけじゃ、戦ったってかなわないからね』

兄はそっと、戸をあけた。ほんの二、三インチの隙間《すきま》から首を出して、

『なんにも見えないや』

そして、それだけでもどってきて、また炉の前にうずくまった。

『まだ、ご飯を食べてないね』

そう言いだしたのはぼくだった。いつも、父がもどってきてからご飯にしてくれるので、その留守のあいだは、前の日の残りものしかないのだった。

『おにいちゃん』マーセラが、兄のシーザーに言った。『おとうちゃんが帰ってきたとき、ご飯のしたくができていたら、きっとよろこぶにちがいないわ。あたいたちでこしらえておかない?』

シーザーは椅子にのぼって、なにかの肉をとりだした——なんの肉か、いまではすっかり忘れてしまったが、たぶん、鹿か熊の肉だったにちがいない。それをいつもの分量に切って、父の指図《さしず》でやるとおりに料理しだした。炉の火でよい気持に温まり、おしゃべりしながら働いていると、ふいに近くで、角笛《つのぶえ》のひびきを聞いた。耳を澄ますと——外に人声がした。そして、扉があいて、父がはいってきた。若い女を案内していた。そのまた背後に、猟師のなりをした色の黒い大男が従っていた。

ここで少し、何年かあとに聞いた話をつけくわえる。そのほうが、話の筋道が通ると思うからだ。父が小屋を出ると、三十ヤードほどさきに、大きな白狼《はくろう》を見た。狼も父の姿を見た

とみえて、うなり声を立てながら、じりじりとあと退《じ》さっていった。父が追っても、狼は走りもせず、いつもおなじ間隔を保ってさがっていく。父としては、大事な弾をむだにしたくないので、確実な射程距離にはいるまで撃とうとしない。こうして異様な追跡がしばらくのあいだつづいた。距離がはなれると、狼は足をとめ、挑むようになっている。距離がつまると、またいそいで逃げだすのだった。撃ちとめたい一心で（白い狼は貴重な毛皮だった）、父はいつか、数時間の追跡をつづけ、山奥ふかくはいりこんでしまった。

ここでまた言いそえるが、あの山のそこかしこには、怪しい魔物が住むという言い伝えがある。笑ってはいけない。嘘《うそ》でない証拠は、これからのぼくの話でわかるのだ。猟師たちが恐れて、そうした場所へは近よらぬことにしていたのも、もっともといえるのである。

そこもそうした場所のひとつで、ちょうどぼくたちの小屋の真上にあたっていた。松林のなかが、ぽっかりとひらけて、いわくつきの場所であることは、父にもすぐにわかったはずだ。それを承知ではいりこんだのは、そんな怪談めいた話を軽蔑《けいべつ》していたものか、それともまた、追跡に夢中になったためか、どちらにしろ、白狼におびきよせられたかたちであることにはちがいない。その空地《あきち》までくると、狼は急にスピードを落とした。

父は近よって、銃を肩にあてた。引金をひこうとしたとたん、狼の姿が消えた。積もった雪が目を迷わせたものかと、父はかまえた銃を下ろして、あたりを見まわした――だが、狼はいなかった。こんな広場で、どうして姿をくらますことができたか、父には見当もつかなかった。

がっかりして、とぼとぼと引き返しだすと、とつぜん、角笛の音を、かすかに聞いた。この真夜中に、こんな山奥で——意外なひびきに、彼は狩猟の失敗も忘れ、その場に立ちどまって耳を傾けた。しばらくして、二度目の角笛が鳴った。こんどは、すぐ間近だった。

父は、まだ立ったまま、聞き耳をたてた。

三度目の角笛！

言い忘れたが、その角笛の音は、森の道に迷った者が、仲間を求めて吹き鳴らす合図だった。父はむろん、そのことをよく知っていた。

まもなく、馬の背にまたがった男が近づいてきた。馬の尻《しり》にも、女が一人のっていた。父はそれを見て、はじめは、山に巣食うという妖怪を頭に浮かべた。だが、そばまできたのを見て、自分同様、人間に相違ないことを知って安心した。

馬上の男は、父に話しかけた。

『よいところでお会いした。これでやっと助かったというものだ。追手《おって》を逃れて、遠い国から落ちのびてきたものです。生命《いのち》がけでな。この山中にさえ逃げこめばと思ったからです。それにしても、憩う場所と、口に入れるものがなくてはかないません。ここまできて、飢えと寒さで死んだのでは助からぬ。うしろにおるのは、娘ですが、このつらさでは、死ぬほうがましだと申しております——お助け下されば、一生の恩にきますが——』

『わたしの小屋は、この山を下ったところにあります。お宿はよろこんでお貸ししましょう。おもてなしとまではいきませんが――で、あなたがた、どこからおいでになりました？』

『お助け下さるに、なにも隠すこともありますまい。わたしたちは、トランシルヴァニアから逃げてきました。娘のみさおとわしの命があぶなくなりましたもので――』

言うまでもなかろうが、そのひと言で、父の胸に、つよい好奇心が燃えあがった。かつての自分が思いだされたからだ。妻のみさおが失われたこと、それにひきつづく一連の出来事が、目の前を走って過ぎた。父は即座に、あたたかいいたわりの手をさしのべた。

『そうときまったら、一刻もむだにしたくない』馬上の男は言うのだった。『娘は寒さに気を失わんばかりです。これ以上、戸外に留まらせたくありませんので――』

『この道ですが』

父はそう言って、二人を小屋へ導いた。

『大きな白狼を追いかけましてな』父は途々《みちみち》説明した。『ついうかうかと、こんな山奥まで迷いこんだのです。狼ですか？　ええ、わたしの小屋の、すぐ窓の下へあらわれたのです。それでなければ、この真夜中に、こんなところを歩きまわってはおりません』

『森を出たとき、すれちがいましたわ。きっとあれが、その狼でございましょう』

娘の声は、鈴をならすようであった。

『あのときは、すんでのことで、撃ちとるところだった』猟師風の男は言った。『だが、あのけもののおかげで、わしたちは救われたのだから、殺生をせんでよかったと思いますよ』

徒歩の父は、よほど足を急がせたらしいが、それでも小屋にたどりつくまでは、一時間半たっぷりかかった。

『よいところへまいりましたな』

小屋へはいるなり、肉の焼けるにおいを嗅《か》ぎつけたものか、色の黒い猟師は、ずかずかと炉ばたに近づいて、ぼくと、ぼくの兄と妹を見まわした。

『ほう、ずいぶんお若いコックさんだな』

『お待たせせんでもすみました』父は答えて、『さあ、お嬢さん、火におあたりなさい。すっかり冷えきってしまったでしょう』

『馬をどこへつないだらよろしいですかな?』と猟師に言われて、

『わたしがやっておきます』

と、父は小屋から出ていった。

その娘については、とくにくわしく述べておかねばならぬ。二十そこそこの若さで、白い毛皮の縁どりをした旅行服に、白貂《しろてん》の帽子をかぶっていた。ぼくみたいな子供でさえ、美しいなと見とれたくらいで、父が目をみはったのも当然だった。亜麻色の髪を鏡のように光らせている。口をあけると、すこし大きすぎるのが目立つが、それを埋めあわせるように、見たこともないほど歯が皓《しろ》い。ただ、その目だけには、なにかあった。きれいな目だが、ぼくたち子供を、ふるえあがらせるようなものがあった。そのときはむろん、その正体をつかめなかったが、つまりあれが、残忍さというものなのだ。

娘は、ぼくたちをさし招いた。ぼくたちは、おずおずとそばへよったが、慄《ふる》えを隠すのに懸命だった。女は美しかった。驚くほどの美しさだった。その美しい女が、やさしい言葉で、ぼくとぼくの兄に話しかけ、ぼくたちの頭を撫《な》でたり、抱きしめたりした。それでも、マーセラだけは、近よってこなかった。コソコソと隅のほうへひっこみ、半時間まえまで、あれほど待ちに待っていた食事さえとらず、いそいでベッドへもぐりこんでしまった。

父は、客人の馬を物置につなぐと、すぐにもどってきて、料理の皿を、テーブルにならべたてた。食事がすむと、若い娘に、はやくベッドでやすみなさいとすすめた。自分は、あなたのおとうさんと、もう少し炉にあたりながら話しあうと言うのだった。娘はすこしためらっていたが、結局、あるじのすすめにしたがった。ぼくと兄とは、マーセラといっしょに、もうひとつのベッドにはいった。もともと、ぼくたち子供たちは、ひとつベッドに寝る習慣だった。

だが、ぼくたちは寝つかれなかった。他国の人間を見るのがめずらしいのに、その人たちが、おなじ小屋に泊るという。その思いがけぬ出来事が、すっかりぼくたちを興奮させてしまったのだ。かわいそうなマーセラは、寝返りを打つにも気をつかっていた。おなじベッドに寝ているぼくには、あの児が一晩じゅう、ぶるぶる慄えて、ときには声を殺してすすり泣いているのもわかっていた。

父は酒のびんをとり出してきた。父が酒を飲むのは、めったに見たことがないのだが、その夜は炉辺で、見知らぬ猟師を相手に、夜がふけるまで、語りつづけ飲みつづけた。話し声がひくいので、ぼくたちは耳をそばだてた。好奇心を、ことさらにかきたてられたからだ。

『トランシルヴァニアから逃げてきたと言われましたな』ぼくの父が訊いた。

『いかにも、さようで。わしはさる貴族の下の農奴でしたが――主人が、わしの娘に懸想《けそう》しましてな。奉公にさし出せと強《し》いるのでした。それから、いろいろの事件が起きまして、最後にわしが、主人のからだを、狩猟用のナイフで突き刺しました』

『国もひとつですし、不幸な境遇もわたしとそっくりです』

父は猟師の手をとって、つよくにぎりしめた。

『ほう！　するとあなたも、やはりあの、トランシルヴァニアのかたで？』

『命を救うために、遠くここまで逃げのびた者です。わたしの身のうえは、じつにみじめなもので――』

『お名前は？』

『クランツ』

『え？　あの、クランツ――？　存じておりますとも。お気の毒なお身のうえをいまさらお聞かせねがうことはありません。わしとあなたは、おなじ一族のうちです。再従弟《またいとこ》ということになりますか。わしの名は、バーンズドルフのウイルフレッド——』

あとは立ちあがって、猟人は父を抱きしめた。

それから二人は、角でつくった大盃に、なみなみと酒を満たして、ドイツ風の飲み方で飲みあった。その後の会話は、低声《こごえ》でつづいた。それでもぼくたちの耳は、当分のあいだ、父《おや》娘《こ》二人がぼくたちの小屋に逗留《とうりゅう》することを聞きとった。一時間ほどして、父と猟人は、椅子の背にもたれたまま眠りに落ちた。

『マーセラ、聞いたかい？』兄がソッとささやいた。

『ええ』マーセラは小声で答えた。『みんな聞いたわ。いやだなあ。おにいちゃん。あたい、あの女のひとに見られると、ゾッとするのよ』

兄は黙っていた。そして、それからまもなく、ぼくたち三人も眠ってしまった。

翌朝、目がさめてみると、猟師の娘は、ぼくたちよりさきに起きていた。昨夜よりも、よりいっそう美しくみえた。マーセラのそばへよって、いきなりつよく抱きしめた。妹は涙を目からほとばしらせて、胸がはりさけるばかりに泣きつづけた。

こんなことをいつまで話していてもしかたがない。とにかく、こうした経過で、猟人と娘は、ぼくたちの小屋でいっしょに暮らすことになった。父と男はつれだって、毎日狩に出た。あとに、クリスチーナとぼくたちが残るのだが、彼女は家事万端をまめまめしくとりしきって、ぼくたち子供にも親切であった。はじめはきらって逃げまわっていたマーセラも、しだいになついていくようになった。

いちばん変わったのは、父である。あれほど女性を憎んでいたことも、いまはまったく忘れたかのように、クリスチーナをもてなしはじめた。ぼくたちや、娘の父親がベッドにはいったあとで、彼女と二人だけが炉ばたに残ることがしだいに多くなった。火を前にして、いつまでも話がはずんだようだ。

このさい述べておいたほうがよいと思うが、父と猟師は、ぼくたちとはべつの部屋を寝る場所にきめていた。父がそれまで寝ていたベッド、つまりぼくたちとおなじ部屋へは、クリスチーナがやすむことになっていた。

この客人たちの滞在が、三週間の余つづいた。そして、ある夜、ぼくら子供たちを、ベッドに追いやったあとで、新しい相談がはじめられた。ぼくたちの父は、クリスチーナに結婚を申しこんだのだ。そして、彼女とその父親ウイルフレッドの承諾を得た。そのあとでとり交わされた会話は、ぼくの記憶によれば、つぎのようなものだった。

『クランツさん。娘はもちろんさしあげます。祝福の言葉といっしょにな。それからわしは、この家を去って、ほかに住むところを求めます――場所はどこでも、かまわんですからな』

『いっしょに住めばよろしいに』

『そうもいきません。わしの行くところはほかにある。なにもお訊きになるな。娘をかわいがって下さればよろしいのだ』

『ご承諾を感謝して、お娘御《むすめご》の夫として、恥ずかしくないようにいたします……ひとつだけ、困ったことがあるのですが——』

『いや、言われんでもわかっておる。この荒地には、司祭がおらんといわれるのであろう。しかし、それだけにまた、掟《おきて》にしばられることもないようだ。いちおうの儀式さえととのえば、父親として満足できます。わしの流儀で、やってみたらいかがか。この場で、式をあげさせましょうが』

『おねがいいたしましょう』父が答えた。

『では、娘の手をお持ちなされ。さあ、クランツさん。誓いをなさるのだ』

『われは誓う——』

『——ハルツ山のもろもろの霊に』

『神にではないのですか？』びっくりして、父が叫んだ。

『これはわしの』とウイルフレッドが答えて、『思いつきでしてな。この誓いであれば、なによりもよけいな拘束《こうそく》にわずらわされることがなくてすむ。あなたとしても、べつに、おいやのこともなかろうが』

『なるほど、思いつきですな。しかし、信じてもおらぬものに誓うことになりますぞ』

『なにもめずらしいことではありますまい。うわべだけのキリスト教徒がいかに多いことか。かれらはみな、実際にはそれと変わりがない。しかし、この誓いがお気にめさんようなら、この話はとりやめにしてもよろしい。娘をつれて、さっそくおいとまします』

『すすめてください』父はいそいで答えた。

ウイルフレッドは言った。

『われは誓う。ハルツ山のすべての霊に。良き霊に、そして悪《あ》しき霊に。クリスチーナをめとり、これを永遠に守り、慰め、愛す。いかなるときも、これを傷つけんとして、手をふりあぐることなしと誓う』

父は、その言葉を、ウイルフレッドにならってくりかえした。

ウイルフレッドはまたつづけた。

『われもし誓いを破らば、山霊の報《むく》い、われとわが子の上にふりかからん。兀鷹《はげたか》についばまれ、狼に啖《く》われ、その他もろもろの森のけものの害を受けけん。われらの肉は四肢《しし》よりひき裂かれ、骨は曠野《こうや》にさらさるべし。われ、これを誓う』

最後の言葉は、さすがに父もためらった。が、結局は思いきったように復誦《ふくしょう》した。小さなマーセラは、涙をおさえきれず、声をたてて泣いた。ときならぬその泣き声が、儀式を中断させた。父は平静を乱して、はげしくマーセラを叱《しか》った。小さな妹は、顔を敷布におしつけて、涙をこらえた。

これがぼくたちの父の二度目の結婚であった。つぎの日の朝、猟師ウイルフレッドは馬に乗って去っていった。

その夜から、父はもとのベッドにもどった。つまりぼくたちとまた、寝室をいっしょにすることになったのだ。こうして、ぼくたちの小屋には、父の結婚前とおなじ生活がはじまった。ちがっているところといえば、新しい母が、それまでのようなやさしさを失ってしまったことだ。父が留守のときは、ぼくたちを打擲《ちょうちゃく》することさえあった。とりわけひどい目にあったのは妹のマーセラであった。若い女の目は、この金髪のかわいらしい幼女を見るたびに、灼《や》きつくような炎を燃えあがらせるのだった。

ある夜、妹が、ぼくとぼくの兄をゆりおこした。

『どうしたんだ？』シーザーが訊いた。

『あの女が出ていったわよ』マーセラはソッとささやいた。

『出ていった！』

『そうよ。ドアをあけて出ていったわ。寝間着のままなの。あたいが見ていると、あの女、ベッドから下りて、おとうさんが寝こんでいるかどうか見ていたわ。それから、出ていったの』

凍りつくような寒夜に、なんの必要があって外へ出るのだろうか？　真夜中に、寝間着のままで、ふかく積もった白雪を踏みくだいて――ぼくたちは横になったまま目をあけていた。そのあいだ、一時間ほど、窓の下で、たえず狼が唸《うな》っていた。

『狼だよ』シーザーが言った。『あの女、ひょっとすると、食い殺されたかもしれないな』

『いいえ、そんなことないわ』マーセラが叫んだ。

それから、二、三分して、母がもどってきた。マーセラが言ったとおり、寝間着のままだった。ドアのかけ金を、音のしないように下ろして、まっすぐ水桶《みずおけ》のところへいった。顔と手を洗っているのだ。それがすむと、ベッドへもどって、父のとなりにはいっていった。

そのようすを、ぼくたち三人は慄えながら見守っていた。なんのために出ていったか、その理由がわからないので、つぎの夜も、ようすをうかがってみることにきめた。ベッドにはいってから、目をあけて待っていた。そのつぎの夜も、そのまたつぎの夜も――そして、いつもおなじ時刻に、母はベッドを離れて、小屋を出ていった。出ていくと、きまったように、窓下で狼がうなり声を立てた。帰ってくるときも、きまったように、ベッドにはいるまえに手を洗った。

それにまた、おかしいといえばいえるのだが、母はめったに、食事の席に加わらなかった。たまたまいっしょに食事をするときも、まるでいやいや食べているようであった。だが、料理をこしらえているあいだに、生肉をいそいで口へほうりこむのを、いく度となく見かけたことがある。

兄のシーザーは勇敢な少年だった。はっきりたしかめるまでは、めったな告げ口をしてはいけないと言った。そして、彼女のあとをつけてみることに肚《はら》をきめた。マーセラとぼくとが、しきりに思いとどまらせようとしたが、聞き入れなかった。

つぎの夜、兄は服を着たままで、ベッドにはいった。母が小屋を出ていくと、すぐにとびおきて、父の猟銃をつかむと、あとを追った。

そのあと、兄の帰りを待つぼくたちの気持を想像してもらいたい。しばらくして、銃声を聞いた。父はなにも知らず眠っていた。ぼくたちは、ますます不安におののいた。

それからじきに、母がもどってきた。――服は血に染まっていた。マーセラは泣き声を立てそうになった。ぼくは、その口をかたくおさえたが、ぼく自身もはげしい恐怖に襲われた。

母はベッドの前に立って、父の寝息をうかがってから、炉ばたへ歩みよって、のこり火をかき立てた。

『だれだ?』

父はおきあがって言った。

『あたしよ。おきることはないわ。あたし、お湯が飲みたくて、火をおこしているところなの。すこし、気分がわるいもんで――』

父は寝返りを打って、そのまま眠ってしまった。母は血に汚れた寝間着をぬいで、火のなかへ投げこんだ。そのときぼくたちは、彼女の右足から、ひどく血が噴いているのを見た。銃に撃たれた創《きず》のようだ。母は、その傷に繃帯《ほうたい》をし、着替えをすますと、夜があけるまで、炉の火の前にすわっていた。

マーセラは、心臓をどきどきさせて、ぼくにしがみついていた――ぼくの心臓にしても、おなじように高く鳴っていた。にいさんは、どうしてしまったんだろう？　母の傷は、にいさんの銃で受けたものではないのかしら？　夜があけて父がおきだしたのを見て、はじめてぼくは言った。

『おとうさん、にいさんがいないよ』

『シーザーが？　どこへいったんだろう？』

『ゆうべ、だれか出ていったわ』と母が口をだした。『わたし、昨夜は一晩じゅう眠れなかったけど、夜中に音がしていたわ。だれかがドアのかけ金をあけたみたいよ。あら、あなた。銃がなくなっているわ』

父は、暖炉の上を見て、猟銃がなくなっているのを知った。しばらく、黙って考えていたが、いきなり手斧《ておの》をつかむと、ものも言わずに出ていった。

そう長く待たぬうちに、父はもどってきた。両腕に傷だらけの死骸《しがい》を抱いていた。それが兄だった。父はそっとそれを下ろして、顔をおおった。

母も立ってきて、死骸をのぞきこんだ。ぼくと妹はとりすがって、泣きくずれた。

『ベッドにもどりなさい』するどい声で、母はぼくたちに言って、『ねえ、あなた』と、あとを父にむかってつづけた。『あの子はきっと、狼を撃とうとしたのよ。あいにく、狼のほうが強かったので、こんな目にあってしまったんだわ。無分別なことをした報いね』

父は答えなかった。ぼくはその場で、いっさいを話そうとした。だが、その決意を見てとって、マーセラが、腕をつかんで、目くばせしたので、口を出すのはやめにした。

そうしたわけで、父にとってはわからぬままにおわったが、ぼくとマーセラは確信を持った。はっきりした事情はつかめぬにしても、兄の死に、新しい母が関連していることは疑いなかった。

その日父は、外へ出て墓を掘った。死骸を埋めて、土をかけると、その上に、石をいくつも積み重ねた。狼の群れが、死骸を食いにくるおそれがあったからだ。この悲劇は、あわれな父にひどい打撃をあたえた。その後何日ものあいだ、父は狩にも出ようとせず、はげしく狼を呪《のろ》い、いつかわが子の仇をうってやるぞと、ののしりつづけた。

父がそうして、シーザーの死を悲しんでいるあいだも、母は例の、毎夜きまった時刻に忍び出る習慣を変えなかった。

数日たったある朝、父ははじめて、猟銃を手に、森へ出かけていった。が、すぐにもどってきて、叫んだ。

『クリスチーナ！　ひどいことをされた。あの狼どもめ、墓をあばいて、せがれの肉を啖《くら》いおった。残っているのは骨ばかりだ！』

『まあ！』

と母は答えた。その瞬間、マーセラはぼくの顔を見た。その目は、この利発な幼女がだまっていても、なにもかも心得ていることを語っていた。

『わかったよ、おとうさん』とぼくは言った。『それで毎晩、窓の下で狼がうなっていたんだね』

『なに？　毎晩、狼が吠えていた？　なぜそれを、はやく言わんのだ。こんどまた吠えたら、すぐにおれをおこすのだぞ』

新しい母は、席をはずした。そのまえにぼくは、その目が火のように燃え、歯がかたくくいしばられたのを見てしまった。だが、父はまた出ていった。兄の死骸の食い残された部分を埋めなおし、その上に、まえよりも大きな石を、数多くのせた――それが悲劇の序幕だった。

春がきて、雪が消え、ぼくたちはまた、遊びに外へ出られるようになった。そうなっても、ぼくはいつも妹のそばからはなれないようにした。兄が死んでからは、いっそうそれに気をつかった。妹と新しい母を、二人きりにしておくのが心配だったのだ。まるで母は、この小さな子供を虐待するのが楽しみでもあるかのようにふるまったからだ。

父が小さな畑を耕しはじめたので、ぼくにも仕事をする役がまわってきた。ぼくと父とが、畑で働いていると、マーセラはいつも、そばにすわっていた。つまり、母だけがひとり、小屋に残ることになったのだ。

春がふかくなるにつれて、母の深夜の外出はまれになっていた。そして、ぼくが父に、狼の話をして以来、窓下の狼のうなり声も聞こえなくなった。

ある日、ぼくと父とが畑を耕していると、母が小屋から出てきた。マーセラが、いつものように畑のそばに遊んでいるのを見て言った。おとうさんが食べたいというから、森へつみ草にいってくる。おまえはそのあいだ、小屋へ帰って、晩のご飯の仕度《したく》をしているんだよ――マーセラはいいつかったとおり、小屋へもどっていった。女は、小屋とは正反対の森のほうへ歩いていった。そのときぼくと父は、いわば女たち二人の中間にいたことになるのだ。

それから一時間ほどして、小屋のなかでけたたましい悲鳴が聞こえた――マーセラの悲鳴にちがいなかった。

『たいへんだ、おとうさん。マーセラが火傷《やけど》したらしい』

ぼくは鋤《すき》をほうりだした。父もおなじようにそれを投げだして、二人いっしょに、小屋へ駆けつけた。入口まできたとき、なかから大きな白狼が飛びだした。と見ると、ものすごい速さで、逃げていった。

銃を持っていなかったので、父としてもそのあとを追うわけにいかなかった。小屋のなかへはいってみると、かわいそうにマーセラは、息をひきとるところだった。無残なありさまで、流れた血が、床の上に、大きな池をつくっていた。

父は最初、銃をつかんで、けものを追う気であったらしい。しかし、そのすさまじい光景を見ては、思わずそこにくずおれた。幼女のからだを抱いて、涙にくれた。マーセラは、ぼくたちにほほえみかけたのが最後で、しずかに目をとじた。

父とぼくが、マーセラの死骸にとりすがって泣いていると、母が帰ってきた。さすがに眉《まゆ》をくもらせたが、恐ろしそうな顔はみせなかった。

『かわいそうね』と彼女は言った。『きっとあの大きな白狼よ。いまそこで出っくわして、びっくりさせられたばかりだわ。あら、クランツ。この子はもう、だめのようね』

『そうだ――死んじゃった』父は、身もだえして泣いた。

父が、この悲劇の第二幕から立ちあがることは不可能とみえた。幼い子の死骸のそばにすわったきりで、くる日もくる日も泣きつづけた。はやく葬るようにと、母がしきりにすすめるのだが、埋める気にならぬようすだった。しかし、いくたびもすすめられて、とうとう死んだ兄のとなりに穴を掘ることにした。狼どもに荒されぬように、埋葬に念を入れることを忘れなかった。

こうしてぼくは、兄や妹といっしょに寝ていたベッドに、一人きりでさびしくやすむことになった。兄と妹の死には、たしかに母が関係している。どういうふうだか知りようもないが、いまではもう、疑問の余地は絶対にない。だからといって、彼女を恐れるどころではなかった。ぼくの小さな心臓は、憎悪《ぞうお》と復讐《ふくしゅう》のおもいに波打っていたのだ。

妹が埋葬された夜も、ぼくはベッドの上で目をあけていた。真夜中に、母は小屋を出ていった。すこし間をおいて、ぼくは服を着ると、ドアを細めにあけて、外を見た。

月があかるく輝いていて、兄と妹が埋めてあるところも見とおせた。が、そのとき、目を疑ぐるような恐ろしいものを見た。母が、マーセラの墓に積まれた石をとりのけているのである。

白い寝間着すがたを、月が照らしていた。母は、手で土を掘っては、石を背後に投げすてている。けものそっくりのあらあらしさだった。ぼくはしばらく、茫然《ぼうぜん》とその場に立ちすくんでいた。そのあいだに、女の手は死骸にとどいた。ぼくはひきずりだしたとみると、墓のかたわらにおいた。ぼくはとうとうがまんできなくなって、父をゆり起こした。

『おとうさん、おとうさん！　はやく、銃をとって！』

『なんだ！』父が叫んだ。『狼がきたのか？』

彼はとびおきて、手ばやく着替えた。夢中だったので、母がそばにいないことに気づかなかった。銃を持ったと見て、ぼくがドアをあけると、父はそのまま飛び出していった。ぼくもそのあとを追った。

意外な光景を見たときの父の驚きを、はたしてだれが想像できるだろうか。墓の前には、狼ではなく、寝間着すがたの彼の妻が、四つんばいになって、子供の死骸をかかえこみ、狼のような貪婪《どんらん》さで、その肉をむさぼり啖っている。女のほうは、食うのに夢中で、ぼくたちが近づくのも気づかなかった。

父は思わず、銃をとり落とした。髪の毛が逆立っている。ぼくの髪もおなじだったにちがいない。ぼくは、その銃をひろいあげて、父の手ににぎらせた。すると、急に父の身内に、いきどおりが湧《わ》きあがったとみえた。父は、二倍のはげしさをこめて、狙《ねら》いを定め、引金をひいた。ついさっきまで、彼の胸に抱かれていた女は、ひと声、悲鳴をあげて倒れた。

父も同時に、おお神さま！　と叫んで、銃を地上にほうりだすと、気を失った。

ぼくは、父が意識を回復するまで、その場にぼんやりつっ立ったままだった。

『ここはどこだ？』父はおきあがって言った。『なにがおこったのだ？……ああ、そうだ！　思いだしたぞ！　おそろしいことだ！』

彼は立ちあがって、ぼくといっしょに、墓へ歩みよった。そこには、もう一度、ぼくたちを驚愕《きょうがく》と恐怖に打ちのめすものが待っていた。倒れているのは、母の死骸とばかり思っていたのに、妹のなきがらの上に、のしかかるように横たわっているのは、白く大きな牝狼だった。

『この畜生だ！』父は叫んだ。『この白狼めは、おれを山中におびきよせたやつだ。――いまはじめてわかった。おれは、ハルツ山の霊に魅入られたのだ』

長いあいだ、ぼくの父は考えこんでいた。それから、妹の死骸をしずかに抱きあげると、もとの墓穴へおさめ、石を積み重ねた。それがすむと、こんどは急に、狂人のようなはげしさで、死んだ狼の頭を、長靴のかかとで踏みにじった。

小屋へもどると、ドアをしめて、ベッドの上へからだを投げた。ぼくもまた、そっくりおなじ動作をくりかえした。あまりにも奇怪な出来事で、頭脳はしびれたように動かなかった。

翌朝はやく、ものすごい勢いでドアを叩《たた》いて、猟師のウイルフレッドが飛びこんできた。『わしの娘——おい！——わしの娘をどうした？　どこにおるんだ？』とすさまじい形相《ぎょうそう》で叫んだ。

『悪魔の落ちこむところさ』怒りに燃えた父は、負けずに言いかえした。『地獄にきまっている！　わかったら、出ていけ。さっさと消え失《う》せんと、きさまもおなじ目にあわせてくれるぞ』

『ハ、ハ、ハ。人間ごときに、ハルツ山の精霊が傷つけられると思うか。牝狼につがわせてくれと、おれに願ったのはだれだ』

『出ていけ、悪魔め！　魔物なんかに負けてたまるか！』

『なにを言うか。きさま、山霊に誓った言葉を忘れたか——誓いは厳粛だぞ——このものを傷つけんとして手をふりあげることなし——そう言ったのはだれだ』

『悪魔なんか相手で、誓ったうちにはいるか』

『いいや、誓った。誓いを破れば、山霊の復讐を受けねばならん。子供らは、兀鷹についばまれ、狼に——』

『出ていけ、悪魔め——』

『その骨は曠野にさらされ——ハ、ハ、ハ！』

父は憤怒《ふんぬ》に狂ったように、手斧をつかんで、ウイルフレッドめがけて打ち下ろした。

『――われ、これを誓う』愚弄《ぐろう》するように、猟師はつづけた。

手斧はふり下ろされたが、猟師の影を斬《き》っただけで、からだのバランスを失った父は、床に倒れた。

『ばかめ！』猟師は、父のからだをまたぎながら言った。『人を殺した人間は、どうもがこうと、われらの力を逃れられぬのだ。きさまは二人も殺しておる。それに、婚姻の誓いに叛《そむ》いた報いも受けねばならん。二人の子供はすでにない。三番目のやつも、あとにつづくことになるのだ――誓いはかならず守られねばならん。子供らを死なせてやったのは、せめてもの慈悲だ――きさまは、生きながら、永遠の苦しみを苦しむのだ！』

その言葉とともに、精霊は消え失せた。父は床からおきあがって、ぼくをかたく抱きしめた。そして、それから、ひざまずいて、神に祈った。

つぎの朝、父は小屋を、永遠に去った。ぼくを連れて、オランダへ向かったのだ。そこまでは無事につくことができた。貯えが少々あったが、アムステルダムに滞在すること数日で、父はとつぜん熱病に冒された。そして、狂いに狂い、狂い死にに死んでいった。ぼく自身は孤児院に収容され、成長すると、平《ひら》水夫の身分で、海へ出た。

これがぼくの話さ。あとにのこされた問題は、はたして父の破った誓いで、ぼくが災難をこうむらなければならぬかだ――ぼくは覚悟している。いずれは、なにかの方法で復讐されるということをね」

2

二十二日目に、南スマトラの山々が見えだした。あたりに船影がなかったので、二人は船をマラッカ海峡に向けることにした。風にさえうまく乗れば、七日か八日で、プロ・ピナンに着けるはずだ。来る日も来る日も、熱帯の太陽を浴びているので、フィリップもクランツも、肌はくろぐろと染められていた。そのうえ、長々とひげがのび、回教服をまとっているので、どこから見ても原地人だった。昼のうちは、燃えあがる太陽のもとに舵《かじ》をとり、日が落ちれば、夜の霧を浴びて眠った。健康はそこなわれなかった。

クランツはしかし、身のうえばなしをしてからというもの、ずっと暗い顔をつづけていた。いつもの元気に似ず、口もろくにきかなくなった。心配したフィリップが、その原因をたずねてもむだだった。船が海峡にはいったとき、フィリップはクランツに、ゴアに着いたらどうしようかと相談をかけた。

そのときクランツは、いっそう暗い顔になって言った。

「ここ数日、ぼくはいやな予感がするんだ。とても生きては、あの町までたどりつけんような気がするのさ」

「ばかなことを言うな、クランツ。そんな気がするのは、どこか、からだがわるいからだぞ」

「ぼくは丈夫さ。からだにしたって、こころにしたって、健康そのものだ。それでいて、こんどの予感はどうしてもふり払えない。どうやってみても、うまくいかないんだ。なに？　どんな予感だというのか。きみとも長くいっしょにいられない気がする——そういう予感が、追っぱらっても追っぱらっても湧いてくる。で、フィリップ、きみにたのんでおきたい。なにも言わずに承知してもらいたいんだ、ぼくは金貨を持っていてね。こいつは、きみにとっても、邪魔なものじゃないだろうから、受けとっておいてほしいのさ。きみ自身のものとしてだよ」

「またおかしなことを言うな」

「おかしなことじゃない。まじめな話だ。きみだって、虫の知らせってものを、知らんわけでもあるまい。知ってのとおり、ぼくは臆病《おくびょう》じゃない。死ぬことだって、なんとも思っていない。それでいて、こんどの予感は、一時間ごとにつよくなるようだ……」

「頭が疲れているからだよ、クランツ。きみみたいに若くて健康で、元気のよい人間が、無事にこの世を過ごせぬわけがない。誓いだの、呪《のろ》いだの、そんなもの、なんの根拠もありはしないさ。あしたになれば、元気になっているよ」

「そうかもしれない」とクランツは言った。「だけど、こんどだけは、ぼくのわがままを聞いてくれ。目をつぶって、金貨を受けとってもらいたいんだ。いいじゃないか。ぼくの思いすごしで、無事にゴアへ到着することができたら、そのときは返してくれればいいんだから」

そこまで言って、クランツはかすかに笑った。

「忘れていたな。水がなくなりかけていた。船を岸につけて、小川をさがさなけりゃならん。飲料水を補給しておきたいよ」

「きみのいやな話が出たとき、ぼくもやはり、水のことを考えているところだった。暗くならないうちにさがしておいたほうがいい。甕《かめ》につめたら、すぐにまた出発しよう」

この会話が行なわれたのは、かれらの船が、マラッカ海峡を東岸に沿って走っているときだった。北端までには、まだ四十マイルはある。岸を見あげると、ごつごつした岩山がつらなって、それが平地へ下るにつれて、森林になり、ジャングルに変わり、そのまま海岸に達している。人間の住んでいるようすはなかった。岸べに船をよせて、二時間ほどすすんだ。さいわい清流が見つかった。山巓から一条の白布となって落ちて、あとはうねうねとジャングルの下を縫い、マラッカ海峡に注ぎこんでいるのだった。

船を河口へ入れると、帆を下ろし、かいを使いながら、水流をさかのぼった。水が澄みきるところまでのぼった。甕をいっぱいにして、さて、船をもどそうかと思ったとき、二人ともに、泳いでみたい欲望にさそわれた。あたりの景色があまりにも美しいのと、河の流れがきれいに澄んで、おどろくほど冷えきっていること。それにまた、長いあいだ、せまい船に閉じこめられていた疲れ――などと、理由がいろいろ重なったからだ。おそらく、おなじような境遇におかれたものでなくては、想像もつかぬ気持であろう。二人は回教服をぬいで、流れへ飛びこんだ。しばらくはそのまま、水にひたっていた。

最初に水からあがったのはクランツだった。さむくなったと言いながら、服をぬいでおいたほうへ歩いていった。フィリップも、そのあとを追った。

「さあ、フィリップ」クランツが言った。「ちょうどよい機会だよ。ぼくの金貨を受けとってくれ。腹巻から出すから。きみはきみのを締めるまえに、つめてしまうがいい」

フィリップはまだ、水から出ていなかった。水は、腰のあたりまであった。

「どうしてもそうしたいのなら、するがいい。おかしな話だとは思うが、まあ、好きなようにするさ」

フィリップは流れからあがって、クランツのわきにすわった。クランツのほうは、腹巻からスペイン金貨をとり出すのに夢中だった。最後に、彼は言った。

「では、フィリップ、受けとってくれるな——これでぼくも、安心できる」

「危険がきみだけにおきて、ぼくが平気だなんて、そんなばかなことがあるものか。だがきみが——」

その言葉がおわらぬうちに、恐ろしい咆哮《ほうこう》が聞こえた。同時に突風のようなものがつきぬけて、彼はその場に、あおむけに倒れた。けたたましい悲鳴——つづいて、争う気配。

意識をとりもどすせつな、フィリップの目に、大きな虎がうつった。矢のような速さで、クランツの裸のからだを、ジャングルへくわえ去るところだった。茫然として見つめていた。

一瞬のうちに、虎とクランツは消えていた。

「神さま！　なぜこんなおそろしいことを――」

彼はそのまま、地に顔を伏せてもだえた。

「クランツ！――友よ、兄弟よ。きみの予感は正しかった。神さま、彼をお救いください。でも、もうだめか」

あとは、涙にむせんだ。

一時間あまり、彼はその場を動かなかった。自分自身の危険も忘れて、ただ泣いていた。すこし落ち着くと、立ちあがって、服をつけた。が、すぐにまた、その場にすわりこんだ――クランツの服が目の前にある。金貨も砂の上にあった。

「金貨をくれようとしたのは、自分の運命を知っていたからだ。あれがあの男の運命――それがいま果たされたわけだ。その骨は曠野にさらされよう。精霊と、その娘の狼は、とうとう復讐を遂げたのだ」

獲物

ピーター・フレミング　田中潤司＝訳

イングランド西部の、とある小さな駅の寒々とした待合室に、二人の男がすわっていた。すでに一時間になるが、まだ待つようすだった。外には霧が立ちこめ、汽車は予定をはるかに遅れていつ到着するとも知れなかった。

殺風景で親しみのない待合室だった。そのうえ、裸電球がいっそう荒涼とした感じをあたえている。暖炉棚の上には、〈禁煙〉と書かれた掲示板が立てかけてあった。また、壁のほとんど中央には、一九二四年に発生した豚コレラに関する御触れがピンで止めてあった。ストーブは、熱気とむっとする臭《にお》いを放っている。黒い玉ぶちの窓に反射する青白い光は、霧深いプラットフォームに明りがともっていることを示していた。どこかで、水滴が気の遠くなるような悠長さで波形鉄板の上にポトリと落ちるのが聞こえた。

二人の男は、ストーブを真中にして、木製の椅子《いす》にむかい合ってすわっていた。二人とも、ここで顔を合せたのがはじめてといった間柄のようだった。それに、今まで交した会話からしても、二人はいつまでも見知らぬ他人のままでいるように思われた。

だが、若いほうの男は、二人のあいだにコミュニケーションがまったく欠如していることに我慢ならない気持だった。彼は人一倍好奇心がつよく、人類を博物館に、人間ひとりひとりをそのなかの陳列品とみなすような男だった。まだ二十歳《はたち》そこそこだが、自分をそういう複雑多様な人間同士を結びつける接点だと思い、つねづね、人間の目ききになりたいと願っていた。

たしかに、彼の眼の前にいる男は、どこか他人《ひと》を魅きつけるものをもっていた。背は低いほうだが、全体にほっそりとしているので、ちっともチビには感じられない。黒の長いオーバーコートはよれよれで、靴は泥だらけだった。顔にはまるで血色がなかったが、蒼白《そうはく》という印象ではなかった。皮膚は土気色《つちけいろ》だった。それに、尖《とが》った鼻、細く突き出た顎《あご》。高い頬骨《ほおぼね》から顎に垂直に刻みこまれた深い皺《しわ》が笑いの土台をなし、蜂蜜色《はちみついろ》のくぼんだ両眼が笑顔のまとめ役をしている感じなのだ。なかでもいちばん驚かされるのは、顔の輪郭が画然としていないことだった。さらに、その何者とも知れぬ男は、後頭部にのっけるようにしてつばの狭い山高帽《やまたかぼう》をかぶっていた。留金で頭蓋骨《ずがいこつ》にしっかり固定してあるようなかぶり方。それはあたかも黒い後光であり、その下にのぞかれる不可思議な顔は、世の中をきっとにらみつけているように思われた。

男の表情には、冷淡というより、どこか根本的にちがっている印象があった。芸当をする動物の奇嬌《ききょう》な振舞いに似た不自然な帽子のかぶり方は、そのちがいを間接的に示すものだった。なにか古い――そこでは、山高帽をかぶったホモ・サピエンスは一種の例外的存在であるような――種族の一部に属しているような感じ。肩をまるめ、両手をコートのポケットに突っこんだまますわっている彼の態度には、心なしか不快の色があったが、それは椅子が堅いという事実よりは、それが椅子であることに原因しているように思われた。

つき合いのよくない人だな、と若い男は思った。いろんな角度から話のきっかけをつくろうと試みていたのだが、彼を引っぱり出すことはできないでいた。いっこうにうちとけようとしない彼の返事の仕方は、気むずかしさというより、拒絶を明確に表わすものだった。返事をするとき以外、けっして若い男を見ようとはしない。顔を向けたときでも、その眼には抽象的な愉悦《ゆえつ》の色合いしかなかった。ときたま微笑《わら》うこともあったが、それもべつだん直接的な理由があるわけでなかった。

いっしょに過ごしてきた数時間を振り返ってみて、若い男は、今までの努力が徒労だったように感じ、行軍中の軍隊の落伍者もかくやと思われる挫折感をおぼえた。だが、当初の決意と好奇心、それに眼をつぶさなければならぬ事実が力を合わせて、敗北の淵《ふち》に沈みこもうとする彼の気持にはげしく抵抗していた。

(もしこの男が話そうとしないなら)と、若い男は思った。(ぼくが一つ、話をしてやろう。

ぼくの声には誰にも負けない素敵な響があるんだ。今、ぼくの身に起こったばかりの出来事をこの男に話してやろう。まったく、こんなけったいな、怖るべき話はなかった。こいつを一生懸命まくしたててやる。もしこの物語が与える衝撃が、彼の閉ざされた心をひらかせなかったら、ぼくはしゃっぽを脱ぐさ。どうもこの男、よほど並はずれた人間らしいな。だからこそ、異常なほどに興味を引かれるんだが）

彼は態度をいくぶん和《やわ》らげ、威勢のいい声を出した。「あなた、狩猟家だとおっしゃったように思ったのですがね？」

相手は蜂蜜色の眼をチラッと上に向けた。きらきらと輝くその眼には、理解しがたい愉悦の色が宿っている。彼は質問にはこたえず、ふたたび視線を下げ、コートの端に反射しているストーブの明りをじっと見つめていた。しばらく間《ま》があってから、ようやく話しだした。かすれ声で、「ここには狩りにきたんだ」と、いった。

「それなら」と、若い男はいった。「フリア卿の飼っている猟犬のことを聞いたはずでしょう。犬小屋がここからそう遠くないところにありますよ」

「知っている」と、相手はこたえた。

「ぼくは、今までそこにいたのですよ」と、若い男はつづけた。「フリア卿はぼくの叔父なんです」

相手は顔をあげると、なんていわれたのか理解できないでいる外国人のような態度で相槌《あいづち》をうった。

若い男は焦《じ》れったい気持をぐっと抑えて、「ところで、その」といいはじめた。最前よりは、声に少し張りが出てきたようだった。「ぼくの叔父にまつわる、まだほやほやのじつに驚くべき話はいかがです？　つい二日前解決したばかりの事件なんです。ごく短い話ですから」

見知らぬ男は、はっきり答える必要はないといいたげな、相手を小馬鹿にするような眼つきをしていた。だが、とうとう、「よろしい」といった。「お聞きしよう」個性の感じられないその声は、気乗りがしないといっているようだった。だが、きらきらと輝く眼つきは、それを裏切り、内心大いに興味があることを暗に示していた。

「それでは」と、若い男はいった。

椅子をちょっとストーブのほうに引っぱると、彼は話しはじめた――

ご存知かもしれませんが、ぼくの叔父、フリア卿は、今は隠遁《いんとん》生活――といっても、けっして何もしていないということじゃないのです――を送っているのですよ。大きなお城――これは住み心地がいい《コンフォタブル》というより、ただ広々としている《コモディアス》だけですがね――に住み、わずかばかりの収入で生計を立てているのです。乗馬が大好きで、よく猟に出かけるのですよ。なにかよほどのことがないかぎりは、隣人とは会おうとしないので、ちょっと頭がおかしいと思われているしまつでしてね。まあ、かりにそうだとしても、少なくともそれを意識しているはずですがね。

叔父は一度も結婚はしなかった。で、叔父の唯一の兄のひとり息子であるぼくは、以前から叔父の遺産相続人になっていたのです。ところが、戦時中、思いがけないことが起こったのです。

国家の危機だというのに、叔父は――もちろん出征できる年ではなかったのですが――まったく関心を示さなかった。おかげで、土地の人びとには大変不評を買っていたのです。簡単にいえば、叔父は戦争を認めようとしなかった。いや、かりに内心では認めていたにしても、からだにはさっぱり現わさなかったのですね。自分ひとりの殻に閉じこもって、世間にまったく顔をそむけた生活をしていたのです。でも、ついには若い使用人を戦争にとられ、年をとったあまり元気のない従僕を従えて狩りに出なければならなくなった。それでも彼らをうまく手なずけて、シーズンには、週に二度はかならず狩りに出かけていましたよ。

だけどそのうち、その地方の名士がやってきて、いたずらに獣を殺してばかりいないで、ひとつ何か国のために尽したらどうかと進言したのです。このときは、叔父もよく聞き分けたようでした。戦争がどんなふうに進展しているか直接には知らないが（叔父は新聞は読んでなかったのです）、とにかく自分はあまりに世間と縁遠くしていたようだ、と叔父はいってました。で、叔父は翌日ロンドンに手紙を出し、〈タイムズ〉を注文し、ベルギーからの避難民をひとりおいてやってもいいと書いてやったのです。わしにはぎりぎりこれくらいのことしかできんのだ、と叔父はいってました。ぼくも、そのとき、それでいいのだと思ったものですよ。

そのベルギー人の避難者は、女性で、しかも口がきけないことがわかりました。女性で、しかも口がきけないという条件を叔父のほうからつけたのかどうか、それはだれにもわかりません。とにかく、その女性はフリアにやってきた。デブで、まるで魅力のない女性だった。年齢《とし》は二十五歳。顔はてかてかしていて、手の甲には、細いまっ黒な毛が生えてるんですよ。まるで、でかい反芻《はんすう》動物を象《かたど》ってつくられたようなからだつきでした。大変な大食いのうえに、これがよくまた眠るんですね。風呂は毎日曜日、家政婦が休みでいないときにはいってました。たいてい、寝室の外にある踊り場のソファーで一日の大半を過ごしていたようです。プレスコットの『メキシコ征服』という本を膝《ひざ》においてましたが、あきれるくらいゆっくり、丹念に読んでいるのか、それとも全然読まないか、どちらかでしたね。ぼくの知るかぎり、第一巻を十一年間も手にしてましたからね。思うに、この女性、もの思いに耽《ふ》けるタイプだったのですね。

ところが、不思議にも——ぼくにいわせれば、不幸にも——叔父はこの醜女《しこめ》をだんだん憎からず思うようになっていったのです。彼女とは食事のときしか顔を合わせないのに——いや、彼女が生々としてくる食事のときしか会わなかったからこそかもしれないけど——まったく無関心だった叔父が、しだいに親切になっていき、やがては父性愛のような感情をみせるようになったのです。戦争が終われば、彼女がベルギーに戻るのは疑問の余地がなかった。ところが、一九一九年のとある日、叔父は女性を正式に養子にし、遺言を彼女宛てに書き換えたことを聞かされたのです。

食事のとき以外はまるで魅力のない女に全財産を相続させるのかと思うと、そのときはちょっと屈辱を感じましたね。でも、時間が経《た》つにつれ、だんだんなんでもなくなっていきました。そして、いつもの通り、毎年一回フリア訪問をつづけて、叔父といっしょに狩りに出かけていました。でっかい猟犬の後を追って山野を駆けめぐっていると、もはやこの土地をぼくが相続しなくてもよくなっただけに、かえって美しく見えはじめたくらいでしてね。

ぼくは一週間の予定で三日前にここにきました。背の高いハンサムな叔父は、大変元気でした。例のベルギー人は、昔ながら健康そのもの、病気とか情緒とかにまるで縁のない印象なんですよ。叔父のところにきた当時よりまたひとまわり太ったようでした。でも、不恰好《ぶかっこう》さは相変らずですが、かなり女らしさは出てきたようすでした。

ところが、ぼくがこちらにきて初めての夕食のとき、あのぶっきらぼうな叔父の態度になにかしらピリピリするものが感じられたのです。叔父の胸のなかに、なにかたまっているものがあるようでした。やがて夕食がすむと、叔父は書斎にくるようにといったのです。招待状を受け取ったときから、叔父がなにか困っているらしいとは、うすうす感づいていたんですけどね。

書斎の壁には、地図やキツネの手足などが掛けられていました。部屋じゅう、紙幣、カタログ、古い手袋、化石、ネズミ取り、弾薬筒、それに、パイプを掃除するための羽根など、ところかまわず散らばっているのですよ。まるで野獣のねぐらも同然でした。ぼくはそれまで、一度も書斎にははいったことがなかったのです。

「ポール」ドアを閉めるなり、叔父はぼくの名を呼んだ。「大変困っているんだよ」

ぼくは、なんだろうと思い、訝《いぶか》しげな表情をしました。

「きのう」と、叔父はつづけた。「小作人がわしに会いにきた。彼はたしなみのある男でな、公園のそばから北にかけて細長い土地を耕作しておる。彼の話だと、羊が二頭殺されたというのだが、その殺され方がまったく見当のつかんものらしいのだ。なにかひどく獰猛《どうもう》な野獣に殺《や》られたにちがいないといっとるのだが」

叔父はそこでいったん言葉を切った。その態度の重々しさには、なにか不吉な予感が感じられましたね。

「犬ですか?」と、ぼくは少々遠慮がちにいってみた。

叔父は裁判官のように首を振った。「その男は、犬に殺された羊は何度も見てきているんだよ。彼の話だと、犬の場合、ひどい殺され方をする。足を食いちぎられたり、とにかく、めちゃくちゃにされるそうだ。けっして、きれいな仕業とはいえんのだよ。ところが、今度の二頭は、そんな殺され方じゃなかった。わしも見に行ってきたが、喉笛が食いちぎられていただけで、それ以後の噛《か》み痕《あと》はないし、鼻先でいじくりまわされた形跡もなかった。いかなる獣か知らんが、とにかく、犬よりははるかに獰猛で狡猾《こうかつ》なやつの仕業にちがいない」

　で、ぼくは、こういった。「移動動物園から逃げた獣のせいでは？」

「この土地にそんなものはやってこん」という叔父の返事なんです。「お祭りはないしね、ここには」

　わたしたちはしばらく黙ってました。なぐさめてあげたい気持もあったのですが、それ以上の好奇心がぼくにはありましてね、それを表に出さないようにするのが苦労でしたよ。それに、見た眼にもひどくうち沈んでいる叔父を元気づけさせるような解答が浮かばなかったのです。

　そのうち、叔父はふたたび話しだしました。でも、いかにも気が重いといった様子がはっきりと感じとれました。

「けさ早くに、また殺されたのだよ」と、低い声でいったのです。「今度はわし自身の畑でな。おなじような手口でだ」

　なんといったらいいか即座に妙案が浮かばなかったので、近くの野獣の隠れ処《が》を捜索したらどうです、とぼくは提案したのです。そしたら、何かしらが――

「森はくまなく捜したんだ」と、叔父のぶっきらぼうな返事です。

「そして、なんにも発見できなかった？」

「なんにもだ……いくつかの足跡《あしあと》以外にはな」

とつぜん叔父は視線をそらし、顔をそむけた。

「どんな足跡でした？」

「人間の足跡だったんだよ」そう、ゆっくりといったのです。

暖炉のなかで、木が一本くずれるのが聞こえました。

ふたたび沈黙がおとずれた。ぼくとの話合いは、叔父に救いよりか、かえって苦痛をもたらしたようでした。そのときぼくは、自分の胸のなかにわだかまっているものを、この際はっきり表明する以外には、この状況を進展させることはできないだろうと思ったんです。で、勇気を奮い起こして、何が原因でそんなに動転しているのです、と叔父に卒直にいってやったのですよ。小作人の財産である羊が二頭殺されたのはたしかに異常なことかもしれない。だが、原因がわからないならわからないなりにしておいてもけっこうではないか。殺戮者《さつりく》は、それがどんなものであれ、いずれ二、三日のうちに捕えられ、殺され、始末されてしまうのだ。予想される最悪の事態といっても、せいぜいもう一頭か二頭殺されるだけなんだ。

そういってやったとき、叔父は、不安気な、ほとんど咎《とが》めるような眼つきでぼくをにらんだのですよ。そのとき、ふと、叔父はなにか告白したいのだな、と思いあたりましたね。

「すわりなさい」と、叔父はいった。「お前に話しておきたいことがある」

叔父はこんな話をしたんです——

二十五年前、叔父は家政婦を新しく雇おうと思った。一種の宿命論と、召使い問題に対する独身者につきもののものぐさでもって、叔父は最初の応募者を雇った。背が高く、がちゃ眼をした、色浅黒い女だった。ウエールズ国境近くの出身で、年齢《とし》は三十。叔父はその女の性格についてはなんともいってなかったのですが、〝力《パワー》〟のある女だと評していましたね。フリアにきて数カ月たつと、叔父は家政婦として接する以上の態度で彼女に注目しはじめたのです。彼女のほうもまた眼をつけられるのは、まんざらじゃなかった。

ある日のこと、彼女は叔父のところにやってくると、叔父の子を身籠《みご》もったと告げたのです。冷静に聞いていた叔父は、その言葉のなかに、彼女が自分と結婚してもらいたがっていることを感じとった――少なくとも、わざとそういうふりをしていると思ったのです。そこで、叔父はカンカンになって怒り、彼女を売女《ばいた》呼ばわりにしたのです。そして、赤ん坊が生まれたらすぐ家を出ていけ、と告げた。彼女はそのとき泣きくずれようともせず、また、言い争いをつづけようともしないで、ウエールズ語の歌を小声で歌いだしたんです。そして、なにが楽しいのか、にやっと笑いながら叔父を横目で見つめていたらしいのですよ。叔父は、これにはぞっとさせられた。で、叔父は、二度とふたたび自分に近づかないように命じ、彼女の持物いっさいを翼壁の部分にある使われていない部屋に運びこませ、新たに家政婦を雇い入れたのです。

やがて子供が生まれた。召使いがやってきて、女が死にそうだ――それに、しじゅう叔父を呼びつづけていると伝えたのです。困惑すると同時に恐怖を感じた叔父は、長い廊下を通って、今やまったく馴染《なじみ》のなくなっている自分の部屋に行った。叔父を見るなり、その女は、なにかに憑《つ》かれたかのように、叔父の顔をじっと見つめたまま、なにごとかぶつぶつ呟《つぶや》いていた。やがて、急に黙ったかと思うと、赤ちゃんをぜひ見てほしいと叔父にたのんだのです。男の子でした。叔父の話だと、産婆は今にもへどを吐きそうな顔をして、いやいやその赤ん坊を扱っていたらしい。

「この子、あなたの後継ぎですよ」と、ざらざらした、落ち着きのない声で、臨終の女はいったのです。「もう、この子には、これからどうすればいいか、ちゃんといい含めておきましたわ。これは、わたしには過ぎた息子です。きっと、自分が生まれながらに持った権利を失うまいとするようになるでしょうよ」それから女は、荒々しい、それでいながら説得力のある言い方で、なにごとか長々としゃべっていた。叔父の話だと、なんでも、その赤ん坊にそなわった呪《のろ》いが、その子を押しのけてなった相続人にはだれにでも降りかかるだろう、というようなことだったのです。やがて、女の声もしだいにかすれていき、はげしい息遣いだけが聞こえていた。叔父が部屋を出ようとしたとき、産婆は、赤ん坊の手を見るように叔父に耳打ちした。産婆は、小さなずんぐりした拳《こぶし》をひらくと、両手ともくすり指が中指より長いのを叔父にさし示したのです……

ここで、わたしは、叔父の話に言葉をさしはさんだのですよ。この物語の背後には、いうにいわれぬ奇妙な力がひそんでいるような気がしたものですからね。おそらくそれは、話し手の気持が反映していることは明らかでした。叔父は、自分自身がしゃべっている事柄に、怖れおののき、憎しみを抱《いだ》いているようすだったのですよ。

「それはどういうことです？」と、ぼくはたずねたんです。「その、くすり指が中指より長いというのは？」

「その意味は知るまでには長いことかかったよ」と、叔父はこたえた。「召使いたちはすでに知っておったんだが、わしには教えてくれなかったんだな。だが、ある医者から――彼は村の老婆から聞いたのだが――教えられた、中指より長いくすり指をもって生まれた子は、人狼になるというんだ。少なくとも――」おもしろがっているようすを見せようとしていたのですが、それがいかにも虚《むな》しい努力でしてね。「――この土地で一般に考えられていることらしいんだな」

「で、それはどういう意味です？――それがどうだというんです？」ぼく自身が、いつの間にか奇妙なほど信じやすくなっていたのですよ。

「人狼というのは」と、叔父はいった。「ときどきほんとの狼になってしまう人間のことをいうんだ。この変質は――つまり、変質らしきものは――夜、起るのさ。人狼は人間や動物を殺し、彼らの生血を吸うといわれておるんだ。とくに人間が好きらしいんだな。中世から十七世紀にかけて、動物として犯した罪のために裁判にかけられた男女の例は（とくにフランスでは）おびただしい数にのぼるんだよ。魔女とおなじく、彼らはめったに無罪放免にはならなかった。でも、魔女とちがうところは、彼らは無実の罪を着せられることはほとんどなかったのだ」しばらく間《ま》をおいてから、「このところ、古い本を読んでいるんだよ」と、説明した。「あの子供についてどんなふうにいわれているか耳にしたとき、わしは、この方面に興味をもっているロンドンのある男に手紙を出して送ってもらったんだ」

「その子供は、どうなったのです？」と、ぼくはたずねてみた。

「ある番人の妻がもらっていったよ」と、叔父はいうのですよ。「彼女、わりかし鈍感な女でね、地方の迷信などいかに自分が信じていないかを示すいい機会だといって、よろこんでもらい受けてくれたんだ。その子は十歳になるまでいっしょに住んでいたんだが、その十歳のときに家出してしまった。それからは、ずうっと――」叔父はまるで詫《わ》びるような眼つきで、ぼくのほうを見た。「つまり、きのうまでは、その子のことはなんにも聞いてなかったんだが」

われわれは、暖炉の火を見つめたまま、しばらく黙ってました。そのころにはぼくの理性は想像力に負けて、次第に叔父の話に引き入れられていったのです。ぼく自身が、叔父の感じている恐怖を追い払うだけの理性をもち合わせていなかったのですよ。なにか、ひどく怖くなってしまいましてね。

「じゃ、叔父さんは、羊殺しの犯人は、叔父さんの息子、その人狼だと考えているのですね？」と、ぼくはとうとう口に出してしまいました。

「そうなんだ。みせびらかしか、警告のためか、あるいは、おそらく腹いせのためかもしれん——とにかく、夜を徹しての大捕物は徒労にすぎなかったんだ」

「徒労だった？」

叔父は当惑した眼つきでわたしを見ると、「やつの目的は羊にはないのだよ」と、不安な面持《おももち》でいったのです。

そのときはじめて、ぼくは、あのウエールズの女の呪《のろ》いの意味がわかったんです。狩りは終わった。獲物はフリア家を継ぐ者なのだ。ぼくは相続権がべつの人になっていたので、実際ほっとしましたね。

「日が沈みだしたら、けっして外に出るなとジャーメインにいってるんだ」といって、叔父はぼくの思考を途切れさせた。

ベルギー人はジャーメインと呼ばれたのですよ。もう一つの名は、フォンでした。


白状しますけど、その夜はほんとに不安でたまらなかったのです。叔父の話にすっかり影響されたわけじゃなかったのですが、とにかくその物語には、素晴らしい芝居には第一になくてはならないところのサスペンスがありましたからね。そのうえ、ぼくは想像力の豊かな人間でしてね。どんな疲労も、常識も、寝室の窓の外にある、黒い銀色の沈黙に含まれている悪意を追っ払うことができなかったのです。いつの間にか、ぼくは、霜の落ちたブナの葉の上をみしみしと歩く足音に耳をすましていたのです……

一度だけ吠《ほ》え声を聴いたのですが、それがはたして夢のなかだったかどうかはわかりません。だが、つぎの朝、服を着ているとき、男がひとり屋敷内の道を早足で駆けてくるのが見えたんです。羊飼いのようでした。足元に犬が一匹従っていたのですが、いかにも自信を失った走り方であることは遠眼にもわかりましたよ。朝食のとき、叔父はまた羊が一頭殺られたといいました。なんでも見張りの、ほとんど眼と鼻の先で起こったらしいのです。叔父の声は心なしか震えていましたね。ジャーメインをながめる叔父の顔には、孤独の影が射《さ》していました。彼女はただ無心にお粥《かゆ》をすすってましたがね。

朝食がすむと、ぼくたちは大規模な狩りをやることに決めたのです。まあ、出発から失敗するまでの一部始終を話したりして、あなたを退屈させたりしませんよ。あわせて三十人が、一日じゅう森のなかを歩いて捜しまわったのです。くまなくね。殺しの現場近くで犬がある匂《にお》いを嗅《か》ぎつけたので、それを追って二マイルほど行ったのですが、鉄道の線路でプツリと跡絶《とだ》えてしまいました。臭跡を残すには地面がひどく堅かったのですが、犬の追いかけ方からして、それはキツネかイタチのものにちがいないと人びとはいってたのですがね。

この大演習は、われわれの神経には薬になりましたよ。だけど、午後も遅くなってくると、叔父はまたも神経をピリピリさせてきたんです——厚い雲が垂れこめ、夕暮が急速にやってきつつあったのに、われわれは屋敷からかなり遠くにいました。夜は羊を囲いに入れるようにと叔父は指示をしたあと、われわれは屋敷にむけて馬首を向けました。ほとんど使われていない裏道を通って、お城に向かいました――西洋杉や月桂樹の生い茂った、じめじめしたひどい道でしたよ。馬の蹄《ひづめ》が厚い苔《こけ》の絨毯《じゅうたん》の下の堅いものに当たる音が聞こえました。走るごとに鼻腔から吐き出される息は、風ひとつない空気に根負けしたかのように、そのままでいつまでもたなびいていましたよ。

おそらく、厩舎《きゅうしゃ》のある庭に通じる高い門から三百ヤードほど手前のところで、われわれの馬は二頭とも突然ぴたっと停《と》まったのです。馬の首は右手の木立のほうを向いている。その木立の向うには、表道がわれわれのいる裏道と交差するあたりなんです。

叔父はいきなり、短い不明瞭な叫び声を挙げました。それとほとんど同時に、木立のちょうど反対側から、奇妙な吠え声が聞こえてきたのです。むせび泣くとも、せせら笑うともつかぬ忌わしい声。それは高く低く、高く低く、何度も何度もひびきわたり、そのたびに夜の静寂《しじま》を汚《けが》すようでした。それからしだいに、しわがれ声に変わっていき、やがてそれも止まりました。

そのあとには、恐ろしいほどの静けさが訪れました。でも、そのあいだも、あの汚らわしい声の木霊《こだま》が、われわれの頭のなかをぐらぐらと駆けめぐっていたんです。われわれはたしかに気づいていました――鉄のように堅い道を大股《おおまた》で踏みつける、二本足の足音に。

叔父は馬から飛びおりると、ものすごい猛《たけ》りで木立のなかに突進していきました。ぼくもすぐその後を追いました。われわれは這《は》うようにして坂を駆け下り、空地に出た。眼にはいった人間の――たった一つの――影は、身動きひとつしなかったのですよ。明《めい》から暗《あん》に変わろうとしている夕暮のなかに浮かぶ、黒いずんぐりしたもの――ジャーメイン・フォンは、道の真中にからだを折り曲げて横たわってました。われわれは一目散に走っていきました……

ぼくにとって、彼女は現実の人間というよりは、つねに解けそうもない一つの謎《なぞ》のようなものでした。生きているあいだもそうだったのですが、死体を眼の前にしたときも、いかにも家畜類の死に方に倣って死んだように思われてしかたがなかったのですよ。彼女の喉笛は食いちぎられていました。

若い男は、おしゃべりとストーブの熱さのせいでちょっとふうふうしながら、椅子の背にもたれかかっていた。話しているあいだは忘れられていた待合室の息苦しさが、ふたたび現実となって彼のもとに迫ってきた。彼はふっと溜息《ためいき》をつくと、詫《わ》びるような仕草で、相手の見知らぬ男に微笑《わら》いかけた。

「気狂いじみた、突拍子もない話でしょう」と、若い男はいった。「この話全部を信じてほしいとは思ってませんよ。でも、ぼくにとっては、この事件の残した厳然たる一つの事実が、このバカバカしい、一笑に付してもいいような話に真実性をあたえているのですよ。つまり、そのベルギー人の死によって、このぼくが、またもや遺産相続人になってしまったのですからね」

見知らぬ男は微笑《ほほえ》んだ——顔の動きは少なかったが、もはやそれは、抽象的な意味のない微笑ではなかった。彼の蜂蜜色の眼はらんらんと輝きだした。黒の長いオーバーコートの下にある肉体《からだ》は、官能的欲望の期待にうながされて自然に膨脹《ぼうちょう》していくようにみえた。彼はしずかに立ちあがった。

相手の若い男は、冷たい戦慄《せんりつ》が五臓六腑に鋭く浸《し》み通っていくのを感じた。ぎらぎらと輝く二つの眼の背後にある何ものかが、まさに一刻《いっとき》の猶予もあたえずに、彼を脅《おびや》かしていた。彼は動く勇気すらなかった。

見知らぬ男の顔は、今や、微笑から歯をむきだしにしてのにやにや笑いに変わっていた。獲物をあさるときの、ひきつけを起こしたような顔。眼は、激烈な悦《たの》しみを求めてらんらんと燃えていた。唾液の糸が口の端から垂れ下がった。

見知らぬ男は、ひじょうにゆっくりとした動作で片手を上げ、山高帽をとった。つばにかかった指を見た若い男は、くすり指が中指より長いのを知った。

Coffee Break

I

テレビゲームはお好きですか?

わたしは大好き! 一年のうち、三六〇日は確実にコントローラーに触《さわ》ってるという、もうゴリゴリのマニアであります。

その一方で、プレイしていないゲームの攻略本まで読むという、攻略本マニアでもあるんです。もちろん、プレイ中のゲームのものだったら、ところどころ暗記するくらいに読み込んじゃう。

「結局、活字が好きなんだね」

と言われたこともありますが……。

「テレビゲームの隆盛で、子供たちや若者が本を読まなくなる」と、案じておられる向きには意外に思えるでしょうけれども、ゲームクリエイターの人たちや、ゲーム雑誌をつくってる人たちって、めちゃくちゃ読書家が多いんですよ。わたしなんか太刀打《たちう》ちできないくらい、幅広いジャンルの本をどしどし読んでる。もちろん取材の意味もあるのでしょうけれども、もともと物語が好きで、事象に対する好奇心が強いというのは、どんなジャンルのクリエイターにも共通する資質なのだろうと思うのです。

さらに、わたしがガツガツとゲームの攻略本やストーリーブック（ゲームの背景として設定された物語を独立させ、読み物にしたもの）や、設定資料集（文字通り、そのゲームの企画段階からの資料を集めたもの）を読みあさるのは、そのなかで、びっくりするほどビビッドで美しい文章にめぐり会うことがあるからなんです。

実は、本書の巻頭に掲げたエピグラフも、『ポポローグ』というゲームの公式ガイドブック（旧アスペクト　現エンターブレイン刊）から引用したものです。攻略本を読んでいて、こんな詩的な一文にばったりと出会うと、本当に嬉《うれ》しくてわくわくしてしまいます。

どうして、こんな素敵な文章が、グラフィックとシステムでエンタテインメントしているはずのゲームの世界から飛び出してくるのか？　最初のうちは不思議で仕方なかったのですが、ゲーム業界の方々にお会いして話をする機会が増えて、読書家が多いということがわかると、それなら皆さんが言葉の表現に長《た》けているのも当然だと、すぐ納得してしまいました。

物語を語り、人生を考え、人間の心の有り様について想《おも》いを巡らせる。それができる媒体は、小説や文学だけではない。考えてみれば当たり前のことです。優れたゲームにも、同じ力があるのです。わたしは小説を書きながら、優れたテレビゲームに遅れをとりたくないし、優れたテレビゲームと手を取り合って進むことができたらどんなにいいだろうと、いつも思っています。

ここでご紹介する『ブレス・オブ・ファイアⅢ』のキャラクター紹介の一節も、このゲームの攻略本から引いたものです。前の章で狼男のことを取り上げましたが、このキャラは「虎人《フーレン》」、つまり虎と人間の特性を兼ね備えているんですね。ゲームのなかでもたいへん頼りになるキャラですが、怒りや恐怖で我を忘れて虎の本性が表面に出ちゃうと、操作不能になっちゃうという（味方を攻撃する可能性が出てくるわけです）面白い制約がくっついています。

この短いキャラ紹介文に出会ったとき、しみじみと深く感動してしまい、何度も何度も読み直しました。『ブレス・オブ・ファイアⅢ』というゲームそのものも、わたしにとってはオールタイム・ベスト5に入るくらいに大好きなゲームで、大傑作なのですが、それに輪をかけてこのキャラ紹介は凄《すご》い。虎人のレイの部分だけでなく、主人公である竜《ドラゴン》族の少年リュウや、背中に一対の飛翼《ひよく》を持つ翼族のニーナ、長い耳の野馳《のはせり》族のモモさんなどなど、魅力的なキャラそれぞれが背負っている運命を、これ以上ないという的確な言葉で綴《つづ》ってあります。

『ブレス・オブ・ファイアIII』の物語は、多種多様な種族が住む世界に起こる、宗教戦争を背景にしています。主人公のリュウは、世界の平和を滅ぼす脅威だと恐れられ、忌み嫌われ、それが故に虐殺されて、地上から姿を消したはずの「竜族」の、たった一人の生き残りです。幼いときに独《ひと》りぼっちになり、行き倒れかけているところを、持ち前の敏捷《びんしょう》さで盗人《ぬすっと》暮らしをしているレイと、その仲間のティーポという少年に助けられる――物語はそこから始まります。

リュウはその小さな身体の内に、世界の平和を脅《おびや》かすほどの力を秘めているわけですし、かつて竜族を滅ぼした宗教的信念を守っているヒトびとは、今も地上を占めています。ですから、当然のことながら、リュウは追われる身。彼を退治すべく執拗《しつよう》に追跡してくるのは、創世の女神から〝竜族殺し〟の使命を授けられた〝ガーディアン〟と呼ばれるヒトびと。強固な信仰心に支えられた敬虔《けいけん》なるガーディアンたちは、たとえ相手が子供であろうと容赦しません。その過酷な状況のなかで、リュウは何とか生き延びようと頑張ります。そして、なぜ竜族が滅ぼされなければならなかったのか、竜族は本当に地上の生き物すべての敵なのか、竜族を絶滅させようとする女神の真意はどこにあるのか、果ては、女神は本当に正しいのか——という大きな謎《なぞ》にも立ち向かっていかなければなりません。

レイは、ひょんなことからそんなリュウを助け、彼の旅に付き合ううちに、リュウの持っている巨大な力を知ることになります。レイ自身、自分がどうして虎人なんて厄介なものに生まれついたのか、暴走すると周りのヒトびとを傷つける破壊的な力を、どうして持って生まれてしまったのか、この力をどうしたらいいのか悩んでいました。でも、自分よりも遥かに大きなリュウの力を目にして、力とは何なのか、ヒトが生まれ、生きてゆく意味はどこにあるのかと、自らに問いかけ始めます。その結果、レイは内省し、時には苦しんで内向し、次第にそれを乗り越えて成長していくことになるのです。

この短いキャラ紹介は、リュウに出会う以前のレイ、ケチなコソ泥の虎人の若者が、他者を傷つけずには生きてゆくことができない、危険な自身の性行を、深い傷《いた》みと悲しみをもって自覚せざるを得なくなった瞬間を、鮮やかに切り取っています。これを読み、レイというキャラを操ってプレイするゲームプレイヤーは、ただ経験値を積んで強くなって、とっとと先に進めばいいやなんていう気持ちで、コントローラーを握ることはないでしょう。レイを始めとする登場人物たちの喜び悲しみ、信念と希望と絶望を、一緒に体験し、泣いたり笑ったりしながら物語世界を旅することができるはずです。

豊かな表現力を持つ言葉の創造者は、小説や文学の世界にばかりいるわけではない。当たり前のことであるのに、忘れられがちなこと。でも、なんて素敵なことでしょうか。

葛藤を内に抱き、ニヒルなムードを持つが、
実際の彼は、村はずれの森に住むケチな盗人。
虎人として目覚めてしまったときの、
血にまみれた自分の手……それが忘れられない。

虎人としての本能との葛藤

暴　発

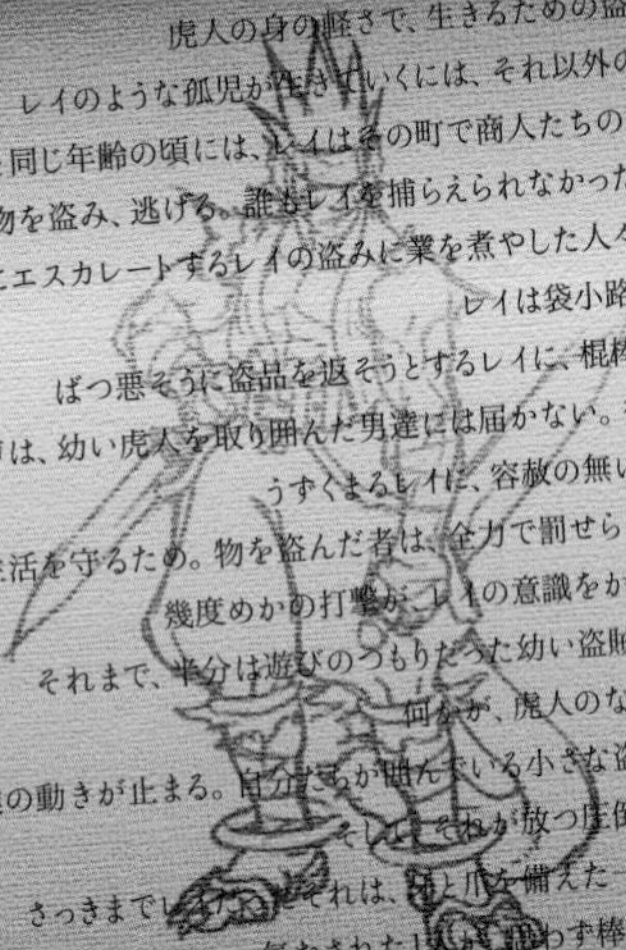

物心つく頃にはもう、食い物を盗んで逃げ回っていた。

虎人の身の軽さで、生きるための盗みをくり返す日々。

レイのような孤児が生きていくには、それ以外の選択肢は少ない。

リュウやティーポと同じ年齢の頃には、レイはその町で商人たちの天敵になっていた。

あらゆる物を盗み、逃げる。誰もレイを捕らえられなかった。そのときまでは。

次第にエスカレートするレイの盗みに業を煮やした人々が、罠をしかけた。

レイは袋小路に追いつめられる。


ばつ悪そうに盗品を返そうとするレイに、棍棒が振り下ろされる。

許しを請う声は、幼い虎人を取り囲んだ男達には届かない。彼らは、本気だった。

うずくまるレイに、容赦の無い打撃が加えられる。

み、というよりは各々の生活を守るため。物を盗んだ者は、全力で罰せられねばならなかった。

幾度めかの打撃が、レイの意識をかすませる。殺される。

それまで、半分は遊びのつもりだった幼い盗賊の心に、恐怖がわく。

何かが、虎人のなかで切れる。吠えた。


棒を振るっていた男達の動きが止まる。自分たちが囲んでいる小さな盗賊の変化に、気づく。

そして、それが放つ圧倒的な殺気に、竦んだ。

さっきまでレイだったそれは、牙と爪を備えた一頭の虎と変じていた。

気おされた1人が、思わず棒をふるう。虎が跳ねた。


すべてがすんだあと、袋小路にはレイだけが立っていた。血が、細い身体を濡らしている。

打ち据えられた自分の血。そして、レイを打っていた男達の血。レイにはわからなかった。

ちょっと、盗んだだけだった。誰も、傷つけたいなんて思ってなかった。

血のついた両手を眺めながら、呆然と立っていた。

レイ

主な使用武器：ナイフ

PROFILE

身長／181.2cm 体重／78.7kg
特技／錠前破り
好物／肉
苦手な物／船

初期状態

レベル5
装備／ボロックナイフ、リストバンド、皮よろい
特殊能力／ぶんどり

個人アクション

カギを開ける

攻撃の素早さは天下一品

レイの戦闘特徴は素早さ。ナイフを使うことによる攻撃力の低さを、その素早さでカバーするといった感じである。できるだけ軽い装備をさせることで、敵に対してEXターンを奪い、2回攻撃ができるよう心がければ、彼の利点を最大限活かすことができる。

また、注意力も高いので、パーティーメンバーにいれば、先制攻撃の確率が高くなる。

第三章　怖がることと、笑うこと

あんまり怖くてパニックになり、ヒステリックに笑い出してしまう。ホラー映画ではよくあるシーンですね。

これとは違いますが、ごく最近、こんなことを身近に体験しました。あるホラー小説の原稿を読んだのですが、それがもう怖くて怖くって、三晩ほど電灯を点《つ》けたまま寝なければならないほどに震え上がってしまったのです。で、なにしろわたしはそういう小説が大好きですから、喜び勇んで、その話をいろいろな作家や編集者に触れ回ってしまったんですけどね——

なぜかしら、みんな笑うのよ。

なんで笑うのよと、わたしは憮然《ぶぜん》。

水妖（水に棲む魔物）が出てくる、オーソドックスな仕立ての怪談話で、とてもよくできている小説だったんです。なのに、みんな笑うんだよう。

もちろん、怪物というのは非日常的な存在ですから、小説の筋立てを離れて説明をしようとすると、奇抜だったり信じがたかったりして、笑いを誘ってしまうということはあると思うのです。だけどね、それにしても。

ぶつくさ言っている折も折、幻想文学研究家の東雅夫さんにお目にかかり、その一件をお話ししますと、東さんはこうおっしゃいました。

「恐怖と笑いは紙一重です。宮部さんが死ぬほど怖いと思ったものを、他の誰かが笑い飛ばすというのは、実は、まっとうなことですよ」

なるほど。それでわたしも少し腹が収まったという次第なのでした。ちょっと冷静になり、みんながあれほど笑ったのは、わたしの怖がり方が可笑《おか》しかったからかしらと思い直したりもいたしました。うん、それは充分、あったかもしれません。

さてこの章では、怖いんだけど笑っちゃうという作品を四作ご紹介いたします。その笑いも、苦笑《にがわら》いから冷汗笑い、ハートの温まる笑いまでと、色とりどりですよ。


「羊飼いの息子」

一読して、吹き出してしまう。何ともスッとぼけた味のある短編です。ごく短い小品ですし、アイデアは一発ネタですが、語り口で読ませるのですね。こういう味な佳品を読むと、小説は「何を書くか」と同じくらい「どう書くか」が大切なのだということを、あらためて考えさせられます。

作者のリチャード・ミドルトンは、作家として恵まれた人生をおくった人ではなく、三十歳足らずで早世したので、残した作品も限られています。でも本作や、同じ『怪談の悦び』に収録されている「棺桶屋」、『恐怖の愉しみ』（東京創元社）

の上巻に収録されている「ブライトン街道で」などを読むと、その彗星のような軌跡がまぶしく感じられます。不気味な話の底にたゆたうユーモア感が特徴で、これこそ、いわゆる「天然」系のユーモアでしょう。

本作の魅力は、また、南條竹則さんの優れた訳文に負うところも大きいと思います。たとえば、ラストの台詞《せりふ》のなかの「重宝な子供」という言葉。これを「便利な子」とか「良い子」と訳してしまったら、魅力が半減してしまったことでしょう。


「のど斬り農場」

エグいタイトルですよね。内容もそのまんまにエグいぞ。

本作が収録されている『怪奇幻想の文学』を、わたしはずうっと昔に図書館で読んだきりで、手元には持っていませんでした。欲しいなぁという話をしていたら、北村薫さんが、古本屋巡りをしていて偶然見つけましたよと、入手してきてくださいました。

その折に、こんな会話が。

「で、宮部さんはここからどの作品を採ろうと思っているんですか？」

「まず第一に『のど斬り農場』を」

「おお、怖いタイトルですねえ」

「怖いですよ。だって〝カット・スロート・ファーム〟ですからね！」

「……まんまじゃないですか」

その後、北村さんとわたしは、

「怖いと言えば、冒頭に出てくる馬車の馭者《ぎょしゃ》（御者のことですね）がいちばん怖い」

ということで意見が一致しました。問題の農場の謂《い》われを知っているなら、主人公にひと言「あんな所には行かない方がいいよ」と忠告してやってよ！

この主人公、本当に逃げ切れたのかなぁと考えると、ラストがいっそう怖くなるかも。

羊飼いの息子

リチャード・ミドルトン　南條竹則＝訳

胸突き上がりの登り道が続いた。このぶんだと丘の頂上を越していかねばならないのかな、と思っていたら、やがて白亜《チョーク》の地肌が出ているところにさしかかってから坂は緩《ゆる》くなり、道は水平に丘をまわりはじめた。やっとひと息つける、とほっとした。この日は朝から歩きどおしで、ナップサックもだんだん重たくなってきたところだった。頭上高く青空の牧場には、雲の羊が純白の背に陽《ひ》を浴びながら草を食《は》んでいる。わたしのまわりでは地上の灰色の羊たちが野生のパンジーを食べている。白亜に土の被《おお》いがかかっているところには、きまってパンジーが生えているのだった。

しばらく行くと道の傍《かたわ》らに、痩《や》せこけたのっぽの羊飼いが棒を呑《の》んだように突っ立っていた。風と陽射しに晒《さら》されて、その顔からは表情というものが消えおちてしまったらしく、足下《あしもと》にいる犬のほうが主人よりもよほど利口《りこう》そうだった。

「谷から登ってきたんだね」男は通りがかりのわたしに声をかけた。「それじゃ、おれの息子に会ったろう」

「生憎《あいにく》だが会わなかったな」わたしは立ちどまってこたえた。

「生憎だ？――糞《くそ》ったれめ」

羊飼いはそうつぶやくと、犬を連れて行ってしまった。その犬は主人の非礼を詫《わ》びているように見えた。

わたしはまた歩きはじめ、谷間の小さな村にたどりついた。そこで一夜をすごすつもりだった。万屋《よろずや》の主人《おやじ》が泊めてくれるというので、ナップサックをおろし、固形飼料の袋に腰かけ、ベーコンが焼きあがるのを待った。

「丘を越えてきたんなら、羊飼いに会ったでしょう」とおやじがたずねた。「奴《やっこ》さん、息子のことを訊《き》いたでしょう」

「ああ、でもぼくは会わなかったんだよ」

おやじは意味ありげにうなずいた。

「あいつの息子に会うとか会わないとか、かしこい連中は色々噂《うわさ》しますが、わしらみたいなあたりまえの人間にはなんとも言えませんな。ま、お目にかかることもありませんから。羊飼いに息子はいないんで」

「なんだ、ありゃあ冗談かい？」

「まあ冗談にしときましょうや」

おやじはさしさわりをおそれるような口調でこたえた。

「でも、笑った人はあんまりいませんがね。じつをいうと、旦那《だんな》、羊飼いの息子は頸《くび》の骨を折ったんで……

あれは、例のでっかい白亜《チョーク》採掘の穴――おりてくる時、左手にあったでしょう、あの穴の上に柵をこしらえる以前《まえ》のことです。危ない場所ですからね。羊飼いの息子は、羊どもが落ちんようにいつも穴のそばに寝転がってましたよ。犬は羊があんまり遠くへ行かないように見張っていました。で、おやじの羊飼いはというと、うちの店までおりてきちゃ一杯やってたもんです。あの頃は奴も、旦那やわしみたく酒を飲みましたからね。今じゃすっかり禁酒党《ブルー・リボン》になっちまいましたが。

ある晩のことです。丘には霧が出ていました。羊飼いの奴め、飲みすぎたんでしょうか。それとも霧で道に迷ったんでしょうか。羊を連れ戻しにのぼっていったはいいんですがね、野郎、何を思ったのか、例の大穴のほうへまっしぐらに羊を追い立てたんです。息子は喚《わめ》いて止めに走りましたが、二十と四頭落っこっちまった。若え《わけ》のも羊と一緒にとびこんだ。旦那、信じないかもしれませんがね、羊のうち五頭はかすり傷ひとつ負わなかった。穴の深さは六十フィートもあったんだが、おおかた先にとびこんだ奴の柔らかい背中に落ちたんでしょうねえ。だけど、羊飼いの息子は死んじまいました。

羊飼いは今じゃちょいとネジが外《はず》れて、まだ息子が生きてると思いこんでるんです。実際、かしこい連中の中には、奴の息子が犬を助《す》けて羊番をしてるのを見たっていう者もいますよ。おおかた幽霊でしょう。ありそうなこってす。わしは一度もお目にかかったことはないが、御覧のとおりわしはあたりまえの人間ですからね。だけど、うちにも息子が二人いますが、わしは思いますねえ——あの羊飼いの息子みたいに、飯は食わねえ、悪さはしねえ、仕事はしてくれるなんつうのは、ここいらで一番重宝な子供じゃないかってね」

のど斬り農場

J・D・ベリスフォード　平井呈一＝訳

「ああ、わしらあすこは、のど斬り農場っていってるね」と馭者《ぎょしゃ》はいった。

「だけど、どうして?」わたしはうす気味悪くなって、きいた。

「まあ、むこうへ行ってみりゃ、わかるさ」

　これが馭者の口から聞き出せた知識の全部であった。ずぶ濡《ぬ》れのこの天候で、馭者も虫の居どころが悪いんだろうということにして、わたしは篠《しの》つく雨から緊張した目をはなすことなく、沈黙に沈んだ。

　モーズレーをあとにして約二マイル近く、かなりいい道が続いたが、今どしゃ降りの雨しぶきの中から見えるかぎりでは、道はどうやら暗い木立におおわれた谷間へと下りていくらしく、馬車はわだちの深くえぐれた細い道を、ガタクリ揉《も》まれるように揺れながら下りていく。深い谷の底は、豪雨に濡れしょびれた木々の緑で、昼なお暗かった。道はそれでもなお下る一方で、車の左側に見える目よりも高い、雑木のはえた暗い斜面が、雨でボーッとかすんで、なにか巨大なものが頭の上からのしかかってくるように見えた。やがてその細い道は、さらに険《けわ》しい坂道になって、まっ暗な森の中へと突入した。わたしはもう一刻一刻が、この世の終わりになりそうな気がして、波のように揺れうごく馬車の横っ腹にしがみついていた。上からのしかかってくるようなあたりの暗さと、必死の思いで闘いながら、ロンドンからたかだか百マイルと離れていないここが——ひと夏「谷間の農場」で快適に暮らそうと思ってきたここが、これでもイギリスの国なのかと、なんどもわたしは自問自答した。だが、いくら頑張ってみても、この谷間のおっかなさは、わたしをムズとつかんで放さなかった。わたしはいつのまにか、「死の影の谷」という言葉を、馬鹿みたいになってつぶやいていた。

森は突如として尽きた。そしてわれわれは、ちょうど谷間の平たい底のところへ出た。「ホレ、あすこだ」と馭者はコクリとひとつうなずいていった。帽子の雨しずくを払って見てみると、なるほど、つい向こうの斜面の麓《ふもと》の開墾地に、木の切株みたいな一軒のよろけた家が這《は》いつくばっているのが見えた。見ているうちに、なんだかわたしはその家が、亭々と空にそびえ立っている樹木の、はてしもない樹海の波にのって滑り下りてきて、そこへやっと腰をおちつけ、そのまま今もそこにひとりぼっちでポツンと立って困っている——そんなふうに思えてきた。

これが「のど斬り農場」へ来たときのわたしの第一印象であった。それからあとのわたしの体験と、どうにも弁護の余地のない発《た》ちぎわの臆病《おくびょう》が、もしも病的なへんなものに見えるとしたら、そもそもこの第一印象が、あとになっても拭《ぬぐ》いきれなかった不吉な暗い予感をわたしの心に植えつけたのだ、という言訳が見つけられていいはずだ。

とにかく、ひどい瘠《や》せた土地であった。飼っている家畜も貧弱なもので、オルダニー種にしてはいやに骨のゴツゴツな乳牛が一頭、ボロ布を散らかしたような脛《すね》の長い何羽かの鶏、ヨタヨタのアヒルが三羽、皮のたるんだまっ黒けな婆さん豚が一匹。——ねっきりはっきり、これっきりで、ほかに「うちのチビ助」とわたしが呼んでいた子豚が一匹いて、こいつはこの谷間でいちばん元気な、愉快なやつだった。しょぼけた中に、おどけたところがあって、しじゅうブーブー文句をいっている、おかしなやつだった。今になって考えると、この子豚のおどけぶりは、死の面前で茶化しながら、短い生涯を精いっぱい短くするもくろみとしては大成功だったように思われる。……あるじ夫婦は、まるで閻魔《えんま》みたいな夫婦であった。亭主のほうはずんぐりした、色の浅黒い、見たこともないほど毛むくじゃらな男で、頬骨《ほおぼね》までヒゲに埋まり、長い髪の毛が額《ひたい》にボサッと垂れさがり、眉毛《まゆげ》なんか太い毛虫みたいだった。かみさんは背の高い精悍《せいかん》な女で、骨ばった鉤《かぎ》っ鼻に、貪欲《どんよく》そうな目がこずるそうに光っていた。こっちは痩《や》せていて、さっきいった骨と皮ばかりの乳牛に負けないくらいである。きたない庭先で、陰気くさくなにか考えごとをしている格好なんざ、まるで骸骨《がいこつ》があわてて着物をひっかけたようであった。

この谷間の農場での第一日目の朝は、まずひとつの出来事で印がつけられた。出来事自体は、べつに困るというようなものではなかったが、しかし表徴的なものであった。今にしてわかるが、あれは警戒をこめた出来事だったのだ。朝食はすでにすんでいた。今でも憶《おぼ》えているが、わたしはそのとき、ここの家でのもてなしの全部を賄《まかな》う費用としての、週三十シリングという額にしては、いかにもお粗末な、お寒い食事だと思った（あとで思いだすと、あれで十分だったが）。広告を見て返事を出したときには、まずまず格好な値段だと思ったのだが。

朝食がすんで、わたしは窓のところへ立った。窓は床のところが開くようになっていて、窓枠の上の部分は固定されていた。窓のそとには、のろまな雛《ひよ》っ子が五、六羽、ピヨピヨやかましく鳴きながら、窓の敷居から糸みたいな首を細くのばして、部屋の中をのぞきこんでいた。「かわいそうに、腹がへってるんだな」と呟《つぶや》きながら、なんだかひどく哀れになって、わたしはパン屑《くず》をとってきて投げてやった。どうだろう、いくらもないそのパン屑を、雛っ子たちはみんなして奪いあいをしているではないか。わたしは朝食に食べのこしたパンをとりに食卓へとって返しながら、ふり返ってみると、痩せた一羽の若鶏が、必死の勇をふるって敷居の上に飛び上がって、わたしのあとを追ってきた。その音をきいて、やっこさん、どのくらいまで歩いてこられるかなと、わたしは面白半分に部屋の奥の方へそっとひっこんだ。とたんに若鶏は、いきなりテーブルの上にバタバタと飛び上がると、大皿からパンの大ぎれをひっつかんで、けたたましくコケッコココココと鳴き叫びながら、部屋から飛び出し、たちまち仲間のやつらがいっせいにあとから夢中で追ってくるのを引きはなそうとして、ピョンピョン大股《おおまた》で飛び跳ねるように、庭をつっ切って逃げて行った。途中、若鶏は、子豚のそばを通らなければならなかった（わたしはその時はじめてその子豚を見たのだが、どこにもいる典型的なやつだった）。ちょうど子豚は、庭木戸のほうへ向かって歩いていたところだった。このチビ助は、根っからの冗談屋である。緊張した若鶏がそばへ駆けてくると、いきなりかれはそっちへクルリと向いて、タイミングよく、ブーと唸《うな》った。自分のうしろからくるすきっ腹の連中にばかり気をとられていた若鶏は、その声にびっくり仰天して、自分の嘴《くちばし》にはちと大きすぎる分捕品《ぶんどりひん》のごちそうを、思わず落としてしまった。今でもわたしは、そのときパン切れにありついた子豚のいかにもうれしそうな目の輝きが、ありありと目にうかぶ。おそらく子豚のチビ助は、そのときパン切れを食べながら、この農場共通の世界語《エスペラント》で、威《おど》かされて怨《うら》み骨髄の若鶏を、せいぜいからかったことだろう。……午前中は、ほかにこれといって取り立てていうほどのことはおこらなかったが、ただ、宿の亭主がしきりと庖丁を研《と》いでいるのを見かけた。あんなものを研いで、一体、殺すものがあるのかなと、不思議に思ったことを今でも憶えている。

翌朝、パン屑を目あてに、窓の下で待っている五羽の鶏の中に、きのうの若鶏はいなかった。そのかわり、夕食の膳で、わたしはかれに再会した。肉のとぼしいかれの骨がらから栄養をかきあつめながら、この鳥がわがチビ豚に出っくわしたときのことを思いだして、わたしはもういちど微笑した。なかなか要領をこころえた、洒落《しゃれ》たやつだよ、あのチビ助は。われわれはほんのチョッピリの食べものの屑で仲よくなったけれども、まだ今のところ、かれの自由は許されていない。

この谷間の農場に滞在中のメモを見てみると、つぎのような記事がある。以下引用するが、その中には、かなりいろいろ思い当たる節《ふし》があるように思われる。

「家畜のすがた、消えつつあり。のこるは婆さん鶏一羽である。――この鶏は毎日鶏卵一個を自分に供給してくれた。按《あん》ずるに、彼女は産卵するために、最後まで飼われていたのだろう。……わたしのいうとおりだった。けさはアヒルが二羽だけいる。……アヒル、ついに全部いなくなる。なんだか自分で自分がひどく不安になってきた。乳牛が消えてしまった。かみさんは売ったのだという。その売った代金で、かみさんは、今自分が命をつないでいる、このボソボソの筋《すじ》っぽい牛肉を買ってきたのだろう。……雌《めす》豚が見えなくなり、それで得た金で、かみさんは豚肉を買ってきた。こんなぐあいに、消えた動物で授かった肉を連想するのは、連想するこっちがいけないのかもしれない。売った家畜と同じ動物の肉を買う――このことに、なにか迷信じみた考えとか、感傷的な愛情みたいなものが、果たしてあるものか？　この説にはいくつかの論拠があるだろうが、それにしてもここの亭主は、なんだってああ四六時中、庖丁ばっかり研いでいるんだろう？……どうも自分には信じられない。けさ、亭主は家にいないが、しかし、いくら十六世紀のスペイン人征服者だって、あの子豚のチビ助――あのお天気屋でおどけ屋のわたしの小さな友だち、この呪《のろ》われた谷間で、運命の神の前へ出てニッコリ笑える唯一の生きものであるあのチビ助を、バッサリ殺《や》るほどの残虐性は持っていまい。……またぞろ食卓に豚肉が出る。きっとこれは、あの年とった雌豚の肉にちがいない。だが、あの雌豚は、なぜああ突然おとなしくなったのだろう？　ここ何週間かのあいだに、はじめて満足な食事らしい食事を、あの雌豚から自分があたえられるとは、一体、これはどういうことなのか？　自分にはどうしても信じられない。かみさんには聞かないことにする。豚肉がおしまいになるまで、自分は信じないだろう。あのチビ助もすでに売られたにちがいない。自分は確信している。このうえは、あのチビ助が、今までよりいくらかでもしあわせな、腹のへらない栖《すみか》を見つけていることを望むばかりだ、かわいそうなチビ助よ。……けさ、朝食に鶏卵が一個ついたが、それを割ったら、ポンと音がして消えてしまった。自分は不思議な気がした。それ以来、転生《てんせい》、輪廻《りんね》というものが信じられなくなったかわりに、その瞬間、あの子豚のチビ助の魂がその鶏卵の中へはいったのだという直感が、自分におこった。ポンといって消えてしまうとは、さすがにチビ助らしい、いっぷう変わった冗談だ。そりゃいいが、こっちは腹がペコペコだ。自分はいま小説を書いている。二人の男が一艘《そう》の小舟にのせられて捨てられる話だが、いわゆるローカル・カラーの濃い、なかなか感動的な話だ。二人は空腹にひどく苦しむ。……婆さん鶏がとうとういなくなった。そして亭主はあいかわらず庖丁をゴシゴシ研いでいる。なぜだろう？　わたしのために野菜を切りに行くのかな？　野菜がどこへ行ったらあるのか、自分は知らない。今書いている小説では、一方の男が空腹のためにやぶれかぶれになる。……夕食にパンとチーズが出た。嵐の前の静けさ、というところかな？　きょう、昼すぎに、自分は亭主の目の中に妙な表情を見て、おどろいた。なにかこっちを値踏みするような目つきで、じっと睨《にら》んでいた。どうも亭主は、自分の書いている小説の筋を霊感みたいなもので辿《たど》って、力の強いほうの男になりそうな気がしてならない。……けさは、亭主が朝食にパンとバターを出してくれた。かみさんは加減が悪くて、けさは起きられない、と亭主はいう。そして……あとはなにをいったか、さっぱりわからない。けっきょく、とどのつまり、自分には、とてもじゃないがそんなことはできもしないし、する気もないし……」

（ここでメモは終わっている）

＊

最後の朝食をすませたのち、わたしは裏庭へブラリと出た。すると、亭主が納屋で庖丁を研いでいるのを見た。わたしはあの子豚のチビ助の無頓着をよそおって、裏木戸のほうへさりげなくブラブラ歩いて行き、そこから森のほうへと、さもさも退屈そうな足どりで、ブラリブラリと散歩して行った。やがて——駆けだした。いやもう、駆けたのなんのって！

「デトロイトにゆかりのない車」

わたしの頭のなかでは、この作品に登場する死神と、映画『ヘルレイザー』に出てくる地獄の修道士たちのイメージが重なっています。自動車産業の町デトロイトで製造されたのではない、「長くて黒い妙な形をした」ぼろ車をスッ飛ばす死神は、『ヘルレイザー』の修道士たちほど恐ろしくはない（顔一面に釘《くぎ》を打ったりしてないし）ですが、本来畏怖《いふ》され忌み嫌われるべき存在でありながら、妙に人間的で親切な一面が、黒い衣の裾《すそ》からチラチラする——そんなところが通底しているような気がするからです。

本作はまた、夫婦愛の物語でもあります。作者のジョー・R・ランズデールは、ブラム・ストーカー賞（あの吸血鬼ドラキュラ伯爵を創造した作家の名前を冠した、ホラー小説の権威ある文学賞です）を四度も受賞しているそうで、「もっとも新しいゴシック小説の書き手」と賞賛されているとか。ゴシック小説の要素には、恐怖と共に男女の愛情物語も必須であるということを考えれば、なるほどと思います。こんなふうに、夫婦仲良く黄泉路《よみじ》に渡れるのならば悪くないな……なんて、羨《うらや》ましくなっちゃいますね。そういえばランズデールには、近年、『ボトムズ』という長編ミステリの佳作もありますが、あれも夫婦愛と家族愛を核に、ゴシック的な雰囲気が色濃く漂う物語でした。

『死のドライブ』は、本書の収録作品の親本としては、飛び抜けて新しいアンソロジーです。他にも佳品が目白押し。中でも、あの映画『激突！』の原作であるリチャード・マシスンの「決闘」や、やはり映画化されたJ・G・バラードの「クラッシュ」などは、単品ではなかなか見つけにくい作品ですので、お買い得ですよ。

「橋は別にして」

コース料理の後に、コーヒーと一緒に供される一粒のチョコレート――それを真似て、ここで愉快なショート・ショートを一作ご紹介します。「デトロイトにゆかりのない車」を受けて、車というお題も含んでいます。

多くの本好きの皆さんと同じく、わたしも十代のある時期、星新一さんのショート・ショートの魅力に憑《つ》かれ、次から次へと読みふけったものでした。文庫本とは言え、お小遣いでは全作を買うこともできず、友達と貸し借りするのがまた楽しみでした。

以来、現在に至るまで、わたしはショート・ショートが大好きです(ただし読者として。書こうと思うと、これほど難しいものはありません)。この作品が収録されている『三分間の宇宙』も、書店を彷徨《ほうこう》しているときに偶然発見、嬉々として買ってきたものでした。二十年以上も前の話です。

この本は、副題に「世界のSF作家からのおくりもの」と冠されているとおり、SFを基調としたショート・ショートを集めたものですが、本作などは、いわゆるSF味はとても薄く、コントと呼んだ方がよさそうです。

わたしは車を運転しないので（免許も持ってない）、実は、初読のときにはオチがわかりませんでした。でも、車庫証明を取るのに苦労したり、マイカーで出かけて駐車場が満杯で腹立たしい思いをしたことのある方《かた》には、ストレートに伝わることでしょう。

この作品の面白さは、詭弁《きべん》の面白さですね。いや、そんなことはないだろう、ちょっとヘンだよその理屈は――と思いつつも、何となく納得させられてしまう可笑《おか》しさ。実際、やっと借りた駐車場が自宅から遠く、毎朝そこまで自転車で行くというマイカー通勤者のお話などを聞くと、笑い事じゃない現実味もあります。タイトルも、考えオチになっていて秀逸。

ところで、この作品を本アンソロジーに収録する際、訳者の伊藤典夫さんが、親本では「一九九八年ごろだな」となっている部分を「二〇〇八年」に改めてくださいました。SFにはこういうことがあるから面白い。『二〇〇一年宇宙の旅』だって、もうその年は過ぎちゃったけど、ああいう巨大宇宙ステーションはまだ実現してませんものね。本作が世に出たころには、二〇世紀末になるとこんなトンデモナイ社会になっているかも――という予想があって、とりあえず現実にはそうならずに済んだけれど、先のことはまだまだわからないという不安は相変わらず。一種の執行猶予みたいで、それもまた薄ら怖い感じがします。

余談ですが、このような〝世界の暗い未来像〟をテーマにしたSF作品を、「ディストピアもの」と言います。「ユートピア」の反対の意味ですね。このモチーフで特に優れた作品を残したフィリップ・K・ディックの「変種第二号」を第五章でご紹介しますが、なにしろ暗くて重たい話ですので、今はここでウフフと笑って、準備体操をしておいてください。

デトロイトにゆかりのない車

ジョー・R・ランズデール　野村芳夫＝訳

外は寒く、雨模様で風が強い。嵐は丸太小屋をガタガタ鳴らし、窓やドアや壁の割れ目から剃刀《かみそり》のように鋭く吹きこんだが、二人はそれくらいでは動じなかった。くずれかけた暖炉の前で、きしむロッキングチェアに坐《すわ》り、膝《ひざ》にショールをかけ、おたがいの指をからませて暖をとっている。

背後のキッチンでは流しの近くに置かれたバケツが、屋根の穴から洩《も》れてしたたる雨水を受けていた。ブリキに鋼《はがね》のボルトを落とすようなけたたましい音の段階はとっくにすぎ、いまは静かにポチャン、ポチャンと落ちていた。

二人は年老いた夫婦だった。五十年間つれそってきた。たがいに相手の存在が安らぎとなり、滅多に話をしなかった。あらかたの時間、二人は椅子《いす》を揺らし、室内をちらちら染める炎を見てすごした。

ようやくマージーが口を開いた。「アレックス」妻はいった。「あんたより先に死ぬからいいわよ」

アレックスの椅子の揺れが止まった。「おまえが死ぬことをおれが望んでいるとでもいいたいのか」

「あたしは、あんたより先に死にたいっていったのよ」妻は夫には目もくれず、炎だけを見ていた。「勝手だとは思うけど、そう願っているの。あんたが死んだあとまで生きていたくない。きっと心臓を取られたのにうろつきまわる気分でしょうね。ゾンビのように」

「子供たちがいるじゃないか」夫はいった。「おれが死んだら、あいつらが見てくれる」

「邪魔になるだけよ。あの子たちを愛しているけど、世話にはなりたくない。あの子たちにはそれぞれの生活があるもの。少しでも、あなたより先に死にたい。そのほうがすべて単純にいくわ」

「おれにとっては単純ではない」アレックスはいった。「おれより先に死んでもらいたくない。するとと、なにか？　おれたちは二人とも手前勝手ってわけだ」

妻はかすかな笑みを浮かべた。「あら、こんなことは寝るまえにする話じゃないわね。でも、まえから考えていたから、いっておきたかったの」

「おれだってそうさ。当然だろう。おれたちはもう若くないんだ」

「あんたは馬並みに強健よ、アレックス・ブルックス。整備工の仕事を一生続けてきたおかげで強くなった。あたしは滑液包炎やリウマチだし、もう疲れてしまった。寄る年波には勝てない」

アレックスがまた揺らしはじめた。二人は炎を見つめた。「一緒に、ぽっくりいきそうだ」彼はいった。「そういう気がする。老人には、それが理想だな」

「お迎えが来るのは見えるのかしらね。死神の迎えは」

「なんだって？」

「うちのおばあちゃんから、その父親が死んだ夜に死神を見たって話をよく聞かされたわ」

「そいつは初耳だ」

「縁起でもない話だから。でも、おばあちゃんがいうのには、黒い軽装馬車が家の前で減速し、乗っていた死神が鞭《むち》を三回鳴らしたら、その瞬間に父親は亡くなったそうよ。それに、おじいちゃんが子供のころに死神を見たっていう話を、うちのおばあちゃんは聞かされているのよ。朝早く起きて、家畜の世話をしようと外に出ると、黒服の男が通りかかり、表に立ち止まった。死神は市松《いちまつ》模様の包みを先っぽに結んだ棒きれを肩にかついでいて、家を見て三回指を鳴らしたんですって。その直後、天然痘《てんねんとう》でずっと加減が悪かったうちの曾祖父の兄さんが、亡くなったそうよ」

「作り話だよ、作り話。そんな昔のほら話を真《ま》に受けて気に病むもんじゃない。さて、牛乳でも温めてくるか」

アレックスは立ち上がり、ショールを椅子に置き、牛乳を鍋にとると温めに向かった。温めながら、振り返ってマージーの背中を見守った。彼女はなお火に見入っていたが、椅子を揺らしてはいなかった。炎を眺めているだけだったが、アレックスには臨終のことを考えているのがわかった。

牛乳を飲んで夫婦はベッドに入った。まもなくマージーは眠り、壊れたチェーンソーのようないびきをかいた。アレックスは眠れなくなった。原因の一端は、勢いをます嵐のせいだった。しかし、大部分は先に死にたいというマージーの言葉のためだった。彼は孤独感に襲われた。

彼女と同じく、死ぬことよりも一人残されるほうが怖かった。五十年間、彼の支えであった。つれあいがいなくなれば、彼は生きているのではなく、生きているふりをするだけになってしまうだろう。

神よ、彼は心のなかで祈った。おれたちを一緒に逝《い》かせてください。

彼は振り返ってマージーを見た。その顔はしわもなく、妙に若々しく見えた。仕合わせなことに、彼女は眠ってしまえば、ほとんどなんでも忘れられた。だが、彼のほうは、そうはいかなかった。

空腹のせいかもしれない。

ベッドから降り、ズボンとシャツを身につけ、場違いなスリッパをはいた。孫娘が買ってくれたそのスリッパは、ウサギの顔と耳で飾られている。静かにキッチンへと足を運んだ。キッチンはまた、手狭な居間兼食堂としても役立っていた。この丸太小屋には三部屋とクローゼットしかなく、うちひと部屋は小さな浴室だった。こういうとき、アレックスはマージーにもっといい暮らしをさせてやれたらよかったのにと思う。ひとつには、立派な家に住まわせてやることだ。この家で二人は子供を育てた。このキッチンにベビーベッドを置いて寝かせたのだ。

彼は溜息《ためいき》をついた。どれほど懸命に働いても、同じ境遇にとどまっているように思えた。貧しい境遇に。

冷蔵庫に近づき、半ガロン入りの牛乳を出し、容器から直接飲んだ。牛乳をしまい、バケツに落ちる雨水を見守った。見ていると腹がたってきた。引退してから、この小さな家を荒れるにまかせて、補修もせずにいたのは自分だ。これについては弁解の余地もない。それもできないほど、老いぼれたわけではなかった。マージーが愚痴《ぐち》のたねにしなかったのは不思議だった。

もっとも、今夜のところはどうしようもない。だが、天気になったら、今度こそ忘れずにやっておこう。屋根に上がり、いまいましい穴をふさいでやる。戸棚の下を静かに探し、片手鍋を出した。朝までにあふれさせたくなかったら、いまのうちにバケツの水を捨てておかなければいけない。雨水が落ちてあまり派手な音をたてないよう、バケツと替えるまえに少し鍋に水を張った。

彼は玄関のドアをあけ、バケツを手にしてポーチに出た。庭はぬかるみと化し、旧型の赤いレッカー車のドアに書かれた白いロゴが歳月をへてかすれて見えた。〈アレックス・ブルックス——解体修理業〉

今夜、この古つわものを目にして、いつになく悲しみをおぼえた。レッカー車が本来の用途——仕事に使われなくなったことが寂しかった。いまや、たんなる乗り物にすぎない。引退するまえは、生計をたてる道具であり手であった。いまや、なにものでもない。唯一の残った任務は、年金をもらいに行くとき走るだけだ。

ポーチから上体を乗りだし、なにも植えられていない花壇にバケツの水をぶちまけた。顔を上げてまた庭を見たとき、ハイウェイ五九号線の向こうにライトを認めた。雨のなかで、ヘッドライトは薄膜でおおわれた琥珀《こはく》色の目のようにかすんで見えた。南からハイウェイをやってきて、こちらへと方向を転じてとばしている。

あのぼろ車を誰が運転しているか知らないが、そいつは狂ってる、とアレックスは思った。あんな運転は、陽《ひ》をさんさんとあびて乾ききった路上でも危険なのだ。こんな天気では、衝突したがってるようなもんだ。

近づくにつれ、車体が長くて黒い妙なかたちをしているのがわかった。車には詳しいはずの彼だが、こんなのは見たこともなかった。デトロイトの組立てラインから生まれた車には見えなかった。外車にちがいない。

まるで不思議な力でももっているように、車はさして振動もせず、タイヤもブレーキのきしみもなしに減速した。実際、濡《ぬ》れた路面のセメントにかすかにゴムが鳴っただけで、エンジンの音さえアレックスには聞こえなかった。

車が家の前に来たとき、ちょうど稲妻が光った。その瞬間、アレックスにはドライバーがはっきり見えた。正確にいえば少なくとも、口もとに葉巻をくわえ、山高帽をかぶった男の横顔が閃光《せんこう》のなかに、浮かびあがった。その首は小屋のほうにひねられた。

雷光が消えると、黒い車の輪郭と小屋に向かって突きだした葉巻の赤い先端しか見えなくなった。アレックスは、頭頂に落ちた氷柱《つらら》が身体《からだ》を貫通して足の裏から抜けるような寒けをおぼえた。

ドライバーは警笛を鳴らした。三度繰り返された鋭い音が、アレックスの心をうずかせた。

ブオーッ。(咲き誇るバラが、黒くしおれゆく幻覚)

ブオーッ。(亡くなった家族の柩《ひつぎ》が地中に下ろされる、葬儀の回想)

ブオーッ。(腐肉にたかる蛆虫《うじむし》)

そして、静寂が警笛より大きな音をたてて訪れた。車はふたたびスピードをあげた。アレックスは、テールライトが闇《やみ》のなかにまたたいて遠ざかるのを見送った。寒けが少しおさまった。頭と心のなかの氷柱が溶け去った。

しかし、立ちつくす彼に、さきほど、休むまえのマージーの言葉がいっぺんによみがえった。

「かつて死神を見た……軽装馬車が家の前で減速し……鞭を三回鳴らし……家を見て指を三回鳴らし……直後に亡くなっていた……」

喉《のど》に松のこぶでもひっかかったように、アレックスは胸がいっぱいになった。手からバケツが離れ、ポーチに音たてて転がり、花壇に落ちた。屋内にとって返し、急ぎ足で寝室へ向かった。

（ありえない、ただの迷信じみた話だ）

彼の両手は恐怖のあまり震えていた。

（ただのとんでもない偶然だ）

マージーはいびきをかいていなかった。

アレックスは、肩をつかんで揺すった。

あお向けにさせ、妻の名を叫んだ。

反応がない。

反応がない。

「ああ、おまえ。だめだ」

妻の脈をとった。

ない。

胸に耳をつけ、心音（人生の対の太鼓《ボンゴ》の片割れ）を聞こうとしたが、音はない。

静かだった。まったく音がしない。

「だめだ……」アレックスはいった。「だめだ……一緒に逝くはずなのに……こんなことになるなんて」

そして、はたと気づいた。死神がやってきて、ハイウェイを走り去るのを、おれはこの目で見たのだ。

立ち上がって椅子の背からコートをひっつかみ、ドアへと走った。「あれの魂を、おまえなんぞにとられてたまるか」彼はわめいた。「とられてたまるか」

ドアの脇《わき》の釘《くぎ》からレッカー車のキーをつかみ、ポーチから寒々とした雨のなかへとびだした。

一瞬のうちに彼はハイウェイへ向かい、見慣れぬ車を追跡し、狂ったように走りだした。レッカー車は高速運転のためにつくられていないうえに古かったが、点検整備は優良だったし、新しいタイヤもはかせてあったので、濡れた路面でもよく走った。アレックスは、ゆっくり床までアクセルペダルを踏みこんだ。急げ、急げ。

一時間後、死神を見つけた。

当人そのものではなく、ナンバープレートを。名入りのプレートが、ヘッドライトにくっきり浮かびあがった。〈死神／免税者〉とあった。

ハイウェイを走っているのはレッカー車と、その見慣れぬ車だけだった。アレックスはぴったりうしろにつけて警笛を鳴らした。ブッブッと死神も鳴らし返し（アレックスの小屋の前で鳴らしたのとはちがう警笛音だった）、窓から片腕を出し、先に行くよう振ってみせた。

アレックスは追い越しをかけて真横に並び、首をひねって死神を見た。やはりはっきりとは見えなかったが、山高帽の輪郭と、死神がこちらに顔を向けたとき、血まみれの銃創のような葉巻の赤い先端が目に入った。

アレックスは急にハンドルをきって、強引に幅寄せした。死神は路肩のほうに回避して、路上にもどった。また進路を妨害した。黒い車のタイヤが路側帯の砂利《じゃり》を鳴らし、アレックスは車を近づけてハイウェイにもどるのを邪魔した。さらにもう一度幅寄せすると、相手の車は道路脇の草地へと追いやられてスリップし、道路堤をすーっと落ちて立木にぶつかった。

アレックスは慎重にブレーキを使って停《と》まり、バックしてもどるとレッカー車を降りた。シートの下に手を伸ばして小さなパイプレンチと、大きなモンキースパナを出し、パイプレンチを予備としてコートのポケットにすべりこませ、スパナを振りかざしながら道路堤を下って突撃した。

死神はドアをあけて降りてきた。風雨がおさまり、レースのカーテンからのぞく内気な子供のように、雲間から月が顔を出している。死神の丸くてピンク色の顔は月光を浴びて、ワックスをかけられたザクロのように見えた。その葉巻は、撚《よ》りがほぐれたひと葉でかろうじて口からぶらさがっていた。

堤を見上げると、年寄りだが強健そうな黒人がウサギのスリッパをひっかけ、スパナを振り上げて突進してくるのが目に入った。

だいなしになってしまった葉巻を吐き捨て、死神は進み出ると、アレックスの手首と前腕をつかんでひねりあげた。老人は悲鳴をあげて倒れ、スパナが手からとんだ。勢いよくひっくり返されて息がつまった。

死神がアレックスの上にまたがった。間近に見上げると、ピンクの顔には少しあばたがあり、いささか化粧で隠そうとしているらしい。こいつは傑作だ。死神は外見を気にしている。黒いTシャツとズボンにスニーカー姿で、もちろん山高帽をかぶっていた。帽子は衝突でも、彼を投げとばした柔術の技でも、まったくずれていなかった。

「よう、どうした？」死神がたずねた。

アレックスはぜいぜいし、息をととのえようとした。「おまえなんぞに……あれを……とられて……たまるか」

「誰だって？　誰のことを話してるんだ？」

「おれさまの目を……ごまかせるなんて思うなよ」アレックスが片肘《かたひじ》を起こすと、息が楽になった。「おまえは死神で、マージーの魂をかっさらった」

死神は背筋を伸ばした。「するとあんたはわたしの正体を知っているわけだ。いいだろう。しかし、それがどうしたというんだ？　わたしは仕事をこなしているだけだ」

「あれの死期はまだだ」

「こちらのリストではそうなってる。しかも、リストは絶対に間違いがない」

アレックスは硬いものが尻《しり》に当たっているのを感じ、それがなにか思い出した。パイプレンチだ。死神に投げとばされたときも、コートのポケットから落ちなかったらしい。ポケットに入ったまま尻の下へずれ、年老いた骨にいっそう痛い思いをさせていたのだ。

アレックスは寝返りを打ってポケットに素早く手を入れ、パイプレンチを取りだした。死神めがけて投じると、山高帽のへりの直下に命中し、死神は後方へよろけた。今回、山高帽はずり落ちた。死神の額《ひたい》から出血している。

気を取り直すひまをあたえず、アレックスは起き上がって死神へ突進した。破城槌のように死神の腹へ頭から突っこんで、地面に倒した。両膝をのせて死神の両腕をころし、老いた手とはいえまだ力のある両手をその喉にかけた。

「おれはいままで人さまを傷つけたことはなかった」アレックスはいった。「いまだってしたくない。マージーさえ返してくれたら、レンチを投げたりしなかった」

はじめ死神の目にはなんの表情も浮かんでいなかったが、しだいにその奥に光が認められたようだった。アレックスの膝の下から簡単に両腕を抜き、自由になった手で喉にかかった老人の手をほどいた。

「油断もすきもないじいさんだな」死神はいった。「わたしより一枚上手《うわて》だよ」

死神はアレックスを横に投げだし、いま一度王者のように立ち上がった。にやにやしながら振り返り、落ちた山高帽へと身をかがめ、指一本触れずにまた帽子をかぶった。

アレックスはカニのように近づき、立っている死神の両膝にレッグシザーズをかけて腰をひねり、相手をうつぶせにした。

死神は地面に両手をついて起き、ヘビのように苦もなくアレックスの締めつけた両足をすり抜けた。今度は帽子を手で取って頭にのせ、立ち上がった。彼はアレックスを注意深く眺めた。

「わたしがあまり怖くないようだな?」死神がたずねた。

アレックスは、死神の額の傷が消えているのに気づいた。一滴の血もついていない。「ああ」アレックスはいった。「さして怖くはないね。うちのマージーを返してほしいだけだ」

「よかろう」死神はいった。

「え?」

アレックスは、しゃっちょこばって坐った。

「よかろう、といったのだ。少しのあいだなら。わたしをだしぬいて地に倒した者は多くない。あんたの勇気は認めてやろう。気に入ったよ。彼女を返してやる。少しだけだが。来てくれ」

死神は、デトロイトにゆかりのない車へと歩いた。アレックスが立ち上がって続く。イグニションからキーを抜き、トランクへと近づいてキーであけた。シュッと音がしてぽんと開いた。

なかはおびただしいマッチ箱の山だった。スーパーマーケットで特売の野菜を注意深く選別する買い物客のように、死神の手が動く。その指が、アレックスにはほかとまったくちがわないように見えるマッチ箱の上で止まった。

死神はそのマッチ箱をアレックスに手渡した。「あの魂はこのなかだ、じいさん。彼女のベッドの上で、このマッチ箱をあけるんだ。いいな?」

「それだけか?」

「それだけだ。わたしの気が変わらないうちに、さっさと行け。忘れるなよ、わたしは彼女を返してやる。しかし、ほんの短時間だぞ」

アレックスはマッチ箱を大切に持って立ち去ろうとした。死神の車の脇を通りかかったとき、レッカー車で幅寄せしてつけたくぼみがぽこんぽこんと、もとにもどっているのが見えた。彼はトランクを閉めている死神を振り返った。

「レッカーで引き上げなくていいのか?」

死神は薄笑いを浮かべた。「全然」

アレックスはベッドの前に立った。二人が愛しあい、眠り、語りあい、夢見たベッドの前に。片手にマッチ箱を持ち、マージーの冷たい顔を見下ろした。いつになくそっとマッチ箱をあける。ピーター・パンの友だちのティンカーベルのような小さな青い光がとびだし、マージーの唇にぶつかった。ヒューッと息を吸う鋭い音がして、胸がふくらんだ。目が開いた。妻は首をひねり、アレックスを見上げて微笑《ほほえ》んだ。

「まあ、アレックス。こんなところでなにをしてるの、中途半端な恰好《かっこう》して？　なにをたくらんでたの……それはマッチ箱なの？」

アレックスは喋《しゃべ》ろうとしたが、胸がつかえて声が出ない。にこりとすることしかできなかった。

「気でもちがったの？」妻はたずねた。

「ひょっとしたらいくらか」彼はベッドに坐り、妻の手をとった。「愛してるよ、マージー」

「あたしもよ……酔っ払ってるの？」

「いや」

そのとき、死神のあたりを圧するような警笛が鳴った。耳ざわりなひと鳴らしで小屋が振動し、ヘッドライトの光が、窓や壁の割れ目からまばゆく射しこみ、小屋のなかを安っぽいナイトクラブのショーさながらに照らしだした。

「いったいぜんたい誰なの？」マージーがたずねた。

「やつだ。だが、やつは約束した……そこを動くな」

アレックスは、クローゼットから散弾銃を取りだした。ポーチに出る。死神の車が頭を小屋に向け、そのヘッドライトの光で、アレックスをバターのなかのハエのようにとらえた。

死神はポーチの階段の下に立って待っていた。

アレックスは散弾銃をかまえた。「このろくでなし。あれをもどすといった。約束したじゃないか」

「だから、約束は守った。だが、いったはずだ、ほんの短時間だと」

「これじゃ、短時間のうちにも入らん」

「それが精一杯だ。わたしの贈り物だ」

「こう短くては、かえって悪いくらいだ」

「悪あがきはやめたまえ、アレックス。彼女を逝かせろ。手もとには記録があるし、それは保管される決まりだ。ともかく、わたしは彼女を連れて行く、わかってくれるな?」

「今夜はだめだ」アレックスは散弾銃の撃鉄を上げた。「明日の夜もだめだ。すぐではだめだ」

「そんな銃はなんの役にも立たないぞ、アレックス。わかっているはずだ。死神を止めることはできない。わたしはここに立って指を三回鳴らしてもいいし、舌打ちしてもいいし、車にもどって警笛を鳴らしてもいいんだ。彼女はもうわたしのものも同然だ。だが、あんたを説得しようとしてるんだ、アレックス。勇敢な男だからな。わたしを出し抜いたから、願いをかなえてやったんだ。黙ってその魂を取って行きたくなかった。だからこうしてあんたと話してるんだ。しかし、彼女はもう逝かなくてはならない。すぐに」

アレックスは散弾銃を降ろした。「それなら……かわりに、おれの魂を持っていってくれないか？　あんたならできるだろ」

「わ……わたしにはわからない。まったく異例のことだから」

「いやいや、できるはずだ。おれのを持ってけ。マージーのを残して」

「うーむ、どうかな」

網戸がきしんであき、部屋着姿のマージーが現われた。「忘れちゃったのね、アレックス。あたしは一人で残されたくない」

「なかに入っておくれ、マージー」アレックスはいった。

「この人が誰か知ってるのよ。話は聞いたわ、死神さん。アレックスの魂を連れて行かないで。あなたが取りに来たのは、わたしのでしょう。こっちには持っていってもらう権利がある」

つかのま、誰も喋らなかった。やがて、アレックスが口を開いた。「いっそのこと二人まとめて持っていけ。できるだろ。おれの魂だってリストにのってるわけだ、それもかなり近々の分に。この歳《とし》だ、先はながいわけがない。決められてるより、少し早めに持ってくのはかまわないだろう。なあ、どうだい？」

マージーとアレックスは、それぞれロッキングチェアに坐り、膝にショールをかけた。暖炉の火は消えていた。背後ではバケツに水がたまり、外では風が鳴っていた。二人は手をつないだ。死神はその前に立った。手にはキング・エドワードの葉巻の箱を持っていた。

「ほんとに、いいんだな？」死神はたずねた。「一緒に連れて行く必要はないんだ」

アレックスはマージーに目をやり、また死神に視線をもどした。

「これでいい」アレックスはいった。「持ってってくれ」

死神はうなずいた。葉巻の箱をあけ、片手にのせてかざした。あいているほうの手で指を鳴らす。

一度。（風が勢いをまして咆《ほ》えた）

二度。（雨が太鼓のばちのように屋根をたたいた）

三度。（稲妻がきらめき、雷鳴がとどろいた）

「さあ、なかに入れ」死神はいった。

小さな青い光が夫婦の口から出ると、葉巻の箱へとびこんでドシンと音がした。死神はふたを閉めた。

アレックスとマージーの身体から力が抜け、ロッキングチェアのあいだに二人の頭が一緒に傾いた。その指はなおからみあっていた。

死神は箱を小脇にかかえ、車へ向かった。雨が山高帽をたたき、風が素肌の腕とTシャツに切りかかる。まるで気にしていないようだった。

トランクをあけ、箱を入れかけてためらった。

トランクを閉めた。

「くそっ」彼はいった。「わたしも焼きがまわって、涙もろい老いぼれになってきたのか」

死神は箱をあけた。二つの青い光が立ち昇り、長く伸びて地上に触れた。それぞれ、アレックスとマージーの姿になる。二人は夜のなかで輝いた。

「一緒に前に乗るかい？」死神はたずねた。

「なんだかおもしろそう」マージーがいった。

「ああ、おもしろそうだ」アレックスはいった。

死神がドアをあけ、アレックスとマージーは乗りこんだ。死神が運転席に上がった。ダッシュボードからぶら下がっているクリップボードを確認する。脳損傷により死にかけた女性がタイラー病院にいる。次の停車は、そこになるだろう。

彼はクリップボードから手を離し、デトロイトにゆかりのない車を発進させた。

「整備良好のようだ」アレックスがいった。

「気をつけてるからな」死神はいった。

出発した彼らはドライブを続け、やがて死神が古謡をうたいだした。「漕げよボートを、やれ漕げそれ漕げ、流れに乗っておだやかに」そしてマージーとアレックスが歌に加わった。「愉快に愉快に愉快にいこう、どうせ人生、一場《いちじょう》の夢さ」

彼らはハイウェイを去ってゆく。テールライトが薄れ、歌声は遠のき、黒い金属の車は闇のなかに溶けこみ、夜の一部となった。まもなく濡れたセメントの路面を走る上等なタイヤの響きだけが残り、ついにはそれも聞こえなくなった。あとはただ、風雨が吹きつのる。

（リチャード・マシスンとリチャード・クリスチャン・マシスンに感謝をこめて）

橋は別にして

ロバート・L・フィッシュ
伊藤典夫＝訳

知識は災いのもとというが、これほど真実をついた言葉はあるまい。代表的な例が、このわたしだ。むかしのわたしは無知で幸福だった。ところが……

友人を乗せて車を運転していたときのことである。その友人——彼はある新聞の質問欄の担当者だった——が、読者から来る質問の話を始めた。

「物好きなのがいてね」と友人はいった。「ワシントンがラパハノック川に例の一ドル貨を投げたとき、だれが彼のコートをあずかったのか、とかさ。そういうのばかりだ」

わたしは陽気に笑った。「そんなこと知ってるやつがいるのかい？」

友人はにがい顔でわたしを見た。「なんだい、そのいい方は？　おれは知ってるさ。それが仕事だもの」

これには驚いた。「たいしたもんだ！　そんな情報をタダで提供するのか？」

「タダだよ、日曜まで待ちさえすればな。おれのコラムがのるのは、日曜だけだから。もちろん、返信用封筒に名前と住所を書いて、切手を貼ってよこせば、たちどころにそういう厳正なる事実がお手もとに届く仕掛けだ」

「すごいじゃないか！　もちろん、一七七六年から待ってるのなら、日曜まで待つのなんかわけはないな」

「一七五八年だ」と友人はいった。「そう、そう思うだろう、ところが読者は待つのが嫌いらしいんだね」彼は間をおくと、わたしの人生を根底からくつがえすことになる発言にはいった。「たとえば、つい昨日のことだが、おれのところに返信用封筒を同封した手紙がとどいた。質問は、いまの合衆国の国土のうち、自動車に割りあてられたスペースはどのくらいあるか、というんだ」

「道路とか、そういうのかい？」と、わたしはきいた。

彼はうなずいた。「それから、駐車場、車回し、ガソリン・スタンド、ドライブイン劇場なんかだな」

「それに答えられたのか？」

「あたりまえさ。現在われわれの国土の中で、このガソリンを食う化けものに分け与えられている土地は、全土の八・六四パーセントを占める。橋は勘定にいれない、水の上だからね」

わたしは微笑した。「それほどでもないじゃないか」

「ふむ」彼は眉《まゆ》を寄せていった。「十年前には、それがたったの一・八五パーセント、五十年前には、たったの〇・〇〇四七パーセントだったことを考えれば、これからの推移がわかるよ」

わたしの微笑はうすれた。考えるうち何かいやな感じが体の隅々にしみわたっていった。

「というと……？」

「うん」と彼はいった。「曲線をたどってみた。過去半世紀の増加率を考えると、いつか全土が、コンクリートの道路と駐車場と、舗装されていない軟弱な路肩ばかりになってしまう日が来る」彼はすばやく計算した。「だいたい、二〇〇八年ごろだな」

わたしは恐怖におそわれた。「そんなことになったら、食い物はどうするんだ？」

「ハワード・ジョンスンのドライブイン・レストランへ行けばいいさ」

「どこに住めばいいんだ？」

彼は、聞いている人間がいないかとあたりを見まわした。「たしかな筋から聞いたことだが」と、ささやき声で、「政府もこの傾向には気づいていて、ピッツバーグの近くに二十万エーカーほどの土地を用意してある。そこへ、全人口を収容できるアパートを建設するつもりらしい」

内心の動揺が、顔にあらわれたらしい。わたしのなかに植えつけた恐怖をやわらげようと、彼はなぐさめるようにいった。「心配するな。みんなにいきわたるだけの部屋はあるんだ。テレビだって備えつけだぜ」

だが、その程度では、わたしの恐怖はおさまらなかった。おそるべき未来図にすっかり取り乱したわたしは、車のドアをあけると、彼を道路に放りだした。アクセルを踏み、無我夢中で逃げだしていた。

だが、自分自身から逃れることはできない。わたしは、ハイウェイ予算の記事を読むたびにパニックにおそわれ、道路工事に活躍するブルドーザーを見るたびに戦慄《せんりつ》を感じるようになってしまった。なぜなら、わたしには自分がわかっていたからだ。

そのアパートにみんながはいった場合、わたしはどう見ても帰りがおそくなる組だ。そうなれば、車をとめるところは当然、インディアナ州かそのあたり……

第四章　子供たちは恐怖と仲良し

男の人たちは「永遠の少年」になれる（しかもそれには常に良いイメージがついてる）のに、女性たちは「永遠の少女」にはなれない――。すぐ「お母さん」や「おばさん」にされちゃう。これ、何か割をくって損してる感じがしませんか？ ごくごく幸運なひと握りの女性に限っては、「永遠の童女」になることができますが、「少女」と「童女」は大違いですもんね。

ただ、「少女」って結構しんどい。ずいぶん昔に、一応「少女」だったことのあるワタクシはそんなふうにも思うんですよ。もはや「少女」でも「娘さん」でもなくなってみたら、「ああ、なんて楽なんだろう」と感じたことも事実ですしね。

どうして「少女」はしんどいのか。それはたぶん、頭のなかに、長い人生のうちでいちばん厳しい物差しがあって、それで自分自身や他者を許らずにはいられない――また、他者からもそうされていることがわかってしまうという時期だからかもしれません。それは本来「少年」だって同じはずなんだけど、「少女」の物差しはことのほか目盛りが細かいので、その分ストレスがたまりやすいのかな――と、今では思ったりするのです。

現在進行形の「少女」の皆さん。くたびれることも多いでしょうが、頑張って乗り切ってくださいね。疲れた時には本を読みましょう。本を読むと、頭のなかの物差しの数が増えます。そうすると、あまりにしんどいときには、いちばん目が粗《あら》くて、自分に優しい物差しを選んで使えるようになりますからね。

いきなり話が脱線しちゃいましたが、この章では、子供たちが登場する怖い話を二篇ご紹介します。子供たちは怖い話が大好き。怖い話も、子供たちが大好き。

〝子供と恐怖〟と言えば、わたしの頭に真っ先に思い浮かぶのは、何といってもヘンリー・ジェイムズの『ねじの回転』です。舞台は、淋《さび》しいほど閑静な土地にある広いお屋敷。両親を亡くし、叔父の保護下にあって、ひっそりと暮らしている小さな兄妹のもとに、彼らの家庭教師だった女性と、彼女と心中した屋敷の召使いの幽霊が出る――というお話です。風変わりな題名は、クリスマスに集まって幽霊話に興じていた人たちの一人が、「無垢な子供に幽霊が働きかけるというのは確かに怖いが、その子供が一人ではなくて二人だったら、さらにねじをもうひとひねりしたような効果があるだろう」と言い出したことに由来しています。

この長編小説は、ストレートな幽霊怪談と読むこともできれば、すべては怪異の中心にいる新任の女性家庭教師（前の先生が死んだので、新たに雇われたわけです）の妄想であると読み解くこともできるという、なかなかに手強い文学作品です。わたしは幽霊話として読むのが好きですけれども、それでも、男女の幽霊に影響を与えられる子供たちが、「兄妹」の組み合わせであることには興味を感じます。なぜ「兄弟」や「姉妹」ではないのか。「姉弟」ではいけないのか。いけないんですね。「兄妹」でないと、『ねじの回転』は成り立たないんです。わたしはそう思います。なんで？　と思う方は、ぜひ読んでみてください。新潮文庫です。

さて、また話がそれちゃいましたが、ご紹介する作品は、前者は「男の子ニ人」の組み合わせでなくてはならず、後者は「少年少女のグループつまり属性のない〝子供たち〟」でないと効果の出ない作品です。

「淋しい場所」

作者のオーガスト・ダーレスはたくさんの恐怖小説を書いた人ですが、創作者としてよりは、編集者や出版人としての功績の方が、広く知られて後世に残っています。なにしろ、アメリカ怪奇小説の巨星ラヴクラフトは、ダーレスの熱心な出版活動がなければ、歴史のどこかで忘れ去られ、消えてしまっていたことでしょうから。ダーレスは、当初はほとんどラヴクラフト一人のために、アーカム・ハウスという出版社を興し、ラヴクラフトの作品が散逸しないように出版を続けました。彼はラヴクラフトを師と仰いでいたそうですから、まさしく弟子の鑑《かがみ》ですね。

ただ、わたしはお師匠様の作品よりも、実はダーレスの作品の方を好ましく思っていたりします。もちろんラヴクラフトの作品は極上に怖くて面白いですが(夜眠れなくなるほどに!)、ダーレスの書く恐怖小説の持つこぢんまりとした温かみ——日常に近接したところにある親しみみたいなものが、わたしは好きなのです。

なかでもこの「淋しい場所」は大好きな佳品です。子供たちが心に描いた恐怖が、ある場所に残って実体を持ってしまう——なんて面白い発想なのでしょう!でも、ああそういうことはありそうだと感じますよね。子供のころ、怖くてたまらなかった近所の廃屋や、雑木林の奥の祠《ほこら》。大人になってから訪れてみたら、幼かったころの自分の恐怖が、今でもふるふると小さく身震いしながら隠れているような気がした——そんな経験、ありませんか。その恐怖は今も生々しいけれど、一方ではとても愛《いと》おしくて、置き去りにして帰ってくるのが辛《つら》かった、なんて。

何でこの作品の主人公は「男の子二人」でないとダメなのかというと、こういう場合、女の子は現実的ですからね。〝淋しい場所〟を通るとき、大人と道連れになるようにみっちり計画するとか、明るいうちにお使いに行かれるようにお母さんに働きかけるとか、きわめて実際的な手をうっちゃうでしょう。それだと、

〝淋しい場所〟は、ただの〝用心しなくてはならない場所〟に変換されちゃうんですよね（でもこれは、反面、女の子には、〝用心しなくてはならない場所〟がたくさんありすぎる——言い換えれば、少女には幽霊や魔物以外にも恐れなくてはならない現実的脅威がたくさんありすぎるということでもあるのですが）。それと、男の子と女の子の組み合わせを〝淋しい場所〟に配置すると、どんなに幼くても、男の子ってやっぱり女の子のために頑張っちゃいますからね。怪談ではなくヒーロー物語になっちゃう。たとえばスティーヴン・キングの『IT』なんて、まさにそれ。一人の女の子がいるが故に、何人の男の子が奮闘したことやら！

ところで、わたしときたら、あまりにもこの佳品を愛してしまい、いつか同じテーマを取り上げてみたいと想い続け、とうとう「取り残されて」という作品を書いてしまいました。自分でも気に入っている短編です。で、そのなかでも、〝淋しい場所〟に幼い恐怖心を残してきてしまうのは、やっぱり男の子でした。

「なぞ」

ウオルター・デ・ラ・メアは不思議な作家です。イギリスの人で、詩人としての方が有名だそうなのですが、わたしはこの作家を、不可解で謎《なぞ》めいていて、硝子《ガラス》細工のように美しい恐怖小説を書くことのできた魔法の手の持ち主だと思っています。

デ・ラ・メアの恐怖小説の特徴は、「登場人物たちは誰も怖がっていない」ということ。「恐怖の存在に気づいていない」と言い換えることもできます。本作など、最初から最後まで当惑し、薄気味悪さに身を震わせ、一方では魅《み》せられたような気分になってしまうのは読者だけで、登場人物の少年少女たちは、誰も何も怖がってはいないのです。むしろ、みんな楽しそう。

また、作中の恐怖の元である(らしい)老婆とて、邪悪な感じはほとんどしません。長持のなかに何が入っているのか、長持の底はどこに通じているのか、消えた子供たちはどうなったのか――彼女はたぶん知っているんでしょうけれど、それが大事なことだとか、悪いことだとか、意識しているとは思えない。彼女が愛《め》でている思い出が、彼女にとっては宝石にも等しく美しいものだということが、ぼんやりと推察できるだけ……。

もしかすると、あの消えていった子供たちは、最初から老婆の空想の産物だったのかもしれない。あるいは、人間ではなく妖精だったのかも。そんなことも考えてしまいます。また、それだからこそ、消えるのは「子供たち」という無垢な、、、ひとくくりのグループでなくてはならず(個別に名前こそついていますが、それは消えてゆく順番を示すための記号でしかありません。また、彼らはおとぎ話のなかの少年少女そのままに、おとぎ話ごっこに興じる純真な少年少女でもあります)、固有の情動を持つ「少年」と「少女」であってはならないのです。

下手をすると、読者に「何が何だかわからない」「説明が足りない」と文句を言われてしまいそうなお話を、どうやったらこんなふうに完璧に書けるんだろう。やっぱり魔法だとしか思えません。

もうひとつ、長い作品なので本アンソロジーには採れなかったのですが、デ・ラ・メアには「失踪」という傑作があります。『恐怖の愉しみ』下巻に収録されていますので、見つけたらぜひ読んでみてください。そちらは超常的な恐怖話ではありません。むしろミステリに分類してもいい。行きずりに知り合ったある男が、身の上話をだらだら話す——それを主人公がまただらだらと聞かされて、暑い日のことで面倒くさくて、時には話に集中できなくなる。その一部始終を、読者はつぶさに見せられます。そして読者だけが、ただ読者だけが、そのだらだらした身の上話が、実はある殺人事件の犯人の告白であることに気がつくのです。主人公は最後まで何も察知せず、赤の他人のだらだら身の上話から解放されてほっと一息——という形で、物語は終わってしまいます。

不親切なのではない(文章は丁寧で緻密《ちみつ》ですよね)。無関心なのでもない(だ

ったら最初から書かないよ)。意地悪なのでもない(だって、こんな話なのにな
ぜか読後感は悪くない)。

これ、何? ホントに不思議な作家ですよ、デ・ラ・メアって。

淋しい場所

オーガスト・ダーレス
永井淳＝訳

夜のあいだ家の中でくつろいでいる人、劇場の椅子《いす》に坐《すわ》っている人、ダンスやパーティを楽しんでいる人——つまり四方を壁に囲まれている人たちは、外の闇《やみ》の中で何がおこっているかをまったく考えない。淋《さび》しい場所で何がおこっているかを。そして、そういう場所は田舎《いなか》にも、小さな町にも、都会にも、数かぎりなくある。もしあなたが、宵の口や深夜に外へ出れば、そういう淋しい場所があることを知り、そこを通りすぎ、おそらく不思議に思うだろう。そして、もし、あなたがたがまだ年端《としは》のゆかない子供だとしたら、きっとこわい思いをするだろう……ちょうどジョニー・ニューウェルとわたしがそうだったし、国中の何千何万という子供たちが、夜ひとりで外へ出て、暗く無気味な淋しい場所を通らなければならないときに、そういうこわさを味わっている……

これだけはわかってもらいたい。穀物用のエレベーターのあるあの淋しい場所さえなかったら、老大木がそびえ、歩道のそばまで物置小屋が立ち並び、材木を山のように積みあげたあの場所——あれさえなかったら、ジョニー・ニューウェルとわたしが人殺しの罪をおかすこともなかったろう。たとえ法律ではどうすることもできないとしても、わたしはそれを言わずにいられない。法律はわたしたちに指一本触れることができない。しかしそれは実際におこったことであり、わたしも、ジョニーも、それを知っている。ただわたしたちは決してそのことを人には話さない。そんなものは見なかったふりをして、心の奥底に深くしまいこんでいる。でも、やはりそれは、否定できない事実なのだ。

もうずいぶん昔のことだ。しかし、時の流れ全体からすれば、それほど遠い昔でもないかもしれない。わたしたちは小さな町に住む幼い子供だった。ジョニーはわたしの家から二軒隣りの通りむこうに住んでいた。わたしたちの家はどっちも穀物用エレベーターの西側の一画にあった。その淋しい場所も、ジョニーと一緒なら全然こわくなかった。だが二人一緒ではないことがたびたびあった。どちらかがひとりでそこを通らなければならないことがよくあった。わたしはたいていその場所を通った——町の中心へ行くには、そこを通らないとひどいまわり道になってしまうのだ。父が疲れていて自分ででかけられないとき、わたしがかわりにその道を歩いて行かなければならなかった。

それは、夕方こんな具合にはじまる。母が砂糖か塩かボローニャ・ソーセージをきらしてしまったことに気づいて、こんなふうに話しかける。

「スティーヴ、町へおつかいに行ってきてちょうだい。お父さんはとても疲れておいでだからね」

　そんなとき、わたしは答える。

「行きたくないよ、ママ」

「行ってらっしゃい」

「あすの朝学校へ行く前に行ってきてあげるからさ」

「いけません。おとなしく言うことをきくんですよ。ほら、お金」

　こうしてわたしはとうとうおつかいに行かされるはめになる。

　往《い》きはそれほどこわくない。西の空に夕焼けの余光がたゆたい、昼間の一部が立ち去りかねているかのように、かすかな明るさが残っていることが多いからだ。それに、町のそこかしこで、最後のひとときを夢中で遊びまわる子供たちの声も聞こえてくるから、ひとりぼっちという感じはしないし、大木の下の暗い場所を通るときもそれほどこわい思いをしなくてすむ。いけないのは帰り道だ。そのころは夕焼けもすっかり消えている。星が出ていても木にさえぎられて見えない。四辻《よつじ》の上にのびている昔風の街燈に灯がともっても、エレベーターの近くの淋しい場所まではごくかすかな明りさえとどかない。その場所は、およそ半ブロックにわたって、黒々とした闇の中に横たわっている。立木が路上にあやめもわかぬ影を落とし、遠く道のはずれに、街燈がかすかな光を投げかけている。反対側のつぎの四辻の街燈も、やはりここまではとどかない。

この場所にさしかかると、しだいに足どりが遅くなる。そこまでは道の両側に明るい店が立ちならび、窓に明りのともった家々からは、音楽や、ポーチでおしゃべりする人々の声が聞こえてくる――だが、そこからさきは、問題の淋しい場所で、近くに家は一軒もなく、その向うには穀物用のエレベーターが黒々と無気味なシルエットを浮かびあがらせている。立木の間や、納屋の中や、材木のかげには、何か恐ろしいものがひそんでいるかもしれない。夜あなたがそこを通りかかると、物かげからとびだしてあなたに襲いかかり、あなたをずたずたに引き裂いて、口では言えないような恐ろしいことをしてから、あなたを殺すかもしれない。

これがその淋しい場所だった。昼間見れば樹齢百年をこす樫《かし》と楓《かえで》の大木が立ちならび、手をのばせばとどくほど低く下枝が拡がっているだけだ。納屋や材木置場ではめったに人の姿を見かけることもない。歩道のそばまで長い草が生《お》いしげり、秋の終りにだれかが枯草を焼くまでは、その草を刈る人もいない。暑い夏の日には、ひんやりした空気のただよう日かげになる。昼間なら少しもこわくはないが、夜になると様子が一変する。物の形も見えなければ音も聞こえない場所、暗い無気味な場所、子供たちにとってはもろもろの妖怪がうごめく恐怖の場所に一変する。

夜町から家へ帰ってくるときは、いつもこんなふうだった。わたしの足どりは、この淋しい場所へ近づくにつれてしだいに遅くなる。わたしはあらゆるまわり道を思い浮かべる。だれか一緒に歩いてくれる人が通りかかってくれないかと願う。この道のもっとさきに住んでいるニューウェルさんかミセス・ポッターでもいいし、穀物用エレベーターのあるブロックのはずれに住んでいる牧師のビスラーさんでもいい。しかし、その願いが叶《かな》えられたことは一度もない。この時間は夕食後間もないので外出には早すぎるし、すでにでかけた人はまだ帰ってはこない。だからわたしはゆっくりと淋しい場所のはずれまでたどりつき、それから全速力で走りだす。時には目をつむったままで走ることもある。

わたしはそこに何がいるかをちゃんと知っていた。暗い、淋しい場所に何かがいることを知っていた。それはおばけ男かもしれない。暗い場所で悪い子供を待っているおばけ男の話を、祖母がしょっちゅうしてくれたものだった。あるいは人食い鬼かもしれない。それならおとぎばなしの絵本でよく知っていた。いや、それ以上に恐ろしいものが待っているかもしれない。わたしは走った。全速力で走った。わたしの体に触れた草や木の葉一枚、小枝一本が、わたしをつかまえようとしてのびてくるそいつの手だった。歩道に響きわたるわたしの足音は、追いすがってくるそいつの足音だった。わたし自身の吐く息が、わたしをつかまえて八つ裂きにし、わたしの心に恐怖を吹きこもうとするそいつの荒々しい呼吸になった。

わたしは疾風《はやて》のような勢いでその場所を走り抜け、無気味なエレベーターのそばを通りすぎる。そのまま見なれた街燈の黄色い光の中へ無事にたどりつくまで立ちどまらない。そこから二、三歩行けば自分の家だ。

するとと、母がこうわたしに話しかける。

「おやまあ、こんな暑い晩に走って帰ってきたのかい？」

「急いでたからさ」と、わたしは答える。

「そんなに急ぐことはなかったんだよ。朝ご飯までに間に合えばよかったんだから」

「そんならあすの朝だってよかったのに。ご飯前にひとっぱしり行ってきたのにさ。このつぎからはそうするからね」

しかし、だれもわたしの言葉に耳をかしてくれない。

ジョニーもときどき夜になってから町へ行かされることがある。昔は近ごろとちがって、女たちが日課のように町へ買物をしにいき、必要な品物はめったに忘れない、というようなことはなかった。女たちはたまにしか町へ行かず、でかけてもあまり買物の数が多いので、たいてい何かを忘れてきたものだ。たまたまジョニーとわたしが同じ晩にあの淋しい場所を通ったことがわかると、つぎの日二人で情報を交換し合ったものだ。

「何か見えたかい？」と、彼がたずねる。

「ううん、だけど物音がしたよ」

「ぼくは手でさわってみた」と、彼は緊張して小声で囁《ささや》く。「そいつの足は大きくて平べったいんだ。いちばん醜いのはなんの足だか知ってるかい？」

「知ってるとも。いやな匂《にお》いのする黄色いスッポンの足だろう」

「そいつの足はスッポンにそっくりなんだ。ぞっとするほど醜くて、ぶよぶよしていて、そのくせ鋭い爪《つめ》が生《は》えていた！　そいつを横目でちらっと見たんだよ」

「顔も見たかい？」

「顔なんかなかったよ。ぼくはびっくりしたな。だけど、顔があったらもっとこわかっただろうな」

ああ、その恐ろしい怪物──動物でもなければ人間でもない──は、淋しい場所に身をひそめて、わたしたちをとって食おうと待ちかまえているのだ。怪物はこうしてジョニーとわたしの経験から生まれ、育っていった。わたしたちはそいつが竜のように鱗《うろこ》をはやし、大きな長いしっぽを持っていることを知った。そいつはどこからか火のように熱い息を吐きかけるのだが、顔も口もなく、喉《のど》のあたりに恐ろしい穴がぽっかりあいているだけだった。体の大きさは象ほどもあるが、象のように親しみは持てなかった。そいつはあの淋しい場所に住みついたままはなれようとしなかった。そこで、不注意な子供たちが暗くなってから通りかかったら、とって食おうと待ちかまえているのだった。

夜になってからこの淋しい場所に近寄ることを、わたしはどれほど避けようとしたことか！

「どうしてマディを行かせないの？」と、わたしは質問する。

「マディはまだ小さすぎるからよ」と、母が答える。

「ぼくだってそんなに大きくないよ」

「ばかおっしゃい！　おまえはもう大きな子供ですよ。もうすぐ七つになるんだからね。考えてもごらん」

「七つじゃそんなに大きくないと思うんだけどな」と、わたしは答える。これは本音だった。七歳という年齢は、あの場所の恐ろしさに耐えられるほどまだ大人ではない。

「でも、シアーズ・ローバックで買ったおまえのズボンは、ずいぶん長いはずだけどね」

「ズボンなんかどうだっていい。とにかく行きたくないんだよ」

「そんなこと言わずに行ってきてちょうだい。どうせ朝ご飯前に行くほど早おきはできないんだから」

「ちゃんとおきるよ。約束するからさ、ねえママ！」と、わたしは涙声で叫ぶ。

「あすになればどうだかわかるもんですか。だめよ、すぐに行ってきてちょうだい」

いつでもこんな具合だった。わたしはとうとう町へ行かなければならなくなる。わたしの気持を察しているのはマディだけだった。

「弱虫」と、彼女は囁く。そのマディさえ、ほんとのことはわかっていなかった。夜になってから、あの淋しい場所を通ったことなど一度もないからだ。彼女は夜になると一歩も外へ出なかった。だから、歩道にせりだした老木の下枝に何かが隠れていて、通りかかる子供に音もなく襲いかかり、八つ裂きにすることを知らないのだ。顔もなく、鋭い爪のあるスッポンのように醜い足を持ち、竜のような鱗としっぽをはやし、そこの暗闇と同じように全身黒一色で、家のように大きな体をした怪物がそこに隠れていることを、マディは知らない。

だがジョニーとわたしは知っていた。

「ゆうべはもう少しであいつにつかまるところだったぜ」と、彼は薪《まき》小屋からこわごわ外を眺めながら、まるでそいつが聞き耳をたてているかのように、低い声で話しかける。

「つかまらなくてよかったね」と、わたしが答える。「で、そいつはどんなやつだった?」

「すごく大きくて真黒だったよ。走りながらふり向いたら、うしろの街燈が見えないんで、そいつに追っかけられていることがわかったんだ。ぼくは夢中で逃げたよ。ほんとに危ないところだった。これを見てくれよ!」

彼は怪物の爪でかきむしられたシャツの裂け目を示す。それから、目を輝かせて興奮の面《おも》持《もち》でたずねる。

「きみのほうはどうだった?」

「ぼくがあすこを通ったとき、そいつは材木のかげに隠れていた。ぼくを待っていることがちゃんとわかったよ。ぼくは夢中で走ったけど、そいつも追っかけてきた——ほら、あすこの材木がくずれているだろう」

それから、二人して真昼のその場所へ行き、様子を見る。たしかに材木の山はくずれているし、そいつが横たわっていた場所は、草が押しつぶされている。ときどきそこでハンカチを見つけて、たぶんだれかがそいつにつかまったのかもしれないと考える。それから家へ帰って、だれかが行方不明になったという噂《うわさ》を待つ。帰る道すがら、そいつにつかまったのはマディかクリスティンかヘレンか、それともクラスや日曜学校で一緒の女の子のだれかだろうか、いや夕食後ときどきあのあたりを散歩する若い小学校の先生ミス・ドイルかもしれない、などと心配する。しかしだれかが行方不明になったという話もなく謎《なぞ》はいよいよ深まるばかりだった。つかまったのはそいつが住んでいることを知らずに、たまたまあの淋しい場所を通りかかったよその土地の人間かもしれなかった。とにかく、ジョニーもわたしも、そいつがだれかをつかまえたことだけは信じて疑わなかった。わたしたちはすっかりふるえあがってしまい、そんなことがあると、たとえキャンディかアイスクリームを買うためでも、夕食後町へ行くのがいよいよこわくて仕方がなかった。

「ぼくはそのうちきっと家へ帰れなくなるよ」と、わたしが言う。

「ばかなことおっしゃい」と、母は答える。

「きっとそうなるさ。今度つかまるのはぼくなんだから」

「つかまるって、何に？」と、母は無造作に訊《き》きかえす。

「暗いところにいるやつだよ」

「暗いところには何もいやしませんよ」

「じゃ、おばけ男はどうなの？」

「おばけ男はつかまったんだよ。はるか昔にね。永久に閉じこめられてしまったから、もう心配ないわ」

だがジョニーやわたしのほうがよく知っていた。ジョニーの両親だって何も知らなかった。ジョニーが夜のおつかいはいやだと言うと、父親はすぐにドアのかげに置いてあるヒッコリーの鞭《むち》に手をのばすのだ。彼は淋しい場所に何がひそんでいるかも忘れて、急いで外へ逃げださなければばならなかった。

子供のこわがるものが大人にわかるだろうか？　もちろん、ヒッコリーの鞭なんかがこわがられることは彼らも知っている。しかし、暗くなってからひとりぼっちで淋しい場所を通って帰らなければならないときの、子供たちの気持が、彼らにわかるだろうか？　四辻の街燈の明りさえとどかない淋しい場所について、彼らは何を知っているだろうか？　子供は小さくひとりぼっちで、夜は町全体をすっぽり包むほど大きく、闇が世界のすべてである場所と時間について、彼らは何を知っているだろうか？　大人になって年とってしまうと、どんなわかりきったことでも理解できなくなってしまうのだ。子供にとっては、木の枝が頭の上に低くたれさがり、道の片側には納屋、反対側には木々がせまり、闇が雲のようにただよい、アーク燈がはるか遠くにしか見えないようなときは、すぐ目の前のことしか頭に入らない。だから穀物用エレベーターの近くの淋しい暗闇の中でそいつが育ってゆくのも不思議はない。

心臓が太鼓のように激しく鳴りだして、ついに窒息しそうになるまで、夢中になって走りつづけるのも不思議はないのだ。

「おやまあ、顔がまっさおだよ」と、ときどき母は言う。「また走ってきたのね」

「うん、そうだよ」と、わたしは答える。だが、なぜ走ったかは教えない。それを言っても信じてもらえないことを知っているからだ。穀物用エレベーターの向うの暗く淋しい場所に、そいつが住んでいることを、どうやって母に信じさせればいいかわたしにはわからないからだ。

「なにも走る必要はないんだぞ」と、父は言う。「ゆっくり帰ってこい」

わたしはなぜ走らなければならないのかを彼らに言ってやりたいと思う。だが、ジョニーがいつか両親にそのわけを話したときと同じで、彼らも決してそれを信じないだろう。

ジョニーは鞭でさんざん殴られて、ベッドにもぐりこまなければならなかった。

わたしは一度も殴られたことがない。走る理由を彼らに話さなかったからだ。

だが、いよいよそのことを明らかにして、ここに書きとめておかねばならない。

わたしたちは淋しい場所のことを長いあいだ忘れていた。二人ともしだいに大人になっていった。ハイスクールへ進むころには淋しい場所に住むもののことを忘れていた。その場所は依然として変わらなかった。樫や楓の大木はますます年をとり、材木の山は大きくなったり小さくなったりした。納屋のペンキは一度塗りかえられた――血のような赤い色に。最初にそれを見たときのことを、わたしは今もおぼえている。やがて、わたしはまた忘れた。ジョニーとわたしは野球やバスケットボールやフットボールに熱中するようになった。川へ泳ぎに行ったり、女の子とデートしたりするようにもなった。もう淋しい場所に住むもののことはおたがい口にしなくなり、夜その場所へ行っても、心の隅っこに忘れられて影をひそめている何かのようにしか感じなくなった。忘れてはならない何かを考えようとしても、いつの間にか忘れてしまう。遠い少年時代に埋もれてしまった記憶——その場所はもはやそんなふうにしか思えなかった。もうその場所を夢中で走り抜けることもなく、むしろ女の子と連れだって散歩するのにもってこいの場所とさえ思えるようになった。

うっそうとした木の枝の下を歩いていると、女の子が気味悪がってしがみついてくるからである。だがそんなときでも、そこでぐずぐずしてはいなかった。走って通り抜けるようなことこそなかったが、連れの女の子がどれほど美しくても、必要以上にそこでゆっくりするようなことはなかった。

歳月は流れ、わたしたちはその場所のことを二度とふたたび考えることがなくなった。

だが、今もなお、かつてのジョニーやわたしと同じような子供たちが、暗くなってからその場所を通るとき、恐ろしさで心臓をどきどきさせ、息を切らし、光を恐れるものの住む暗闇から一刻も早く逃げだして、安全な街燈の下までたどりつこうとして、夢中で走っているにちがいない。これと同じような淋しい場所は世界中のどの都会や小さな町や村にもあって、そこには恐ろしいものが住みつき、子供たちをおびやかそうとして——いや、それ以上のことをしようとして待ちかまえているのだ……

三日前の晩、ボビー・ジェファーズ少年があの淋しい場所で殺された。彼はまるで重いものに踏みつぶされたように、体の一部がぺしゃんこになって、無惨な死に方をしていた。町の評議員をしているジョニーは、現場を見て帰ってきてから、わたしにもほかの連中が行かないうちに見に行けと電話をくれた。

わたしは現場へでかけて行って、痕跡《こんせき》をたしかめた。それは検屍官の言うように、「ある種の動物の仕業《しわざ》」とは思えなかった。犯人はしっぽを引きずり、鱗をはやし、大きな鋭い爪を持った何かである——しかもそいつには顔がない。

罪はジョニーとわたしにあることも知っている。ボビー・ジェファーズを殺したのはわたしたち二人だ。なぜなら、ボビーを殺したものを、わたしたちが少年時代の恐怖心の中から作りあげて、あの淋しい場所に置き去りにしたからだ。そいつは暗い夜のあいだに、おびえた子供、かつてのジョニーやわたしとちがって思うように走れない、ボビー・ジェファーズのような太った子供が通りかかるのをじっと待っていたのだ。

残念でならないのはそれがどうしようもないことではなく、この淋しい場所がしだいに変わりつつあることだ。木は一部切り倒され、納屋はとりこわされ、淋しい場所の真中に街燈が立ちかけている。

ここはやがて暗い場所でも淋しい場所でもなくなり、あのものは疑うことを知らぬ人々の住むどこかほかの淋しい場所へ移らなければならないだろう。そいつはほかの都会か町か村へ移り住み、かつてこの場所でそうしたように、暗くもの淋しい場所にひそんで、おびえた子供たちが通りかかるのを待ちかまえるのだ……

なぞ

W・デ・ラ・メア　紀田順一郎＝訳

とうとう、この七人の子どもたち、アンとマチルダ、ジェイムズにウイリアム、ヘンリイとハリエット、それにドロテアは、みんなでお婆さんの家にやって来て、いっしょに住むことになりました。

その家というのは、お婆さんが小さなころから住んでいたもので、ジョージ王朝の時代に建てられたものでした。きれいとはいえませんが、部屋の数が多く、がっしり堂々とした感じ。庭には一本のにれの木が四方に枝をひろげて、それがいまにも窓へ届きそうなぐあいなのでした。

二輪馬車から降ろされた子どもたちは（そのうち五人は馬車のなか、二人は馭者《ぎょしゃ》のわきに乗せられてきたのですが）、いよいよお婆さんにお目どおりということになりました。

お婆さんは出窓を背にしてすわっておりまして、子どもたちはそのまえで、ひとかたまりに小さく身を寄せあいました。

お婆さんはめいめいに名まえをたずねてから、柔らかな、ふるえる声でもう一度、めいめいの名まえをくりかえしました。それから一人にお針箱をあげ、ウイリアムに小刀を、ドロテアには色のついた毬《まり》を、というようにそれぞれ年《とし》に応じたプレゼントをしました。そのうえで年上から年下までぜんぶの孫たちにキスをしました。

「おまえたちよ」と、お婆さんは申しました。「みんな、ここを明るくて楽しい家だと思ってくれるといいの。わしはもう年よりじゃから、おまえたちといっしょにとびまわることはようできん。じゃによって、アンが弟や妹の世話をやかにゃならん。ついでに、わし、ミセス・フェンのめんどうもな。それから、おまえたちよ、毎朝と毎晩、みんなでこのお婆さんのところへあいさつに来ておくれでないか。その笑顔を見せてくれれば、きっとわしの息子じゃったヘンリイを思い出すじゃろうからの。したが、残りの時間は一日じゅう、学校がひけたならば、おまえたちは何でも好きな遊びをしてよいのじゃよ。もっとも、ここにひとつ、たったひとつだけ覚えておいてもらいたいことがある。ほれ、あすこに見えるスレート屋根の上の大きな空部屋《あきべや》、あれは寝間じゃが、その隅っこのほうに古い樫《かし》の長持がある。そうよ、このわしより古いもんじゃ。それはもう、うんと古い。わしのお婆さんより、もっと古い時代のもんじゃ。

さて、おまえたちよ、この家のどこで遊ぶのも勝手じゃ。したが、あの部屋にだけは入ってはいかんぞよ。よいかの」

お婆さんは微笑《ほほえ》みをうかべながら、子どもたちに親切に説明してやりました。でも、彼女はとても年寄りで、その眼はもう、この世のなにも見ていないようでありました。

ところで、七人の子どもたちは、はじめのうちこそ薄暗くてさびしい家だとは思いましたが、じきにこの大きな屋敷にも馴《な》れてしまいました。このような家にはたくさんおもしろくて愉快なことや、目あたらしいことがあったからです。

一日に二度、朝と晩に子どもたちはお婆さんのところへやってまいりました。お婆さんは日ごとに弱っていくようでしたが、それでも子どもたちが現われると、自分の母親のことや少女時代のことをたのしそうに話して聞かせるのでした。そしてどんなときでも、子どもたちにキャンデーをあげてやるのを忘れませんでした。——こんなようにして、何週間かすぎていったのです。

ある日の夕方、ヘンリイは一人で子ども部屋から抜け出すと、二階へのぼっていき、あの樫の長持を見にまいりました。そして、長持の表面に彫ってある果物や花の飾りをなでたり、その片隅に刻んである陰気な笑いのお面にむかって話しかけたりしていましたが、やがてそっとうしろをふりかえってようすをうかがうと、やおら蓋《ふた》をあけて中をのぞきこんだのです。でも、長持の中には宝物などかくされているわけもなく、金だとか飾りもののような目ぼしいものは、なにひとつなかったのです。長持はからっぽでした。ただ内側にはくすんだバラ色の絹布がはりめぐらされ、あまい百合香《ポプリ》のにおいが漂っているばかりだったのです。

こうやってヘンリイがのぞきこんでいるあいだも、一階の子ども部屋からは笑いさざめく声や茶わんのふれあう音がかすかに聞こえてまいります。窓の外はもう暗くなりかかっておりました。そうした物ごとのすべてが、めずらしく彼のお母さんの思い出を呼びさましたのです。

夕暮れ、ふんわりした白いドレスを着て、いつも彼に本を読んでくれたお母さん……。

――で、彼は長持の中に入りこんでしまったのです。そのうえを、蓋がそうっと閉じていました。

ほかの六人の子どもたちは遊びに疲れると、いつものようにお婆さんの部屋に行き、おやすみをいって、キャンデーをいただきました。お婆さんは、ろうそくの灯をたよりに子どもたちの顔を見まわすと、なにやら考えこんでいるようでありました。

翌日、アンはお婆さんに、ヘンリイがどこにも見えないと報告いたしました。

「おやまあ、そうかい。それならあの子は、ちょっとの間だけいなくなったのじゃろうよ」

と、お婆さんは申しました。「したが、みんなこれだけはよく覚えておおき。あの樫の長持に手をふれてはいかんぞよ。よいかの」

しかし、マチルダは弟のヘンリイを忘れることができず、遊んでいてもすこしもおもしろくないのでした。

それでいつも、木のお人形を抱き、弟を思いだすような唄《うた》をそっと口ずさみながら、彼を探しに家じゅうを歩きまわっておりました。

そして、ある晴れた朝のこと、彼女は長持の中をのぞきこんでおりましたら、それがとてもいい香りで、あまい秘密がかくされているように思えましたので、お人形を抱いたまま、中に入りこんでしまったのです。――ちょうど、ヘンリイがしましたように。

残ったのは、アンとジェイムズ、ウイリアムにハリエット、それからドロテアだけになりました。

「いつか、あの子たちもきっと帰ってくるさ」と、お婆さんは申すのでした。「でなければ、おまえたちのほうが、あの子のいるところへ行くだろうよ。したが、わしがいかんというた、あのことだけは忘れんようにな」

さて、ハリエットとウイリアムは大のなかよしで、恋人どうしのようにふるまっておりました。一方、ジェイムズとドロテアは、狩りのような乱暴な遊びや、釣りや、戦争ごっこが大好きでした。

十月のある静かな日の午後、ハリエットとウイリアムが、スレート屋根の上の部屋で、庭の芝生を眺めながらそっと語らいにふけっておりますと、部屋のうしろからねずみどもが、鳴いたりはねまわったりする音がしてまいりました。二人はいっしょになって、ねずみの出る小さな暗い穴を探しにかかりました。ところが、穴を探しだすかわりに長持に手をふれてしまい、ちょうどヘンリイがしましたように、彫刻にさわったり、あの陰気な笑いのお面にむかって話しかけたりしはじめたのです。

「いいことがある！　ハリエット、きみが眠りの森の美女になるんだ」と、ウイリアムがいいました。「ぼくは王子で、茨《いばら》をかきわけて助けに来るんだ」

ハリエットは、やさしい、いぶかるような眼で兄さんを見つめましたが、すなおに長持のなかに横たわり、眠ったふりをしはじめました。ウイリアムも、なんて大きな長持なんだろうと思いながら、そうっと中へ入ると、かがみこんで眠りの美女にキスをし、その静かな眠りをさまそうといたしました。

ゆっくりと、蓋が蝶番《ちょうつがい》の音もさせずに閉じていきました。そして、ただアンの読書をじゃまするジェイムズとドロテアの騒ぎ声が、一階から聞こえてくるだけとなりました。

でも、お婆さんはとてもからだが弱っているし、眼もわるく、耳もほとんど聞こえないのでした。

雪は静かな空から、この家の屋根に降りつもっておりました。ドロテアは樫の長持の中で泳ぐまねをし、ジェイムズはそこを氷の穴に見立てまして、自分は銛《もり》のかわりにステッキなどをふりまわし、それでエスキモーになったつもりなのでした。

ドロテアは顔をまっかに、おてんばらしい眼をきらきらさせ、髪をふりみだしておりました。ジェイムズは胸に、大きなかぎざきをつくっておりました。

「さあ、がんばれよ、ドロテア。ぼくが泳いでいって助けてやる。それ急げ！」

彼は大声で笑うと、長持の中へとびこみました。そして、いつものように、蓋がそっと閉じていきました。

たった一人のこされたアンは、もうキャンデーなどには飽きあきする年ごろになっていましたが、それでもかならずおやすみをいいに、お婆さんのところへ通っておりました。お婆さんは眼鏡《めがね》ごしに、ゆううつそうな顔をして、アンを見つめるのでした。

「まあ、この子は」と彼女は頰《ほお》をふるわせ、その節《ふし》だらけの指でアンの手をにぎりしめるのでした。「わしたちは、なんとさびしくなったもんよ、のう」

アンはお婆さんの柔らかい、たるんだ頰にキスをしました。お婆さんは安楽いすにすわって両手をひざにのせ、アンが部屋を出ていくのを、頭をめぐらせてじっと見おくるのでした。

アンは寝床に入ってすわりますと、いつものようにろうそくの灯りで本を読むのでした。

シーツの下でひざを立てると、そこに本を置きました。その本には妖精や小鬼のことが書いてありましたが、物語の中から静かにふりそそいでくる月あかりが、白いページを照らしだすような気がして、そこに気まぐれな妖精のささやき声さえ聞こえてくるようでした。そんなにこの大きな家は静かであり、物語は夢のように美しかったのです。

やがて彼女はろうそくを消して眠りにつきましたが、そのあいだも耳のそばでは、ざわざわという妖精の声が聞こえ、眼のまえにはすばしこく動きまわる影が、ぼんやりうつっているのでした。

真夜中、彼女はなかば夢うつつにベッドから起きあがり、なんにも見えないのに眼を大きくあけて、がらんとした家の中をそおっと歩きだしました。お婆さんが、とぎれとぎれのいびきをかいて、ぐっすり眠りこんでいる部屋を通りぬけ、かろやかな、でもしっかりした足どりで、広い階段の下へたどりつきました。窓からは、スレート屋根の上の空から織女星《しょくじょ》が透き通るように輝いているのが見えました。そしてアンは、ちょうどさし招く手にひかれるようにして、あの樫の長持のほうへと歩いていったのです。

そこへまいりますと、彼女は夢の中で、ちょうど自分の寝床とまちがえたようなぐあいに身を横たえました。くすんだバラ色の絹をめぐらし、えもいわれぬ香りのする長持の中に……。

でも、部屋の中はとても静かで、その蓋がすうっと閉じる音すら、まったく聞こえないほどだったのです。

長い一日じゅう、お婆さんは出窓のそばにすわっておりました。口をかたく閉ざしたまま、人や車の行きかう往来をば、暗い、さぐるような眼つきで眺めているのでした。

夕方、彼女は階段をのぼって、あの大きな空部屋の扉のまえに立ちどまりました。急な階段をのぼったのですっかり息ぎれがしてしまい、老眼鏡は鼻のうえにあぶなっかしく乗っておりました。

お婆さんは戸口に手をもたせかけ、部屋の中をのぞきこんだのですが、ひっそりと薄暗い部屋の中には、四角い窓あかりがぼんやり見えているだけでした。

でもお婆さんの眼はとてもわるく、遠くのほうはなにも見えないのでした。窓のあかりも、もう暗すぎました。だから、秋の木の葉にも似た、かすかな香りにも気づかなかったのです。

とはいえ、彼女の胸の中には、さまざまな思い出がたくさんしまわれてあるのでした。喜びも悲しみも、そしていまは老いた身の幼かりしころの思い出、やがてお友だちができたが、いつか、それとも永《なが》のおわかれをしてしまったこと……。

このような思い出を、とぎれがちな回らぬ舌で、ぶつぶつひとりごとに出しながら、お婆さんはもう一度、あの窓ぎわのいすへともどっていくのでありました。

COFFEE BREAK 2

二〇〇二年六月、「現代教養文庫」でお馴染《なじ》みの社会思想社が倒産してしまいました。たいへん残念なことです。

このニュースを新聞で見たあと、知人に、「社会思想社と言えば、あの『ルーツ』を出した出版社ということで有名です」と言われて、アラそうだったと思い出しました。わたしは「現代教養文庫」のラインナップが好きで、こういう地味だけど滋味のある文庫は出版界の財産だよなぁと思うばっかりで、かの大ベストセラーのことはすっかり失念していたのです。

堅実に営業しているにもかかわらず、メガヒットが出ないと経営が苦しくなるというのは、出版界の（出版界に限らないのかもしれないけれど）悲しい傾向ですね。自力再建が無理でも、「現代教養文庫」に収録されている作品が、この倒産で書店から消えてしまうことのないように、何とか頑張ってもらいたいものです。健全な懐疑主義《クリティカル・シンキング》への素晴らしい入門書であるマーティン・ガードナー著『奇妙な論理』のⅠⅡとか、ミステリー愛好者の宝箱、間羊太郎著『ミステリ百科事典』とか、後代の読者のために、絶対失《な》くしてほしくない名著ですから。

さて、この現代教養文庫のなかに、『カルト映画館』というシリーズがあります。映画についてのエッセイ兼データ集と言うべき本で、「サスペンス・ミステリー編」「ホラー編」「ＳＦ編」と、ジャンル分けも親切。有名な作品から、タイトルどおりのカルトな佳品まで、種々の映画について、手軽に楽しく情報を得ることができます。自分の好きな作品がどう書かれているかも気になるし、うろ覚えでタイトルも出演者もわからないけど、「めちゃめちゃ怖かった！」あるシーンだけを鮮やかに覚えてるなんて時には小事典として役に立ち、さらに、まだ観ていない作品をピックアップする興趣もある。これで五百円足らずで買えて、持ち運びも楽々ですから、やっぱり文庫本てステキなの。

折々、取り出してはパラパラとめくって楽しんでいるのですが、本アンソロジーに取りかかってから、「ホラー編」を読んでいて、思い出したことがありました。五十二ページに掲載されている『妖精たちの森』という映画のこと。一九七一年製作のイギリス映画で、監督・脚本はマイケル・ウィナー。主演はマーロン・ブランド。ブランドの名前をご存じの方のために一言申し添えれば、あの『ラストタンゴ・イン・パリ』や『ゴッドファーザー』以前のブランドであります。

この映画、わたしも記憶が定かではないのですが、高校二、三年生のときに、昼間のテレビ映画劇場で放映されたものを観たのです（現在のテレビ東京だったんじゃないかな）。若い読者の皆さん、ビデオもDVDも豊富にある現在の「ホーム映画」時代からは想像もつかないと思いますが、二十年以上も前のそのころは、古い映画を観ようと思ったら、名画座に行くかテレビでの再放送を待つか、どちらかしかなかったんですよ。

さて、『妖精たちの森』。タイトルだけだと、何かロマンティックな感じがするじゃないですか。で、そのつもりで観たわけです。テレビですから、当然のことながら日本語吹き替え。わかりにくいなんてことはない。

それなのに、観ていてもよくわからなかったんですよ、その当時は。タイトルとは裏腹の不気味な話で、男女のからみがどろどろしていて、背徳の香りがするっていうんですか、愛欲の何たらかんたらが漂うっていうんですか。二十数年前の女子高生は当惑しちゃったわけです。とにかく看板と違う。可愛い「妖精たち」なんて、どこにも出てきやしない。

何じゃコレは？　という感想があっただけで、すぐに忘れてしまいました。

ところがところが――

そんなワタクシ、後年、ある本を読んでいて、あっと声をあげて膝《ひざ》を打ち、『妖精たちの森』とはこういう話だったのかと納得して、目の前が晴れたのです。

『妖精たちの森』のストーリーは、こんな内容です。閑静な郊外の洋館で、両親を亡くし、裕福な叔父さんに養われている幼く可憐な兄妹が、道ならぬ恋愛関係に陥った住み込みの「女性家庭教師」と「館の使用人」のカップルから、陰に陽に影響を受け、〝愛〟というものに対して深く想いをめぐらせるようになる。やがて、この兄妹が純粋であるが故に、彼らに〝愛〟を教えてくれたこの年長のカップルとのあいだに、恐ろしい事態を引き起こしてしまう――

おや、こんな話、ついさっきどこかで読まなかったかな、と思うでしょ？　そうなんです。閑静な洋館。可憐な兄妹。彼らのもとに立ち現れ、彼らを脅《おびや》かす女性家庭教師と使用人の亡霊。そう、ヘンリー・ジェイムズの『ねじの回転』です。つまり『妖精たちの森』は、『ねじの回転』に登場する男女の幽霊が、なぜ死に、なぜ幽霊になって屋敷に憑《つ》かねばならなかったのかという由来を語るために、『ねじの回転』から過去にさかのぼって創られたストーリーだったのです。言ってみれば「幽霊ができるまで」を語った映画なのです。

映画と小説って、こういう手の結び方もあるんですね。寡聞《かぶん》にしてわたしは他にこういう例を知らないのですが、見事な創造だと思います。こういうのは、もっとあってもいいんじゃないでしょうか。

わたくしめ、すでに女子高生ではなくなっただけでなく、限りなくオバハンに近づいてから、『妖精たちの森』を再見する機会があったのですが、今度はよくわかりました。ま、背徳とか愛欲とかいう言葉には、依然として疎《うと》いままでありましたが、何といっても『ねじの回転』を読んだのが大きい。皆さんも、もしもどこかで『妖精たちの森』に遭遇する機会があったら、ぜひ『ねじの回転』のお話を想起してからご覧くださいね。

それにしても、このころのマーロン・ブランドは良かったなぁ。『ラストタンゴ・イン・パリ』をきっかけに、名優・怪優として名を馳せる以前、『妖精たちの森』だけでなく、『蛇皮の服を着た男』とか『波止場』のころのこの人には、「かろうじて知性でコントロールされている粗暴」という、言うに言われぬ怪しい魅力がありました。こればっかりは、デ・ニーロやケビン・スペイシーが束になってもかなわない――なんてことを言い出すと〝思い出の映画劇場〟になっちゃうので、休憩時間はここでおしまい。

第五章　生者の恐怖と悲しみと

子供のころ、怪談話を聞いてすっかり怖くなってしまい、夜眠れないなんて騒いでいると、まわりにいる大人たちから、こんなことを言われたものです。

「幽霊もお化けも、悪いことをした人のところに出てくるんだよ。だから、悪いことをしていなければ、何も怖がらなくっていい」

なるほど。これは、コドモ心にも慰められる理《ことわり》でした。

ところが、もうちょっと大きくなると、今度はまた別の疑問が出てきてしまった。

「お金ほしさに強盗をして人を殺したり、子供を誘拐して殺したりした悪い犯人のところには、被害者の幽霊は出てこないのかしら。出てきて、うんと祟《たた》ってやればいいのに」

この問いかけに答をもらうまで、わたしは、ざっと三十年待たなければなりませんでした。また、そのころには、疑問の方に追加条項が発生していました。

「ただムカついたからとか、相手が気にくわなかったとか、面白半分だったとか、そういうとんでもない動機で人を殺したヒトデナシのところには、被害者の幽霊は出てこないのだろうか?」

これらの難問に、簡潔でわかりやすい言葉で解答を与えてくれたのは、中禅寺秋彦という人物でした。ご存じの方《かた》も大勢いらっしゃるでしょう。京極夏彦さんのお書きになっている一連のミステリーに登場し、〝京極堂〟の通称で知られる名探偵です。古書店の店主であると同時に神社の禰宜《ねぎ》でもあり、憑《つ》き物落としを副業とする京極堂は、『狂骨の夢』(講談社文庫)という作品のなかで、こんな台詞でわたしの積年の疑問に答えてくれたのでした。

「私はあの世がないと申し上げている訳ではありません。死後の世界は生きている者にしかないと云っているのです」

死者の死者としての行動や思念を作るのは、生者の行動や思念である。生きている者こそが、死者の思念を創造する。亡くなったあの人は、さぞかし無念だったろうなと思いを巡らす生者の元には死者の無念が現れる。反対に、自ら手を下して人を殺《あや》めた殺人者の元にでさえも、当の殺人者が何らの良心の傷みを覚えず、無関心であるならば、何人《なんぴと》の幽霊も出現することはできないのだ——

これはまことにすっきりとした解答であると同時に、底なしに悲しい真実でもあります。それでもわたしは、答がわからないままでいるよりも、わかった方《ほう》がずっと良かった。それに、この真実には優しい〝救い〟も秘められています。それは、人は死んだらどうなるのかという問いかけに、「人は死んだら、みんな〝思い出〟になるんだよ」と答えられるということです。そして思い出は、悲しいことばかりではありませんものね。

世界的に著名な天体物理学者であると同時に、『コンタクト』などの優れたフィクションの作者でもある故カール・セーガン博士は、『人はなぜエセ科学に騙されるのか』（新潮文庫）のなかで、今でも、とうに他界した懐かしく優しい両親の幻影を見、その声を聞くことがあると書いておられます。それらの現象は、けっして自然科学に背《そむ》くものではなく、京極堂の説く理からはみ出すものでもありません。むしろそれを裏付けるものです。

すべての善なるものが生者から生まれるのと同じく、すべての邪悪や恐怖もまた生者から生まれ出る。死者の霊魂や、闇《やみ》のなかから這い出てくる怪物は、時折、生者がそういう真実の残酷さから目を背けたくなったときに、それらを肩代わりしてくれる存在であるのかもしれません。

というわけで、この章では、それらの優しい死者や怪物がまったく登場せず、読む者をして生者に正対することを強いる、厳しい三篇をご紹介することにいたしましょう。

「変種第二号」

本アンソロジーの収録作品のなかでは、「オレンジは苦悩、ブルーは狂気」と比肩する長い作品です。ページ数が増えてしまうので苦しいのですが、それでも、どうしてもこれを採りたかった。フィリップ・K・ディックの中短編には傑作が目白押しですが、そのなかでも、わたしは、ベスト3に数え上げたいほどにこの中編が好きです。

第三章でもちょっと触れましたが、ディックの描く未来世界像は、ほとんどの場合、暗く重苦しく悲観的です。彼が作家として旺盛な執筆活動をしたのは冷戦時代のまっただ中であり、米ソ二大国の苛烈《かれつ》で陰険な対立は、常に全面核戦争の幻影を孕《はら》んでいました。この時期、英米の小説界で繁栄を極め優れた作品を輩出したエスピオナージュもの（スパイもののことですね）が、冷戦が生み出すリアルな恐怖をあくまでも現実的に、正攻法で描いたものであるならば、ディックはSFの技法と発想とを駆使して、同じ楯の裏面を、イマジネーションと幻想を紡《つむ》いで描きあげた作家でありました。

それだけに、ディックのディストピアものを続けて読むのはちょっと辛い——けれど、一度読み始めてしまうとやめられなくなることもまた確実。この作品はサンリオSF文庫版から採りましたが、わたしが初めて手に取ったのがこのサンリオSF文庫版だったので、懐かしくてそうしただけで、P・K・ディック短編傑作集はハヤカワ文庫でも刊行されています。こちらは入手が容易ですから、ぜひともたくさん読んでいただきたいです。

ディックが作家生涯を通じて追求したテーマのひとつは、「人間と人間にあらざるものを、どこで境界線を引いて判別するのか」（あるいはそんなことが可能なのか）ということでした。本作品では、それがSF的というよりはミステリー的な仕掛け《ギミック》として使われ、結末で読者を仰天させせます。ただ、変種第二号の正体が割れてからラストまでの短い文章に漂う絶望感と、行間から溢《あふ》れ出るそれに対する抗議と警告の悲鳴は、SFとして見てもミステリーとして見ても、けっして知的な娯楽の範囲に留《とど》まるものではないと思います。

変種第二号は、自身の滅ぼした生者たちの幽霊につきまとわれるでしょうか？　死の恐怖と傷みに無関心で、死後の魂に思いをはせることのない〝生き物〟――たとえ姿形が人間そっくりであっても、どれほど人間らしく動いたり話したりしたとしても、それを人間と呼んでいいのでしょうか。

「くじ」

SFから一転して、こちらはむしろ民話的と言っていい作品です。あからさまな暴力シーンがないので、さっと通読しただけでは「？」と思ってしまう方《かた》もおられるかもしれません。この作品の怖さは遅効性――湿布みたいにじわじわ効いてきます。

共同体を守るための犠牲者を、くじ引きで選ぶ。まあなんて原始的で野蛮なのかしらと、とっさに感じてしまうのは当然です。でも、よく考えてみると、これほどわかりやすくはないけれど、似たようなことは、現代社会でも依然として行われているのではないでしょうか。社会が大型化・複雑化した上に、個人に手渡される〝くじ〟にもいろいろな粉飾がほどこされて、単にわかりにくくなっているだけの話なのかもしれない。そのへんのことがずっと心に引っかかっていて、拙作『模倣犯』第一部のエピグラフに、「くじ」の一節を引きました。

作者のシャーリイ・ジャクスンの名前は、この「くじ」と長編『山荘綺譚』で有名です。小難しい文章を書く作家ではありませんが、けっして判《わか》りやすい作家でもありません。親本の短編集『くじ』は、通読するとけっこう疲れます。それでも、ほっぺたの内側にできた腫れ物《はれもの》みたいに、いつまでも心をチクチクと刺激する文章に、好きというよりは畏怖《いふ》すべき作家だと、わたしは思っています。

ハッチンスン夫人に石を投げた村人たちは、彼女の幽霊を見るでしょうか。けっして見ないだろうと、わたしは思います。むしろ、やれやれこれで今年もとうもろこしが実るわいと、枕を高くして安眠するでしょう。

では、この村人たちは人間ではないのか？

いいえ、人間です。秋の実りを案じ、共同体の暮らしのレベルを高めたいと願うという、きわめて人間的な動機に、くじ引きのしきたりは根ざしているのですから。

という次第で、一見そぐわない「変種第二号」と本作ですが、ぜひ続けて読んでもらいたいと思って、並べてみました。

「パラダイス・モーテルにて」

小説を愉《たの》しむのに男女の区別はないと、わたしはいつも思っているのですが、この作品だけはちょっと違うかな。男性読者の皆さんは、一読して「何じゃこりゃ」と思うかもしれません。「怖い女だなぁ」と。一方、女性読者の皆さんは、この結末に、ある希望と明るさを感じるのではないでしょうか。

作者のジョイス・キャロル・オーツもまた、ジャクスンと同じくらい、わたしにとっては難解な作家です。ここまで収録してきた作品のなかで、この「パラダイス・モーテルにて」はいちばんストーリー性が薄く、これというひねりもなく、ミステリーとかSFとかホラーとか、分類のしようもありません。強いていうなら犯罪小説かもしれませんけれども、犯罪が露見して捜査当局が動いてという部分はまったく書かれていませんから、尻切《しりき》れトンボにも思えます。

だけど、なぜか惹《ひ》かれる。

オーツの短編て、みんなこんな感じなんですよ。入口はミステリー的だったりホラー的だったり、だけど読んでいくと、どんなところにもくれない小説になって着地する。凄《すご》いなぁと感嘆するのですが、同時に、この作家の頭のなかはどうなってるんだろうと悩んでしまう。オーツの作品というと読まずにいられないのですが、いつも読後数日はクエスチョン・マークを引きずって生活しなくてはなりません。この不思議な感じをご紹介したくて収録しました。

〝スター・ブライト〟は、ビリー・レイ・コブの幽霊を恐れはしないでしょう。でもそれ以前に、彼女にはすでに幽霊が憑《つ》いています。彼女の記憶のなかに残る、プールで悪戯《いたずら》をしかけてきた男の子たちの、どこにでもある悪意という幽霊が。〝スター・ブライト〟の人生は、ビリー・レイ・コブのような男たちから解放されてゆくことによって、その幽霊を消してゆく道のりなのではないかと、わたしは思います。だからこそ、不条理な殺人が行われる話でありながら、この結末に、一条の光が感じられるのかもしれません。そう考えると、逆説的ながら、「パラダイス・モーテルにて」は、この章で三つ並べた作品のなかで唯一、人間的な温かみを備えた佳品だとも言えるのじゃないかと思います。

変種第二号

フィリップ・K・ディック
友枝康子＝訳

ソ連兵は、銃を構えながら荒れた丘の側面を落ち着かぬ様子で登ってくる。あたりを見回し、乾いた唇をなめ、顔をこわばらせている。ときどき手袋をはめた手を挙げると、上着の衿《えり》を押し下げて首筋の汗を拭《ぬぐ》った。

エリックはレオーネ伍長を振り返った。「捕まえますか？　それともやりますか？」監視装置を調整すると、そのソ連兵の顔立ちがはっきりと画面いっぱいに広がった。鋭く、暗い顔にしわが刻まれている。

レオーネは思案した。ソ連兵はまるで駆けるような早さで接近してくる。「撃つな。待つんだ」レオーネは緊張した。「我々の出る幕じゃなさそうだ」

そのソ連兵は灰燼《かいじん》や瓦礫《がれき》の山を蹴《け》ちらしながら足を早めた。丘の頂上に来ると足を止め、息を切らしながら、あたりをじっと見渡した。空はどんよりとして、灰色の塵《ちり》が煙のように吹き寄せる。葉を落とした木々の幹が随所に突き出している。大地は平らで地表を覆うものもなく広がり、ただ一面に岩石のかけらが散らばって、破壊された建物の跡が黄色くなりかけた頭蓋骨《ずがいこつ》のようにそこここに立っている。

ソ連兵は落ち着かなかった。どこか様子がおかしいと思っている。彼は丘を下り始めた。もう掩蔽壕《えんぺいごう》から数歩のところに来た。エリックはやきもきしてきた。拳銃をひねくり回しながら、レオーネのほうをちらとうかがった。

「心配するな」とレオーネは言った。「ここまで来やしないさ。彼らが始末するだろうからな」

「大丈夫ですかね？　ずいぶん入りこんできましたよ？」

「彼らは掩蔽壕の近くをうろうろしている。やつはまずい所に踏みこもうとしているわけだ。よく見てろよ！」

ソ連兵は滑るように急いで丘を下り始めた。長靴《ちょうか》が灰の山にめり込む。彼は銃を必死で掲げている。ふっと立ち止まると小型の双眼鏡を顔に当てた。

「まっすぐこちらを見ています」エリックが言った。

ソ連兵はなおも近づいてくる。二つの青い石のようなその目が見えた。口を少し開けている。あごひげがわずかに伸びていて、もう剃《そ》ったほうがよさそうだ。骨ばった片頬《かたほお》に四角い絆創膏《ばんそうこう》が張ってあり、端が青く見える。真菌性の吹き出物だ。上着は泥にまみれ、破れている。片手は手袋なし。走るにつれて、ベルトの放射線カウンターが体に当たって弾んだ。

レオーネがエリックの腕をつついた。「そら、来たぞ」

地面の向こうから小さな金属のようなものが、真昼の鈍い光にぱっと輝きながら現われた。金属の球体だった。ソ連兵を追って、飛ぶような足どりで丘を駆け上がる。それは小さかった。小型の種類なのである。鋏《クロー》を体から突き出していたが、その鋭い二本の突起物は白刃と見まがうばかりに勢いよく回っている。ソ連兵はその音を聞きつけた。彼はさっと振り向くと、発砲した。球体はみじんに砕け散った。だがその時すでに次の球体が現われて、最初のを追っていた。ソ連兵は再び撃った。

三つ目の球体がカチッと音をたて、ブンブンと鋏《クロー》を回転させながら、ソ連兵の脚に飛びついた。肩まで飛び上がった。回転する刃がソ連兵の喉《のど》に消えた。

エリックはほっと緊張を解いた。「さあ、これで終ったか。まったく、あいつらにはぞっとするなあ。昔のほうがよかった、そう思うことがありますよ」

「我々があいつらを発明してなかったら、敵さんのほうで発明してたさ」レオーネは身震いしながらタバコに火をつけた。「それにしてもソ連兵がずっと一人きりでやってきたというのはどういうことなのかな。誰も掩護はしていなかった」

スコット中尉が地下道からそっと掩蔽壕に入ってきた。「なにがあったのだ？　スクリーンになにか映ったか」

「ソ連兵《イワン》が一人です」

「一人きりでか？」

エリックが監視用スクリーンをくるりと回した。スコットはじっとのぞき込んだ。無数の金属球体が横たわる死体に群がっているところだった。鈍く光る球体たちはカチカチと鋏《クロー》を鳴らし、音をたてて回転させながら、ソ連兵の体を運び去るためにこまかく解体している。

「すごい数のクローだな」スコットはつぶやいた。

「ハエのようにたかるんですよ。やつらの獲物ももうあまりありませんからな」

スコットはうんざりして、スクリーンを押しやった。「ハエのようにか。それにしてもあのソ連兵、どうしてあそこにやってきたのか。我々があたり一帯にクローを配置してるのは、向こうさんも承知なのにな」

大型のロボットが小さな球体たちに加わっていた。接眼レンズが突き出し、長くて先端の丸まった管状をしているのが、作業の指示を与えている。ソ連兵の体はもうそれほど残ってはいない。あとはクローの群れが丘の斜面を運び下ろすところだった。

「中尉殿」レオーネが言った。「もしよければ、あの場所に出かけて、ソ連兵の体をちょっと調べてみたいのですが」

「なぜかね？」

「ひょっとしてなにかを持ってやってきたのではないでしょうかね」

スコットは思案した。肩をすくめて言った。「いいだろう。だが、気をつけろよ」

「自分はタブを持ってますから」レオーネは手首の金属製バンドを軽く叩《たた》いて見せた。「やつらも近づけないでしょう」

ライフルを取り上げると、コンクリートと鉄の、曲がりくねった支道を縫うように進み、掩蔽壕の出入口まで慎重に歩いていった。地上の空気は冷たかった。柔らかな灰の上を大またに歩き、兵士の死体のほうに近づいた。風が吹き、細かい灰色の粒がレオーネの顔に舞った。目を細め、先を急いだ。

彼が近づくとクローたちは後退した。こわばったように動けなくなったものもいた。彼はタブに手を触れた。これを手に入れるためにならば、このソ連兵もなんだって手放しただろう！　タブから放たれる短い強烈な放射線がクローたちを無力化し、その機能を果たさないようにするのだった。揺れ動く二つの眼柄《がんぺい》を持つ、例の大型のロボットでさえ、彼が近づくと、うやうやしく引き下がった。

彼はソ連兵の死体にかがみ込んだ。兵士は手袋をはめた手をしっかりと握りしめていた。その手になにかが見える。レオーネはその指をこじ開けた。アルミニュームの密封された容器だった。まだピカピカ光っている。

それをポケットに入れると、レオーネは掩蔽壕へ取って返した。背後ではクローたちが息を吹き返し、再び行動し始めた。元どおり行列は進み、金属の球体たちはそれぞれの荷を負って、灰地を進んでいった。地面を爪《つめ》で引っかくような彼らの足音が聞こえた。彼はぞっとした。

レオーネがポケットからそのピカピカ光る筒を取り出すのを、スコットはじっと見ていた。

「彼はそれを持ってたのか?」

「手に持ってました」レオーネはふたを回して筒を開けた。「ご覧になったほうがいいと思いますが」

スコットは筒を受け取った。中身をてのひらに空《あ》けた。丁寧《ていねい》に折りたたまれた、小さなシルク・ペーパーだった。明りの傍《かたわ》らに坐《すわ》り、それを広げた。

「なんと書いてありますか?」エリックが訊《き》いた。将校が数人地下道を上がってきた。ヘンドリックス少佐が姿を見せた。

「少佐殿」スコットが言った。「これをご覧下さい」

ヘンドリックスは紙片を読んだ。「届いたのはこれだけか?」

「使者が単身で。たったいまのことです」

「どこにいる?」ヘンドリックスはきびしい口調で訊いた。

「クローにやられました」

ヘンドリックス少佐は不興《ふきょう》げだった。「そら」彼は紙片を連れの将校たちに渡した。「おそらくこれこそ我々の待っていたものだ。向こうもずいぶん手間どったにちがいない」

「それでは向こうは話し合いをしたいというわけですね」スコットは言った。「我々もそれに同調することになるんですか？」

「それは我々の決めることではない」ヘンドリックスは腰を下ろした。「通信士官はどこだ？　〈月基地《ムーン・ベース》〉を呼んでくれ」

通信士官が外部のアンテナを慎重に伸ばし、監視しているソ連機の機影はないかと掩蔽壕の上空を走査している間、レオーネはあれこれ考えていた。

「少佐殿」スコットがヘンドリックスに言った。「敵の風向きが突然に変わったのはまったくふしぎですな。我々は一年近くあのクローたちを使ってきました。いま急に相手が屈服してこようとはね」

「おそらくクローが向こうの掩蔽壕にもぐりこみ始めたのだろうな」

「大型のが、つまり眼柄を持ったロボットですが、そいつが先週ソ連の掩蔽壕に入りこみました」とエリックが言った。「蓋《ふた》を閉じる暇もなく、一小隊が全滅です」

「どうしてそれを知ってるんだ？」

「仲間が話してくれました。そいつは戻ってきたそうです——死体を持って」

「〈月基地《ムーン・ベース》〉が出ました、少佐殿」通信士官が声をかけた。

スクリーンに月の受信者《モニター》の顔が現われた。ぱりっとしたその制服はこの壕内の制服とは対照的だった。それにひげもきれいに剃っている。「〈月基地《ムーン・ベース》〉です」

「こちら地球の前線司令部エル・ホイスル。トムプソン将軍をお願いしたい」

受信者《モニター》の映像が消えた。やがてトムプソン将軍の精悍《せいかん》な顔が映った。「何事かな、少佐?」

「我が軍のクローがメッセージを所持した単身のソ連軍使者を殺しました。メッセージに従って行動したものかどうかと思いまして——これまでにもこうした策略があったものですから」

「メッセージの内容は?」

「ソ連軍は我がほうから方策決定レベルにある将校一名を向こう側の戦線まで派遣することを望んでいます。会談ということです。会談の性格については述べていません。ただ事態が——」彼は紙片に目をやった。「——重要かつ緊急の事態が発生したため、国連軍及びソ連軍の代表者間で討議を始めることが望ましい、となっております」

将軍が目を通せるようにヘンドリックスはメッセージをスクリーンに向けて差し上げた。トムプソンの目が文字を追って動いた。

「どういたしましょう?」ヘンドリックスが訊いた。

「一人派遣するのだな」

「わなだとは思われませんか?」

「わなかもしれん。だが言ってきた相手の前線司令部の位置は正確だ。いずれにしろ、やってみるだけの価値はある」

「将校を一名派遣しましょう。そして戻り次第、結果をご報告します」

「よかろう」トムプソンは通信を切った。映像スクリーンは消えた。地上では、アンテナがゆっくりと下りてきた。

ヘンドリックスは考え込みながら紙片を巻いた。

「自分が行きます」レオーネが言った。

「先方は方策決定レベルの人間を望んでいる」ヘンドリックスはあごをなでた。「方策決定レベルか。わたしももう何カ月も外に出かけたことがなかったな。ちょっと外の空気にあたってくるよ」

「危険だとは思いませんか？」

ヘンドリックスは監視装置を持ち上げて、じっとのぞき込んだ。ソ連兵の死体はなくなっていた。クローが一つ見えるだけだった。クローは鋏《クロー》をたたみ込み、カニのように灰の中に姿を消そうとしていた。ぞっとするような金属のカニかなにかのように……。

「それだけが気持にひっかかる点だ」ヘンドリックスは手首をこすった。「これを身につけているかぎりは安全だということはわかっている。だがね、やつらについてはなにかあるよ。わたしは大嫌いだね。あんなもの、発明しなきゃよかったんだ。やつらにはどこかおかしいところがある。残忍で――」

「もし我々が発明しなければ、ソ連側で発明していたでしょう」

ヘンドリックスは監視装置を押し戻した。「とにかく、この戦争は勝利に向かっているようだ。いいことなんだろうな」

「ソ連の連中と同じようにあなたもいらいらしてるように聞こえますよ」

ヘンドリックスは腕時計を確かめた。「暗くなる前に向こうに着くには、もう出発したほうがいいな」

彼は深く息を吸って、それから灰色の瓦礫の地面に足を踏み出した。すぐにタバコに火をつけると、あたりを見回した。死んだような風景だった。揺れ動くもの一つとてなかった。何マイルもの、果てしない灰と岩のかけら、建物の残骸《ざんがい》を見渡すことができる。葉も枝もなく、幹だけ残った木が数本。頭上には、際限なく湧《わ》き立っては地球と太陽の間を漂い流れる灰色の雲。

ヘンドリックス少佐はまた歩き出した。右のほうでなにかがさっと走った。丸い、金属性のものだった。なにかを全速力で追っているクローだ。おそらく、小動物、ネズミを追っているのだろう。クローたちはネズミもつかまえるのである。いわば内職といったところか。

彼は小さな丘の頂上に着いて、小型の双眼鏡を目にあてた。ソ連軍の戦線は前方数マイルにある。彼らはそこに前線司令部を置いていた。例の使者はそこから来たのだった。くねくねした腕を持つずんぐりしたロボットがかたわらを通り過ぎた。不審そうに両腕を組んでいる。ロボットはそのまま去って、瓦礫の下に姿を消した。ヘンドリックスはその姿をじっとみつめていた。この型のロボットを見るのはこれが初めてだった。見たことのない型のロボットがますます増えてきていた。地下の工場から新しい種類や大きさのロボットが次々と送り出されてくるのだった。

ヘンドリックスはタバコの火を消して、先を急いだ。人造人間を戦争に使う、これは興味のあることだった。だがそもそものきっかけはなんだったのか？　必要性からだった。ソ連は戦争を起こした側の常《つね》として、緒戦に大成功をおさめた。北アメリカのほとんどは地図の上から吹き飛ばされた。もちろん報復も素早かった。戦争の始まるだいぶ以前から空は旋回する円盤型爆撃機でいっぱいだったのである。もう何年ものことだった。ワシントンが攻撃を受けて数時間のうちに、円盤はソ連全土に降下を開始した。

しかしそれでもワシントンは救えなかった。

アメリカン・ブロックの各政府がまず最初の年に〈月基地《ムーン・ベース》〉に移動した。ほかにできることといってあまりなかった。ヨーロッパは消えて、灰と骨から黒い雑草の生える溶けた瓦礫の山となった。北アメリカもおおかた使いものにならなかった。なにを植えることもできず、誰も生きていけなかった。数百万の人々は北はカナダ、南は南アメリカへと移りつづけた。しかし、二年目、ソ連のパラシュート部隊の降下が始まった。最初は少なかったが、やがて次第に数を増した。彼らは初めての実際に効果のある放射線防護装備を着用していた。

政府と共に月に運ばれたアメリカ製品の残留品だった。

軍隊のほかはみな月に移った。生き残りの軍隊は、ここに数千、あそこに一小隊と精いっぱい頑張って残っていた。その居場所を正確に知っている者は誰もいない。夜になると行動を起こし、廃墟《はいきょ》や、下水渠《きょ》、穴蔵にネズミやヘビと共にひそむなど、いられるかぎりのところに留《とど》まっているのである。ソ連側がほぼ勝利を掌中にしたかの様相だった。日毎《ひごと》に月から発射されるわずかなロケット弾のほかは相手に向けられる武器らしい武器もなかった。敵は自在に出没した。実際上は戦争は終っていた。彼らに対するに効果的なものはなにもなかったのである。

その時に最初のクローたちが出現したのだった。一夜にして戦争は違った様相を呈した。初めてのクローは未熟なものだった。動作が遅かった。クローが地下の穴から這《は》い出してくるやいなや、ソ連兵は彼らをやっつけてしまった。しかしそのうちに改良され、動きも早く、作りも精巧になってきた。すべて地球上にある工場でクローは生産された。ソ連側戦線の後方、地底深くにある工場、かつて核ロケット弾が製造され、いまはほとんど忘れ去られた工場だ。

クローはいっそう敏捷《びんしょう》になり、大型になっていった。触手を持つもの、空中を飛ぶものなど、新型が出現した。跳躍する種類も何種かあった。月にいる最高の技術者たちが設計し、クローたちをいっそう緻密《ちみつ》で、柔軟性のあるものにしていった。クローたちは不気味な存在になった。ソ連軍は彼らには大いに苦しめられている。小型のクローのなかには身を隠すことを覚え、灰の中に穴を掘り、待ち伏せるものもいた。

やがてクローはソ連軍の掩蔽壕に入り込み始めた。外気に当たったり、物見をするために蓋を上げたときに彼らは壕内に素早く忍び込むのである。一つのクロー、つまり鋏《クロー》を振り回す金属の球体一つが中に入る——それでもう十分なのである。一つが入り込むと、あと幾つもがそれにつづく。このような兵器が出現すれば、戦争もあまり長くは続かない。

ひょっとするともう戦争は終ったのかもしれない。

ヘンドリックスはこれからそのニュースを聞きに行こうとしているのかもしれない。おそらくソビエト共産党中央委員会政治局はすでに敗北を認める決定を下したのではなかろうか。あまりに長すぎたのだ。六年間だった。その戦い方から見て、このような戦《いく》さにしては長い歳月がかかりすぎている。自動的な報復措置として無数の円盤型爆撃機がソ連全土を旋回攻撃した。結晶バクテリアの使用。空中に唸《うな》りを発して放たれたソ連の誘導ミサイル。矢継早《やつぎばや》の爆弾投下。そして今度はこれだ、ロボット、クローだ——。

クローは他の兵器とは違う。彼らは生きているのである。政府が認めようが認めまいが、実際的な面ではどこから見ても生きている。彼らは機械ではない。彼らは生きものだった。ぐるぐる回り、這い、灰の中から突然体を揺さぶりながら現われて人間めがけて突進し、その体によじ登っては、喉笛に襲いかかる。そのように彼らは設計されているのである。それが彼らの仕事だった。

　クローたちはその役目をうまく果たしていた。新しい構造のものが出現して、最近はことにめざましい。いまでは修理まで彼らが自分でやっている。自立しているのである。放射線タブは国連軍兵士がクローに襲われるのを防止するが、タブをなくしたりすれば、制服には関《かか》わりなく、等しくクローの餌食《えじき》となるのだった。地下では自動式機械がクローたちを型に合わせて作り出していた。人間は遠く離れた所にいた。危険きわまりないのである。誰も彼らの近くにいたくはない。クローたちは放任されていた。そして彼らもうまい具合にやっているようだった。新型のクローたちはいっそう敏捷で、さらに複雑になっていった。そしてますます有能になっている。

　どうやら彼らは戦争に勝ったようだ。


　ヘンドリックス少佐は二本目のタバコに火をつけた。風景に彼は気が滅入《めい》った。灰と廃墟のほかはなにもない。ひとりきり、この世に生きているものは自分だけ、そんな感じだった。右手に町の廃墟が見えてきた。わずかばかり残った壁と瓦礫の山だった。彼は火の消えたマッチを捨てると、足を早めた。ふいに足を止め、銃をぐいと構え、体をこわばらせた。一見それは――。

　崩れた建物跡の陰から人影が現われて、ゆっくりとこちらに歩いてきた。ためらうような足どりだ。

ヘンドリックスは怪しむように目ばたきした。「止まれ！」

少年は立ち止まった。ヘンドリックスは銃を下ろした。少年は黙って立ったままヘンドリックスをみつめている。小柄で、年もそれほどいっていない。おそらく八歳ぐらいか。しかしはっきりとはわからない。生き残った子供のほとんどは発育不良だった。少年は汚れてぼろぼろになった、色あせた青いセーターにショート・パンツの姿だった。髪の毛は長く、もじゃもじゃだ。茶色の髪。顔にかぶさり、耳を覆っている。両腕になにかをかかえていた。

「持っているのはなんだい？」ヘンドリックスは鋭く尋ねた。

少年はそれを差し出した。ぬいぐるみのクマ、テディ・ベアだった。少年は大きな目をしていたが、表情がなかった。

ヘンドリックスはほっとした。「いらないよ。持ってなさい」

少年は再びクマを抱きしめた。

「どこに住んでるんだい？」ヘンドリックスが訊いた。

「あそこ」

「あの廃墟か？」

「うん」

「地下にかい？」

「うん」

「何人いる?」

「何——何人って?」

「君たちは何人で住んでいるかってことだよ。どのくらいの集落なんだ?」

少年は答えなかった。

ヘンドリックスは眉《まゆ》をひそめた。「まさかひとりっきりってわけじゃ?」

少年はうなずいた。

「どうやって暮らしてるんだ?」

「食物があるから」

「どんな食物だい?」

「いろんなの」

ヘンドリックスは少年をよくよく眺めた。

「年はいくつだ?」

「十三」

そんなはずはない。それとも本当かな? 少年はやせこけて、発育不良だ。それにおそらく生殖能力もないだろう。放射線にさらされてきたのだ、何年もずっと。こんなに小柄なのも驚くには当たらない。腕や脚はパイプ掃除器のようで、ごつごつして細い。ヘンドリックスは少年の腕に手をやった。皮膚はかさかさとしてきめが粗《あら》い。放射線を浴びた肌だ。身をかがめて少年の顔をのぞき込んだ。なんの感情も現われていない。大きな目だ。大きく、暗い。

「目が見えないのか？」ヘンドリックスは尋ねた。

「ううん。いくらかは見えるよ」

「どうやってクローにつかまらずにすんだのだい？」

「クローって？」

「あの丸いやつだよ。走ったり、穴にもぐったりしているのがいるだろう」

「どういうことかわからない」

おそらくこのあたりにはクローはいないのだろう。クローの出没しない地域はかなりある。彼らは掩蔽壕の近くに群がる。人間のいる所だからだ。クローは温かさ、生き物の体温を感じとって動くように設計されていた。

「君は運がよかった」ヘンドリックスは体を起こした。「それで？　どっちに行くところかな？　戻るのか――あそこに戻るの？」

「おじさんと一緒に行ってもいい？」

「わたしと？」ヘンドリックスは腕を組んだ。「これから遠くまで行くんだよ。何マイルも先だ。それに急いで行かなくちゃ」時計を見た。「日の暮れないうちに向こうに着かなくてはならない」

「ぼくも行きたい」

ヘンドリックスは持っている包みの中を探った。「行ったってむだだぞ。ほら」彼は持ってきた食料の缶詰を放ってやった。「これを持ってお帰り。いいかい？」

少年はなにも言わなかった。

「この道をまた戻ってくるよ。一日かそこらでね。その時に君がこの辺にいたら、一緒に戻ってもいいよ。わかったね？」

「いま一緒に行きたいんだ」

「ずいぶん歩くぞ」

「歩けるよ」

ヘンドリックスはそわそわと体を動かした。格好の標的ではないか、二人連れなんて。それにこの子が一緒では足も遅くなる。だがこの道を戻ってこないかもしれない。もしこの子が本当にひとりぼっちだとしたら――。

「わかった。一緒においで」

少年は彼に並んだ。ヘンドリックスは大股《おおまた》に歩いていった。少年はテディ・ベアをしっかりとつかんで、黙って歩いた。

「名前は？」しばらくしてヘンドリックスが訊いた。

「デイヴィッド・エドワード・デリング」

「デイヴィッドか？　母さんや父さんはどうしたんだ？」

「死んだの」

「どういうことで？」

「爆弾で」

「いつのことだい？」

「六年前」

ヘンドリックスの足が鈍った。「六年もひとりきりでいたのか？」

「ううん。しばらくはほかにも人がいたけど。みんないなくなっちゃった」

「そのあとはずっとひとりでいたんだな？」

「うん」

ヘンドリックスは少年を見やった。この子は変だ、ろくに口もきかない。内気だ。だがこの子たち、生き残った子供たちはおよそこうなのだ。おとなしい。平静だ。奇妙な諦観《ていかん》のようなものが彼らを捕えている。なにがあっても驚かない。何事もあるがままに受けとめる。彼らにとっては、道徳的にも肉体的にも、期待すべき規範、物事の道理などというものはもはやないのだった。社会的ならわし、その人の習慣、すべての判断の決め手となるものが消失してしまったのである。ただ残酷な体験だけが残った。

「歩くの、早すぎるか？」ヘンドリックスが訊いた。

「ううん」

「どうしてわたしに出会ったんだ？」

「ぼくは待ってたんだ」

「待ってた？」ヘンドリックスは戸惑《とまど》った。「なにを待ってた？」

「生き物を捕えようと思って」

「どんな生き物だ？」

「食べられる物」

「そう」ヘンドリックスは唇をきゅっと結んだ。十三歳の少年が、ネズミや地リス、腐りかけた缶詰を食べて命をつないでいる。町の廃墟の地下の穴の中で。放射線がよどみ、クローたちが出没し、上空にソ連の爆撃機が滑空する中で。

「どこへ行くの？」デイヴィッドが訊いた。

「ソ連の戦線だよ」

「ソ連？」

「敵だよ。戦争をしかけたやつらだ。彼らが最初に放射性爆弾を落としたんだ。こうなったのもみんな彼らが始めたことだ」

少年はうなずいた。無表情だった。

「わたしはアメリカ人だ」ヘンドリックスが言った。

少年はそれにはなにも言わなかった。二人は歩きつづけた。ヘンドリックスが少し先に立ち、デイヴィッドが、汚れたテディ・ベアをしっかりと胸に抱きながらその後ろにつづいた。

午後の四時頃、二人は食事をしようと足を止めた。ヘンドリックスはコンクリートの塊《かたまり》の間のくぼみに火をおこした。草をむしり取ったあとへ木片を積み上げた。ソ連の陣地はこの先それほど遠くではない。このあたりはかつて果樹やブドウの生《お》い茂る長い谷あいだった。いま残るのはわずかばかりの寒々とした木の切り株、そして遥か向こうの地平線に連なる山々だけだ。そして風に吹かれ、漂い、流れる灰煙が草や建物の廃墟、そこここに残る壁、かつての道路の跡に降りつんでいる。

ヘンドリックスはコーヒーをわかし、ゆでた羊肉とパンを温め直した。「ほら」パンと羊肉をデイヴィッドに渡した。デイヴィッドは火のそばにしゃがんでいる。膝《ひざ》は骨ばって白い。その食物をしげしげと眺めてから、首を振って、戻してよこした。

「いらない」

「いらない？　ちっとも食べたくないのか？」

「うん」

ヘンドリックスは肩をすくめた。もしかするとこの少年は突然変異体《ミユータント》で、特別な食物を食べ慣れているのかもしれない。それならそれでかまわない。腹が空《す》けばなにか食う物を見つけるだろう。この子は奇妙だ。しかしこのところ世界中が奇妙な変化に襲われている。暮らしはもはや以前と同じではない。再び元どおりになることは決してなかろう。人類はそのことに否応《いやおう》なく気づかされようとしている。

「好きにするんだな」ヘンドリックスは言った。そしてひとりでパンと羊肉を食べ、コーヒーで流し込んだ。固くて消化しにくいとわかって、ゆっくりと食べた。食事を終えると、立ち上がって火を踏み消した。

デイヴィッドはゆっくりと腰を上げながら、そのませた目つきで彼をみつめた。

「さあ行くぞ」ヘンドリックスが言った。

「はい」

ヘンドリックスは銃を両腕にかかえて歩いていった。敵はもう近い。なにが起こるかわからない、と緊張していた。ソ連軍は自ら送った使者への返事に相手の使者が来るものと期待しているはずなのだが、しかし彼らは油断がならない。判断を誤る危険が常にあった。あたりの景色を見回した。岩のかけらと灰、いくつかの丘、黒焦げの木々、そのほかはなにもない。それとコンクリートの壁。だが前方のどこかにソ連軍の最初の掩蔽壕、前線司令部がある。地下の奥深くにあり、展望鏡が一つ、銃口がわずかにのぞいているはずだ。おそらくアンテナも。

「もうすぐ着くの？」デイヴィッドが訊いた。

「ああ。疲れたかい？」

「ううん」

「じゃ、どうして？」

　デイヴィッドは答えなかった。灰の上を足元に気をつけながら、重い足どりでついてくる。脚や靴はほこりで灰色だ。そのやつれた顔に筋《すじ》が見えた。青白い肌に流れた灰が残した跡だ。その顔には血の気《け》がない。地下室や排水渠、地下のシェルターで育った、最近の子供の典型だった。

　ヘンドリックスは歩く速度を落とした。小型の双眼鏡を目にあてて前方の土地をじっと見渡した。敵さん、あのどこかにいて俺を待っているのだろうか？　俺の部下があのソ連の使者を見張っていたのと同じようにして俺を見張っているのだろうか？　寒けが背筋を駆けのぼった。おそらく俺の部下がやっていたように、いつでも相手を殺せるように、銃を構え、撃つばかりにしているだろう。

　ヘンドリックスは足を止め、顔の汗を拭った。「くそっ」そう思うと彼は不安になった。しかし、彼の来ることは予期されているはずだ。状況はあの時とは違う。

　彼は両手で銃をしっかりと握って、灰の上を大股に進んでいった。そのあとにデイヴィッドがつづく。ヘンドリックスは口をきゅっと閉じてあたりをうかがった。いつ何時それが起こるかしれない。地底深いコンクリートの掩蔽壕から慎重に狙《ねら》いを定めて、白い閃光《せんこう》の一発が。

彼は片腕を上げて、円を描くようにぐるりと回した。なにも動きはなかった。右手には、頂上に枯れた木の株が残る高台がずっとつづいて、野生の蔓《かずら》がその木々にからんだままだ。木陰の遊歩道の名残りである。そして果てなくつづく黒っぽい雑草。ヘンドリックスは高台の様子をうかがった。あの上になにかないか？ 見張りには申し分のない場所だ。彼は警戒しながらその高台に近づき、デイヴィッドは黙って後ろに従った。もしこれが自軍の部隊であれば、ヘンドリックスはこの上に歩哨《ほしよう》を置き、支配地域に侵入を企《くわだ》てる敵軍を見張らせるだろう。もちろん、もし自軍の管轄下にあれば、クローを周辺に置いて万全の備えを期すことだろう。

彼は立ち止まり、足を開き、両手を腰に当てた。

「着いたの？」デイヴィッドが訊いた。

「もうちょっとだ」

「どうして立ち止まったの？」

「冒険はしたくないからね」ヘンドリックスはゆっくりと前進した。高台は彼のすぐ横、右手に沿って延びている。彼を見下ろす位置にある。彼の不安は増した。もしソ連兵がこの上にいたとしたら、彼に望みはない。もう一度手を振った。彼らはあのカプセル入りの書簡の回答として、国連軍の服を着た誰かが来るものと待ち受けているはずだ。すべてがわなでなければのことだが。

「ちゃんとついてくるんだよ」デイヴィッドを振り返って言った。「遅れるな」

「おじさんに？」

「わたしにぴったりついてるんだ！　敵は近いんだ。危険なことはできない。さあ、来るんだ」

「ぼくなら大丈夫」デイヴィッドはそれでも数歩離れて後ろにいる。まだテディ・ベアを抱えていた。

「勝手にしろ」ヘンドリックスは再び双眼鏡を目にあてて、はっと緊張した。一瞬だったが――なにかが動いたのでは？　高台を注意深く見渡した。なにもかもしんとしている。死んだように。その上には生きているものはなにもない、ただ木々の幹と灰ばかり。ひょっとしたらネズミが少しいるかもしれない。クローの手を逃れて生き延びた大きな黒いネズミが。突然変異《ミュータント》のネズミ――唾《つば》と灰を混ぜたしっくいのようなもので自分たちのシェルターを作って。適応力がある。ヘンドリックスは再び歩を進めた。

頭上の高台に背の高い人影が、ケープをひるがえしながら現われた。灰緑色。ソ連兵だ。その背後に二人目の兵士が姿を見せた。これもソ連兵。二人とも銃をかかえ、狙いをつけている。

ヘンドリックスはその場に釘《くぎ》づけになった。彼は口を開けたが言葉が出ない。兵士たちは膝をつき、斜面を見下ろして狙いを定めている。頂上に三番目の人影が加わっていた。灰緑色に身を包み、少し小柄だ。女だった。彼女は先の二人の後ろに立った。

ヘンドリックスはやっと口がきけた。「止《や》めろ!」気も狂わんばかりに上の三人に向かって手を振った。「わたしは――」

二人のソ連兵が発砲した。ヘンドリックスの背後でかすかなパンという、はじける音がした。熱波が彼を押し包み、地面に投げ倒した。灰が顔に裂き傷をつくり、目や鼻を激しくこすった。むせかえりながら彼は起き直って膝をついた。すべてはわなだった。もうだめだ。殺されるために、雄牛のように殺されるために俺は来たのだ。兵士と女は高台の斜面を柔らかな灰を滑るように降りて近寄ってくる。ヘンドリックスは茫然《ぼうぜん》としていた。頭がずきずきした。ぎごちなくライフルを持ち上げて狙いをつけた。銃は千トンもあるかと思えるほど重かった。とても抱えていられなかった。鼻や頰がひりひりと痛んだ。火薬の匂《にお》いが空中に満ちている。激しい、刺すような悪臭だ。

「撃つな」最初のソ連兵が訛《なま》りの強い英語で言った。

三人は彼に近づいて取り囲んだ。「ライフルを置くんだ、ヤンキー」もう一人が言った。

ヘンドリックスは気が遠くなりそうだった。すべてあっという間の出来事だった。彼は捕まってしまった。そして彼らはあの少年を吹き飛ばしてしまった。振り向いた。が、デイヴィッドの姿はなかった。彼の死体は地面に散乱していた。

ソ連兵はヘンドリックスの様子を物珍しそうにじろじろ眺めていた。ヘンドリックスは坐って、鼻血を拭《ふ》き、灰をほじくり出した。首を振って、頭をはっきりさせようとした。「どうしてこんなことをしたんだ？」だみ声で呟《つぶや》いた。「あの子だよ」

「どうしてだって？」兵士の一人が手を貸して手荒に彼を立たせた。そしてヘンドリックスの体をぐるりと後ろに向かせた。「見ろ」

ヘンドリックスは目を閉じた。

「見るんだ！」二人のソ連兵が彼を前に引きずり出した。「いいか。急ぐんだ。時間はあまりないんだ、ヤンキー！」

ヘンドリックスは目をやった。そして息をのんだ。

「いいか？　これでわかったな？」

デイヴィッドの遺体から金属製の歯車が転がっている。ピカピカ光る金属の継電器。配線用の部品。ソ連兵の一人が遺体の塊を蹴とばした。部品がはじけ、転がり出した。歯車やばね、棒などだ。プラスチックの部品は半ば焦げて、内側にくぼんでいる。ヘンドリックスは震えながらかがみ込んだ。顔面ははがれていた。彼にははっきりと見分けることができた。精妙にできた脳、ワイヤ、継電器、小さな真空管やスイッチ、無数の極めて小さなねじ――。

「ロボットだよ」彼の腕をつかんでいた兵士が言った。「そいつが君につきまとっているのを我々は監視していたんだ」

「わたしにつきまとっていた?」

「それがこいつらの手だ。君たちのあとをずっとついてやってくる。掩蔽壕の中までな。そうやってあいつらは入り込むんだ」

ヘンドリックスは戸惑って目をしばたたいた。「しかし――」

「さあ、急いで」ソ連兵たちは彼を高台のほうに連れていった。「ここにぐずぐずしてはいられないんだ。安全な場所じゃない。このあたり一帯にやつらは何百となくいるんだ」

三人は灰の上を滑ったり足を踏みはずしたりしながら彼を引っ張るように斜面を登った。女がまず頂上に着いて彼らを待った。

「前線司令部か」ヘンドリックスは小声で言った。「わたしが来たのはソ連との交渉に当たるためだ――」

「もう前線司令部はない。やつらが入り込んだ。説明はあとでするよ」頂上に着いた。「残ったのは我々だけだ。我々三人だ。あとはみんな掩蔽壕の中にいたんだ」

「こっちよ。ここを降りて」女が蓋を開けた。地面にはめ込まれた灰色のマンホールの蓋だ。「さあ、入って」

ヘンドリックスは体を沈めて入っていった。二人の兵士と女もそのあとにつづいて梯子《はしご》を降りた。女は最後に蓋を閉め、きちっと固く差し錠を締めた。

「我々が君の姿を見つけてよかったよ」兵士の一人が唸るように言った。「やつは目的地に着くまで君にまとわりついてただろうからな」

「タバコを一本もらえないかしら」女が言った。「アメリカのタバコはもう何週間も喫《す》ってないわ」

　ヘンドリックスは箱を彼女に押しやった。彼女は一本抜き出して、箱を二人の兵士に回した。小さな部屋の片隅でランプがとぎれがちに光った。天井が低く、狭苦しい部屋だ。四人は小さな木のテーブルを囲んで腰を下ろした。汚れた皿が何枚か一方に寄せて積んであった。ぼろぼろのカーテンの向こうにもう一つの部屋が少しのぞいている。ヘンドリックスには隅にコートが一着と何枚かの毛布、フックに吊るした衣類が見えた。

「我々はその時ここにいたんだ」ヘンドリックスの隣りの兵士が言った。彼はヘルメットを脱ぎ、ブロンドの髪の毛をかき上げた。「俺はルディ・マクサー伍長。ポーランド人だ。二年前にソ連軍に徴兵になった」と言って手を差し出した。

　ヘンドリックスはためらった後、握手をした。「ジョセフ・ヘンドリックス少佐だ」

「クラウス・エプスタインだ」もう一人も握手をした。髪の毛の薄くなりかかった色の黒い小柄の男だ。エプスタインは神経質そうに片方の耳を引っ張った。「オーストリア人だ。徴兵になったのはいつのことだったか。覚えとらんよ。三人はあの時ここにいたんだ、ルディと俺と、タッソーとな」彼は女のほうを指さした。「それで俺たちは助かったというわけだ。あとの連中はみんな掩蔽壕にいた」

「それで——それで彼らが入ってきたんだな？」

エプスタインはタバコに火をつけた。「初めは一人だけだった。君につきまとっていたあの種類のやつだ。そのあとそいつがほかのやつらを引き込んだのさ」

ヘンドリックスははっとした。「あの種類？ 一種類だけじゃないのか？」

「あの少年。デイヴィッドか。テディ・ベアを抱えているデイヴィッド。あれは変種第三号だ。いちばん効果的なやつだな」

「ほかのタイプはどんなやつだ？」

エプスタインは上着に手を突っ込んだ。「ほら」彼は紐《ひも》でくくった写真の束をテーブルに投げ出した。「自分の目で見てくれ」

ヘンドリックスは紐をほどいた。

「なあ」ルディ・マクサーが言った。「我々は話し合いをしようと思ったが、これがその理由だよ。我々、つまりソ連軍さ。我々が気がついたのは一週間ほど前だった。君たちのクローが独力で新しい設計のものを作り上げだしたという事実に気がついたんだ。新しいタイプのやつら自身をな。前より優秀なタイプだ。我々の戦線の後方にある、君たちの地下工場でだよ。君たちは作るのも修理するのもやつらに任せていた。そしてやつらをだんだん精巧なものにしてしまった。こういう事態になったのは君たちの側の責任だよ」

ヘンドリックスは写真を検討した。急いで撮られたスナップ写真で、ぼやけてはっきりしない。最初の数枚は明らかに――デイヴィッドだ。ひとりきりで道路を歩いているデイヴィッド。デイヴィッドにもう一人のデイヴィッド。デイヴィッドが三人だ。どれもそっくりに似ている。それぞれおんぼろのテディ・ベアを抱えていた。

どれも痛ましい。

「ほかのも見て」タッソーが言った。

次の写真は、かなり遠くから撮られたものだが、道ばたに坐った雲をつくような大男が写っている。片腕を三角巾に吊り、切断された片脚の断端を突き出し、膝には削りっぱなしの粗末な松葉杖をのせている。次のには二人の、まったく同じ姿の傷痍《しょうい》兵が並んで立っている。

「それは変種第一号だ。傷痍兵型だ」クラウスは手を伸ばして写真を取った。「わかるだろう、このクローたちは人間に似せて作られているんだ。人間を見つけてつかまえるためさ。新しいのができるたびに改良されている。こっちの防衛網をほとんど突破して、奥深く、じりじりと我々の戦線に入り込んでくる。しかしやつらが単なる機械であるかぎり、つまり鋏《クロー》や角《つの》や触手を持った金属の球体であるかぎりは、ほかの物体と同じように見分けることができるだろう。目に入り次第必殺ロボットだと見破ることができるだろう。いったんやつらの姿をちらと見れば――」

「変種第一号は我が軍の北翼を壊滅させた」ルディが言った。「ずいぶん長いあいだ誰も気がつかなかった。気がついたときは手遅れだったよ。やつら、つまり傷痍兵たちがやってきて、ノックし、入れてくれと懇願した。そこで我々は入れてやった。入ってしまえばたちまちやつらの勝ちだ。我々は機械には警戒してたが――」

「その時にはあのタイプ一つきりだと考えられていた」クラウス・エプスタインが言った。「ほかのタイプがあるなど誰も想像もしなかった。この写真がやがて我々に回付されてきた。あの使者が送られた時点では、我々の知っているタイプは一つだけだった。変種第一号だ。大男の傷痍兵さ。それだけだと我々は思っていた」

「君たちの戦線がやられたのは――」

「変種第三号にだ。デイヴィッドとテディ・ベアさ。あれはもっと効いたぜ」クラウスは苦《にが》笑《わら》いした。「兵隊は子供にはころりとだまされるからな。やつらを中に入れて食物をやろうとした。結局やつらの目的はなにか、手ひどく思い知らされた。少なくともあの掩蔽壕にいた連中はな」

「我々三人は運がよかったよ」ルディが言った。「クラウスと俺はね――それが起こったときにはタッソーの所に来ていたんだ。ここは彼女のねぐらだ」彼は大きな手を振り回した。「この小さな地下室がさ。用がすんで帰ろうとあの梯子を登った。するとやつらが掩蔽壕を取り巻いているのがこの高台から見えたんだ。戦闘はまだつづいていた。デイヴィッドとあのクマだ。何百となくいたよ。クラウスがこの写真を撮ったんだ」

クラウスが写真を束ね直した。

「襲撃は君たちの戦線全域で続いてるのか？」ヘンドリックスが訊いた。

「ああ」

「我々の戦線はどうなんだろう？」思わず腕のタブに手がいった。「やつらは我々のほうも——」

「君たちのその放射線タブもやつらには通じないよ。ソ連人であろうと、アメリカ人、ポーランド人、ドイツ人であろうとやつらはお構いなしさ。それはどうでもいいことなのだよ。設計された目的どおりのことをやつらはやっているんだ。元々のアイディアを実行に移しているんだ。生命体を見つけたら、とことんそれを追いつめるということをさ」

「やつらは温度に反応して作動する」クラウスが言った。「最初っからそういうふうに君たちがやつらを作ったんだからな。もちろん、君たちの設計したのは身につけている放射線タブで追い払えたが。いまやつらはその上をいってるんだよ。この新しいタイプは内側に鉛《なまり》が張ってある」

「それで、残るもう一つの変種というのはどんなのかね？」ヘンドリックスが訊いた。「デイヴィッド型、傷痍兵型——もう一つは？」

「知らないんだ」クラウスは壁の上部を指さした。壁には縁がぎざぎざになった金属の板が二枚かかっていた。ヘンドリックスは立ち上がってその板をよく見た。板は曲がり、へこんでいる。

「左側のは傷痍兵からはいだものだ」ルディが言った。「一人そいつをつかまえた。それは我々の古い掩蔽壕のほうに行くところだった。この高台からそいつを撃った。君にまとわりついていたデイヴィッドをやったのと同じやり方でね」

その板には〈変種第一号〉と刻印が打ってあった。ヘンドリックスはもう一枚の板に手を触れた。「それでこれがデイヴィッド型から取ったものか？」

「そうだ」板には〈変種第三号〉と打ってあった。

クラウスはヘンドリックスの幅広い肩に寄りかかるようにして板をのぞいた。「我々がどんなことで悩んでいるか、これでわかるだろう。もう一つタイプがあるんだ。もしかするともう使われなくなったのかもしれない。ひょっとしてうまくいかなかったのかもしれない。しかし変種第二号はあるはずだ。第一号、第三号があるんだからな」

「君は運がよかった」ルディが言った。「あのデイヴィッドはここまでずっと君についてきたのに、指一本触れなかった。おそらく、君がどこかの掩蔽壕に入る、そう思ったのだろう」

「やつら一人が入り込めば、それで終りだ」クラウスが言った。「やつらの動きは素早い。一人が残りの仲間を残らず中に引き入れる。彼らは不屈だ。一つの目的を持った機械だ。ただ一つの仕事をするために作られている」唇の汗を拭った。「俺たちは身をもってそれを知ったんだ」

みんな黙り込んだ。

「タバコをもう一本くれない、ヤンキーさん」タッソーが言った。「おいしいわ。どんな味だか忘れかけてたのよ」


夜になった。空は真っ暗だ。もうもうと巻き上がる灰雲の向こうに星影も見えない。クラウスが警戒しながら蓋を上げ、ヘンドリックスは外を眺めた。

ルディが暗闇《くらやみ》を指さした。「あの向こう側に掩蔽壕がある。我々のいた壕だ。ここから半マイルばかりだ。あの時クラウスと俺があそこにいなかったのは運としかいえない。女好きという弱点のおかげで命拾いしたよ」

「あの連中は残らず死んだにちがいない」クラウスが低い声で言った。「あっという間のことだった。今朝ソ連共産党中央委員会政治局が結論を出した。そして我々に連絡があった――前線司令部にだ。ただちに使者が送られた。彼が君たちの戦線の方角に向かうのを見たよ。その姿が見えなくなるまで我々は掩護をした」

「アレックス・ラドリフスキー。俺たちは二人とも彼と顔見知りだった。彼の姿が消えたのが六時頃。太陽がちょうど昇った時だ。正午頃クラウスと俺は一時間ほど息抜きに出た。這い出して壕を離れた。見張りは誰もいなかった。俺たちはここにやってきた。以前は数軒の家と通りが一本あるきりの村だった。この地下室は大きな農家の一部分だった。タッソーがここにいる、この狭いねぐらに隠れているのを俺たちは知っていた。前にも来たことがあるんだ。掩蔽壕にいたほかの連中もここに通ってた。今日はたまたま俺たちの番だった」

「それで命拾いしたのさ」クラウスが言った。「回り合わせだよ。運はほかの連中のものだったかもしれないんだ。俺たち——俺たちは用がすむと、地上に出て高台沿いに戻りかけた。やつら、デイヴィッドたちを見たのはその時だった。どういうことなのかすぐにわかった。変種第一号の傷痍兵の写真は前に見ていた。人民委員《コミッサール》がその写真を説明つきで配布したから。もう一足早かったら、俺たちも見つかったところだろう。実のところここに引き返す前にデイヴィッドを二人やらなきゃならなかったよ。あたり一帯に何百となくやつらはいたんだ。まるでアリのようにな。写真を何枚か撮って、ここにまたもぐり込んで、蓋をきっちりと閉めたんだ」

「やつらがひとりきりの時につかまえればそれほどのこともない。こっちの動きのほうが敏捷だしな。だがやつらは容赦なしだ。それが生き物とは違うところだ。まっしぐらにこっちめがけて襲いかかってきた。それで俺たちはやつらを撃ったんだ」

ヘンドリックス少佐は蓋の縁によりかかって、じっと闇に目を慣らした。「蓋を上げっぱなしにして大丈夫なのか？」

「気をつけてりゃ大丈夫さ。でなきゃ通信機も使いものにならないんじゃないか？」

　ヘンドリックスは小型の携帯用通信機をゆっくりと持ち上げた。そして耳に押し当てた。金属が冷たく、湿っていた。マイクに息を吹き込み、短いアンテナを上げた。かすかな雑音が耳に響いた。「そのとおりらしいな」

　だがそれでも彼はためらっていた。

「なにかあったら、君を引き降ろしてやるよ」クラウスが言った。

「頼んだよ」ヘンドリックスは通信機を肩に当てたまましばらく待った。「興味深いことだな？」

「なにがだ？」

「これさ、新しいタイプのやつだよ。クローの新しい変種だ。我々は完全に彼らのなすがままじゃないか？　いまごろは国連軍の戦線にもやつらが入り込んでるかもしれない。我々は新しい種《しゅ》の起源を見ているのではなかろうか、そう思えてくるんだよ。新しい種。進化だ。人類の後に来たるべき種族だ」

　ルディは不満そうに言った。「人類の後に来る種族などいないさ」

「いない？　どうして？　ひょっとしたら我々はいまそれを見てるのかもしれないぞ。人類の終焉と新しい社会の始まりをな」

「やつらは種族なんかじゃない。機械じかけの殺し屋だ。あんたたちは人を殺すためにあいつらを作った。やつらにできることはそれだけなんだ。一つの仕事を請負っている機械だよ」

「いまはそうかもしれん。だが先になったらどうだろう？　戦争が終ったあとだよ。ひょっとしたら、殺す相手の人類がいなくなったときに、彼らの本当の潜在能力が表に出始めるかもしれないぞ」

「君の話し方だとやつらはまるで生き物みたいじゃないか！」

「違うかね？」

みんな黙っていた。「あいつらは機械だ」ルディが言った。「人間の姿をしているが、機械なんだ」

「送信を頼むよ、少佐」クラウスが言った。「いつまでもここで寝ずの番というわけにはいかない」

通信機をしっかりと抱えて、ヘンドリックスは司令部の壕のコードを呼んだ。耳をすませてじっと待った。応答はなかった。ただしんとしている。リード線を調べてみた。どこにも異常はなかった。

「スコット！」マイクに向かって呼んだ。「聞こえるか？」

応答なし。音量をいっぱいにあげて、もう一度呼んでみた。しかし聞こえるのは空電ばかりだ。

「通じないな。聞こえていても出ようとしないのかもしれないが」

「緊急事態だと言えよ」

「わたしは強要されて呼び出しをしている、そう思うだろうな。君たちの指示でね」彼はもう一度呼んで、これまでにわかったことを大略説明してみた。それでも応答はなく、かすかな空電が入るだけだった。

「放射線層があるとたいていの送信は消されてしまう」しばらくしてクラウスが言った。

「おそらくそのせいだ」

ヘンドリックスは通信機を切った。「だめだ。応答なし。放射線層か？　そうかもしれん。それとも、聞こえていても向こうは返事をしようとしないのかもしれない。率直に言って、使者がソ連陣地から呼び出そうとしたら、わたしならそうするだろう。こんな話を彼らが信じなきゃならん理由はないんだ。わたしの話は逐一《ちくいち》聞こえてはいるだろうが――」

「それとももう手遅れなのかもしれん」

ヘンドリックスはうなずいた。

「蓋を閉めたほうがいいぞ」ルディがいらいらしながら言った。「無用な危険は招きたくないからな」

彼らはゆっくりと地下道を降りた。クラウスが慎重に蓋を閉めた。台所へ降りていった。むっとするような空気だった。

「やつらがそんなに迅速に事を運べただろうかな？」ヘンドリックスが言った。「わたしがあの壕を出たのは正午だった。十時間前だ。いったいどうやってやつらがそれほど迅速に行動できたというのかね?」

「時間はあまりいらんのだ。最初の一つが入り込んだあとはな。やつらは狂暴になる。あの小さなクローたちにどんなことがやれるかは君も知ってのとおりだ。あいつらはたとえ一つでさえ信じられぬようなことをやる。指の一本一本がまるで剃刀《かみそり》だ。狂気の沙汰さ」

「わかったよ」ヘンドリックスは居たたまれぬ思いでそこを離れた。みんなに背を向けて立った。

「どうした?」ルディが訊いた。

「〈月基地《ムーン・ベース》〉だ。畜生、もしやつらがあそこに行ったとしたら――」

「〈月基地《ムーン・ベース》〉?」

ヘンドリックスは振り返った。「彼らに〈月基地《ムーン・ベース》〉に行けるはずがない。どうやって行くというんだ? そんなことはできっこない。信じられん」

「その〈月基地《ムーン・ベース》〉というのはなんだい? 噂《うわさ》はいろいろ聞いてるが、どれもちゃんとした話ではない。実際はどうなってるんだ? 君は気にしてる様子だが」

「我が軍は〈月〉から補給を受けているのだ。政府はそこに、つまり月の地下にある。我々全人民も産業もだ。そのおかげで我々はやっていけている。もしやつらが地球を離れて、月へ行く方法でも見つけたとしたら――」

「一人が行くだけでいいんだ。いったん最初の一人が入り込めば、そいつが残りの手引きをして入れてしまう。どれも同じようなやつが何百人もだ。君も見ておくべきだったよ。そっくりなやつらが、まるでアリのように動く」

「完璧な社会主義だわ」タッソーが言った。「共産主義国家の理想ね。全人民に互換性があるなんて」

クラウスがむっとしたように言った。「もういい。それで？　次はどうする？」

ヘンドリックスは狭い部屋をぐるぐると行ったり来たりしている。食物と汗の匂いが充満していた。ほかのみんなはその様子をじっと見ていた。やがてタッソーがカーテンを押し開けてもう一つの部屋に入っていった。「ひと眠りするわ」

カーテンが彼女の背で閉まった。ルディとクラウスはテーブルについて、まだヘンドリックスをじっと見ていた。「君次第だな」クラウスが言った。「そっちの状況は我々にはわからんからね」

ヘンドリックスはうなずいた。

「やっかいな事態だ」ルディは錆《さ》びたポットから自分のカップにコーヒーを注いで少しすすった。「しばらくはここも安全だが、いつまでもいるわけにはいかない。食い物や必需品も十分にはないから」

「しかしもし外に出たら――」

「外に出たら、やつらにやられる。やられると思って間違いなかろう。あまり遠くには行こうったって行けないしな。君たちの司令部のある壕まではどれだけあるのかね、少佐?」

「三、四マイルだな」

「うまくやれるかもしれんぞ。俺たちは四人だ。四人なら四方に気を配ることができる。やつらも背後からそっと忍び寄ってあとをつけてくるということはできんだろう。ライフルは三挺《ちょう》、爆破用のが三挺ある。タッソーは俺のピストルを使えばいい」ルディはベルトをポンと叩いた。「ソ連軍では靴がないことはあっても、銃には事欠かない。四人が武器を持ってれば、誰か一人が君たちの司令部の壕に行けるかもしれん。できれば君がいいよ、少佐」

「もしやつらがすでにそこに来ていたらどうする?」クラウスが言った。

ルディは肩をすくめた。「そうだな、その時はここに戻るさ」

ヘンドリックスが歩き回るのを止めた。「やつらがすでにアメリカの戦線に入り込んでいる可能性はどれくらいだと思うかい?」

「なんとも言えんな。かなりその見込みは高いが。やつらはしっかりできている。自分たちの仕事を正確に知っている。いったん動き出したら、イナゴの大群さながらに進む。たえず、迅速に動きつづけなきゃならない。密《ひそ》かに迅速に行動する。それが彼らの極め手だ。奇襲だよ。誰も知らないうちに押し入ってくる」

「なるほど」ヘンドリックスは呟いた。

向こうの部屋でタッソーが動き出した。「少佐?」

ヘンドリックスはカーテンを押し開けた。「なんだね?」

タッソーは簡易ベッドからけだるそうに彼を見上げた。「アメリカのタバコもう残ってない?」

ヘンドリックスはその部屋に入って、彼女と向き合って木製のスツールに腰を下ろした。ポケットをあちこち探った。「ないな。みんな喫っちゃったよ」

「残念だわ」

「君の国はどこだ?」しばらくしてヘンドリックスは訊いた。

「ソ連よ」

「どうしてここへ来たんだ?」

「ここって?」

「ここは以前フランスだった。このあたりはノルマンディ地方だった。ソ連軍と一緒に来たのか?」

「なぜ訊くの?」

「ただの好奇心からさ」ヘンドリックスは彼女をしげしげと眺めた。彼女は上着を脱いでベッドの端に投げ出していた。若い。二十歳ぐらいだ。すらりとした体。長い髪を枕いっぱいに広げている。黙って彼をみつめていた。その目は黒くて大きい。

「なにを考えてるの？」タッソーが訊いた。

「別に。年はいくつだ？」

「十八よ」彼女は両腕を頭のうしろに当てがって、まばたきもせずヘンドリックスをみつめていた。ソ連軍のズボンとシャツを着ている。あの灰緑色のだ。放射線カウンターと薬包のついた厚い革のベルトを締めている。救急用の袋もある。

「ソ連軍に加わってるのか？」

「いいえ」

「その軍服はどこで手に入れた？」

彼女は肩をすくめた。「もらったのよ」

「いくつの——いくつの時にここに来た？」

「十六」

「そんなに若い時に？」

彼女の目が細くなった。「どういう意味なの？」

ヘンドリックスはあごをなでた。「もし戦争がなかったら君の人生もずいぶん違っていただろうな。十六歳。君は十六でここにやってきた。こんな暮らしをするためにか」

「生き残らなきゃならなかったんだもの」

「別に道徳についてお説教してるつもりはないよ」

「あなたの人生だって違ったものだったでしょうよ」タッソーは呟いた。手を下に伸ばして長靴の片方をゆるめた。それを床の上に脱ぎ捨てた。「少佐、あっちの部屋に行ってもらえない？　あたし、眠いのよ」

「四人がここにいるとなると、厄介《やっかい》なことになるな。この場所で暮らすのはむりだろう。この二部屋しかないのか？」

「そうよ」

「もともとこの地下室はどのくらいの大きさだったのかね？　いまより広かったのか？　瓦礫で埋まっている部屋がほかにあるのか？　あれば、その一つを片づけることができるかもしれないが」

「たぶんね。でもあたしは本当に知らないのよ」タッソーはベルトをゆるめた。シャツのボタンを外して、簡易ベッドの上でくつろいだ。「本当にもうタバコはないの？」

「あの一箱きりだったんだ」

「残念だわ。でもあなたたちの壕に戻ればまた見つかるかもしれないわね」もう片一方の長靴が床に落ちた。タッソーは電灯線に手を伸ばした。「お休みなさい」

「これから眠るのか？」

「そのとおりよ」

部屋はさっと暗くなった。ヘンドリックスは立ち上がるとカーテンを抜けて台所に入っていった。そして棒立ちになった。

ルディが蒼白《そうはく》な顔に目をぎらつかせながら、壁を背に立っていた。口を開けたり閉じたりしているが声はまったく出ない。クラウスはピストルの銃口をルディの腹に当てて、その前に立っていた。どちらも身動きもしない。クラウスは、ピストルを握りしめ、表情をこわばらせている。ルディは蒼白な顔で口もきけず、手足を広げて壁に張りついていた。

「いったい――」ヘンドリックスが小声でいいかけたが、クラウスはその口を封じた。

「静かに、少佐。こっちへ来てくれ。銃だ。あんたの銃を出すんだ」

ヘンドリックスはピストルを抜いた。「どういうことかね?」

「こいつに銃を向けてろ」クラウスはヘンドリックスに前に出るように合図をした。「俺の横に来るんだ。早く!」

ルディは両腕を下げながら少し動いた。唇をなめながらヘンドリックスのほうを向いた。白眼《しろめ》が猛々《たけだけ》しく光った。汗が額《ひたい》から落ち、頰を伝った。ヘンドリックスに目を据えた。「少佐、この男は気が狂った。止めてくれ」ルディの声は細く、かすれて、やっと聞きとれた。

「いったいどういうことだ?」ヘンドリックスが詰問《きつもん》した。

ピストルを持つ手を下ろさず、クラウスが答えた。「少佐、俺たちの話を覚えているか? あの三つの変種の話だよ? 第一号と第三号についてはわかっている。しかし第二号のことは知らなかった。少なくともこれまでは知らなかった」クラウスの指はいっそうきつく銃を握りしめた。「これまでは知らなかった。が、いまはわかってるんだ」

彼は引き金を引いた。白い熱気が銃口から湧き出て、ルディをなめるように包んだ。

「少佐、これが変種第二号だよ」

タッソーがさっとカーテンを引き開けた。「クラウス！　なんてことをするの？」

クラウスは、次第に壁をずり落ちて床にくずおれていく、黒焦げの人体から目を移してこちらを見た。「変種第二号だよ、タッソー。さあこれでわかったんだ。三つのタイプがみんな確認できた。危険は少なくなった。俺は――」

タッソーはクラウスの向こうのルディの死体、黒くなってまだ煙の出ている残骸と衣類の切れはしをじっとみつめた。「あなた、彼を殺したのね」

「彼だって？　そいつってことだろう。俺はずっと観察していたが、自信はなかった。少なくとも、これまでは自信がなかった。ところが今夜、間違いないと俺は思った」クラウスはピストルの握りをいらいらとこすった。「我々は運がよかったんだよ。わからないのか？　あと一時間もしてみろ、そいつは――」

「間違いないですって？」タッソーは彼を押しのけて床の上のくすぶっている死体の上にかがみ込んだ。顔が険《けわ》しくなった。「少佐、あなたも自分の目で見て。骨とそして肉よ」

ヘンドリックスは彼女のかたわらでかがみ込んだ。死体は人間のものだった。焼けた肉、黒焦げの骨片、頭蓋骨の一部。靭帯《じんたい》、内臓、血。壁ぎわに血だまりができている。

「歯車なんかないわよ」タッソーが静かに言った。彼女は体を起こした。「歯車もなければ、部品もなし、継電器もなしだわ。クローじゃない。変種第二号なんかじゃないわ」彼女は腕を組んだ。「さあどうしても説明してもらわなくちゃね」

クラウスはテーブルを前に腰を下ろした。顔からさっと血の気がひいた。両手で頭を抱えて体を前後に揺さぶった。

「落ち着きなさいよ」タッソーの指が彼の肩をつかんだ。「なぜやったのよ？　なぜ彼を殺したの？」

「彼は怯《おび》えていたんだな」ヘンドリックスが言った。「この事のすべて、我々の周囲でだんだんと展開していく状況全体に怯えていたんだ」

「そうかもしれないけど」

「じゃ、なんだと言うんだ？　君はどう思ってるんだい？」

「彼には前っからルディを殺す理由があったのかもしれない、そう思うの。ちゃんとした理由があったのよ」

「どんな理由だ？」

「おそらくルディがなにかをかぎつけたのよ」

ヘンドリックスは彼女の冷たい顔をじっとみつめた。「どういうことを？」

「彼のこと。クラウスのことでね」

　クラウスが素早く顔を上げた。「彼女の言おうとしていることはわかるだろう。俺のことを変種第二号だと彼女は思っているんだ。わかるだろう、少佐？　それで俺がルディを故意に殺した、彼女は君にそう信じてもらいたいのさ。俺が――」

「それじゃなぜ彼を殺したのよ？」タッソーは言った。

「さっき言ったじゃないか」クラウスはうんざりしたように首を振った。「彼のことをクローだと思ったからだ。わかったと思ったんだ」

「どうして？」

「ずっと彼の様子に気をつけていたんだ。怪しいと思ったからだよ」

「どうして？」

「俺はなにかを見たように思ったんだ。なにかを聞いたように思った。俺は――」彼は口をつぐんだ。

「つづけて」

「俺たちはテーブルに坐って、カードをやっていた。君たち二人はあっちの部屋にいた。静かだった。その時聞こえたように思ったんだ、彼が――ブーン、という音をたててるのがね」

　沈黙が広がった。

「その話、信じる？」タッソーがヘンドリックスに訊いた。

「ああ。彼の言ってることは信じるよ」

「あたしは信じない。それなりの目的があってルディを殺したのだと思う」タッソーは部屋の隅に立てかけてあるライフルにさわった。「少佐――」

「だめだ」ヘンドリックスは首を振った。「もうそんなことは止《や》めよう。一人だけでもうたくさんだよ。彼と同じで、我々も怖がっているんだ。もし彼を殺せば、彼がルディにやったことを繰り返すことになる」

クラウスは感謝の目で彼を見上げた。「ありがとう。俺は怖かったんだよ。わかるだろう？　そして今度は、彼女が同じように怖がっている。俺を殺したいと思っている」

「人殺しはもうごめんだ」ヘンドリックスは梯子の下まで歩いていった。「上に出て、もう一度発信してみるよ。もし連絡がつかなかったら、明日の朝わたしの陣地のほうに戻ってみることにしよう」

クラウスは素早く立ち上がった。「俺も一緒に出かけて手を貸すよ」

夜気が寒い。地表は次第に冷えかかっていた。クラウスは深く息をして、肺いっぱいに空気を吸った。彼とヘンドリックスは地下道を抜けて地上に出た。クラウスは両足を広げてすっくと立ち、ライフルを構え、目を凝らし、耳をすませた。ヘンドリックスは地下道の入口にうずくまって、小型通信機を同調させていた。

「うまくいきそうか？」しばらくしてクラウスが訊いた。

「いや、まだだ」

「ずっとやってみてくれ。なにがあったか先方に知らせてくれ」

ヘンドリックスは呼びつづけた。うまく通じなかった。とうとうアンテナを下げた。「むだだな。こっちの声が聞こえてないんだ。それとも聞こえてても応答しないか。あるいは——」

「あるいはもう生きていないか」

「もう一度やってみよう」ヘンドリックスはアンテナを伸ばした。「スコット、聞こえるか？　どうぞ！」

彼は耳をすました。聞こえるのは空電だけだ。そして、それも非常にかすかだ——。

「こちらスコット」

彼の指に力が入った。「スコット！　おまえか？」

「こちらスコット」

クラウスがしゃがんだ。「司令部が出たのか？」

「スコット、よく聞くんだ。そっちじゃわかってるのか？　彼ら、クローたちのことだよ。わたしの言おうとしたことがわかったのか？　わたしの話が聞こえたか？」

「はい」かすかだった。やっと聞きとれる程度だ。言葉をはっきり聞きわけるのは難しかった。

「わたしの言おうとしたことがわかったのか？　その掩蔽壕はすべて異常なしか？　やつら

はまったく入り込んではいないか？」

「すべて異常なしです」

「彼らが入り込もうとしたことはまだないのか？」

声はいっそう弱まった。

「いいえ」

ヘンドリックスはクラウスのほうを向いた。

「あっちは異常なしだ」

「襲撃はなかったのか？」

「ああ」ヘンドリックスは受信器をさらにしっかりと耳にあてた。「スコット、そっちの声がほとんど聞こえない。〈月基地《ムーン・ベース》〉には知らせたのか？　向こうでは知ってるのか？　向こうでは警戒態勢をとってるのか？」

答えはなかった。

「スコット！　聞こえてるか？」

沈黙。

ヘンドリックスはがっくりとして緊張がゆるんだ。「音が消えた。放射線層のせいにちがいない」

ヘンドリックスとクラウスは顔を見合わせた。どちらもなにも言わなかった。しばらくたってクラウスが口を切った。「君の部下の声のようだったかい？　誰の声かわかったか？」

「あまりにかすかでね」

「確信はないのか？」

「ああ」

「それじゃもしかすると――」

「さあな。いまはなんとも言えない。下に戻って蓋を閉めよう」

二人は梯子をゆっくりと降りて、暖かな地下室に戻った。入ったあとすぐクラウスが蓋の差し錠をかけた。タッソーは無表情に二人を迎えた。

「うまくいった？」彼女は尋ねた。

二人とも返事をしなかった。「どうかな？」しばらくしてクラウスが訊いた。「どう思う、少佐？　君のところの将校だったかね、それともやつらかな？」

「それがわからんのだ」

「それじゃさっきと状況は同じってことだ」

ヘンドリックスはあごをきゅっと引いて、床をじっとにらんだ。「出かけなきゃならんだろう。確かめるためにな」

「とにかくここには食物は数週間分しかない。どうしたってそのあとは出て行かなくてはならない」

「どうやらそうらしいな」

「どうかしたの？」タッソーが問いつめるように言った。「あなたのほうの陣地には連絡はついたの？　どうしたというのよ？」

「あれはわたしの部下だったかもしれない」ヘンドリックスはゆっくりと言った。「あるいはやつらの仲間だったかもしれん。でもここにいたんじゃわかりっこない」彼は時計で時間を確かめた。「床《とこ》に入って少しでも眠るとしよう。明日は早く起きるんだ」

「早くって？」

「クローにぶつからずに行けるのは早朝がいちばんよさそうだからな」ヘンドリックスは言った。


さわやかで澄んだ朝だった。ヘンドリックス少佐は小型双眼鏡で周辺をじっと見渡した。

「なにか見えるか？」クラウスが訊いた。

「いや」

「我が軍の掩蔽壕がわかるか？」

「どっちの方角だ？」

「こっちへ貸してみな」クラウスは双眼鏡を取り上げて調節した。「どっちを見ればいいかわかってるんだ」彼は黙って、長いことのぞいていた。

タッソーが地下道の入口に上がってきて、地上に出てきた。「なにか見えるの？」

「いや」クラウスは双眼鏡をヘンドリックスに戻した。「見えない。さあ行こう。ここにいちゃだめだ」

三人は柔らかい灰に足を取られながら、高台の斜面を降りていった。平らな岩の上をトカゲがさっと逃げていった。三人ははっと立ちすくんだ。

「あれはなんだ？」クラウスが呟いた。

「トカゲだ」

トカゲは走るのを止めず、灰の上を慌ただしく駆けていった。灰とまったく同じ色をしていた。

「完全な環境順応だな」クラウスが言った。「我々の正しかったことが証明されたよ、ルイセンコ学説の正しさがね」

高台の裾《すそ》に着いて立ち止まった。体を寄せ合って立ち、あたりを見回した。

「行こうぜ」ヘンドリックスは歩き出した。「歩きでがあるぞ」

クラウスが隣りに並んだ。タッソーはピストルを油断なく構えて、そのあとを歩いた。

「少佐、ずっと訊きたいと思ってたんだがね」クラウスが言った。「あんたはデイヴィッドとどんな具合に出合ったのかね？　あんたにつきまとってたあいつだよ」

「途中で出合ったんだよ。なにかの廃墟だった」

「やつはなにをしゃべった？」

「あまり話さなかった。ひとりぼっちだと言ってた。ひとりで暮らしてるって」

「やつが機械だと見分けがつかなかったんだな？　生きてる人間みたいにしゃべったんだな？　あんたは怪しいとも思わなかったんだな？」

「やつはあまりしゃべらなかったから。異常にはなにも気づかなかった」

「驚いたな、あんたがだまされるほど人間によく似た機械か。まるで生きてるんだな。しまいにはどうなることか」

「彼らはね、あなた方ヤンキーが考案したとおりのことをやっているのよ」タッソーが言った。「生命体を捜し出しそれを殺すように設計したのよ。人間の生命を奪うようにね。見つかったら手当たりしだいよ」

ヘンドリックスはクラウスをじっと見すえた。「なぜわたしにそんなことを訊く？　なにを考えているんだ？」

「別に」

「クラウスはね、あなたを変種第二号だと思ってるのよ」タッソーが背後から静かにそう言った。「今度はあなたに目をつけてるんだわ」

クラウスは顔を紅潮させた。「当然だろう？　我々は使者をヤンキー側に送り、そして彼がやってきた。ここで格好の獲物でも見つけようと思ったのかもしれないじゃないか」

ヘンドリックスはしゃがれ声で笑った。「わたしは国連軍の壕から来たんだ。まわりはみんな人間だけだったんだぞ」

「ソ連陣地に入り込む好機と思ったのかもしれないじゃないか。賭《か》けてみようとしたのかもしれん。それとも——」

「ソ連陣地はその時はもう乗っ取られていた。わたしが自軍の掩蔽壕を出る前に君たちの陣地は侵略されていたじゃないか。それを忘れちゃ困るな」

タッソーが追いついてそばに来た。「それじゃなんの証明にもならないわ、少佐」

「なぜだ?」

「あの変種のロボットの間では互いに連絡がほとんどないみたい。種類ごとに別々の工場で作られているの。一緒に仕事はしないようだわ。ほかの変種の行動についてはなにも知らずに、あなたはソ連陣地に向かったと、そういうことも考えられるのよ。ほかの変種がどういうものかさえ知らなかったのかもしれない」

「クローのことをどうしてそんなによく知っているんだ?」ヘンドリックスが訊いた。

「あたしはずっと見てきたもの。彼らがソ連の掩蔽壕を乗っ取るのをよく見てたのよ」

「ほんとうによく知ってるよ」クラウスが言った。「実を言って、君はあまり見てなかったのにな。そんなに鋭い観察者だったとはふしぎなことだ」

タッソーは笑い出した。「今度はあたしを疑ってるの?」

「もうよせ」ヘンドリックスが言った。彼らは黙って歩きつづけた。

「ずっと歩いていくの？」しばらくして、タッソーが言った。「歩くのは慣れていないの」

彼女は目の及ぶかぎり四方に広がっている灰地の平原をじっと見回した。「わびしいわねえ」

「この先ずっとこんなだよ」クラウスが言った。

「あの襲撃のあったときにあなたがあの壕にいたらよかったのに、そう思わないこともないわ」

「俺じゃなくて、誰かほかの男が君と一緒だったろうな」クラウスが呟いた。

タッソーは両手をポケットに突っ込んで笑い出した。「おそらくね」

あたりのしんとした灰の広大な平原から目を離さずに彼らは歩きつづけた。


太陽は沈みかけている。ヘンドリックスはゆっくりと前進しながら、タッソーとクラウスに下がれと手を振って合図をした。クラウスは銃の床尾《しょうび》を地面に立ててしゃがんだ。

タッソーはコンクリートの塊を見つけて、ため息をつきながらその上に腰を下ろした。

「休めて助かったわ」

「静かにしろ」クラウスが鋭く言った。

ヘンドリックスは前方にある小丘を懸命に登って頂上に着いた。前日ソ連軍の使者がやってきたあの丘だ。彼は体を伏せ、大の字になって、前方を双眼鏡でじっと眺めた。

なにも目につくものはない。ただ灰とそこここに生える木々だけだった。しかし、五十ヤードと離れていない所に前線司令部の掩蔽壕の入口があるのだった。彼のいた掩蔽壕である。ヘンドリックスは無言でじっと眺めていた。なんの動きもない。生きている者の気配もない。なに一つそよとも動かなかった。

クラウスが隣りに這い登ってきた。「どこだ？」

「あそこだ」ヘンドリックスは彼に双眼鏡を渡した。夕空にもうもうと灰が立ちこめていた。あたり一帯暗くなりかけている。明るさの残っているのもあと二、三時間がせいぜい。おそらくそれほどもないかもしれない。

「なんにも見えんぞ」

「あの木の所だ。切り株だよ。瓦礫の山の脇《わき》だ。入口はその煉瓦《れんが》の右にある」

「あんたの言葉を信ずるほかないな」

「君とタッソーはここからわたしを掩護してくれ。壕の入口までずっと狙いがきくよ」

「ひとりで行くのか？」

「手首の放射線タブがあるから、わたしは大丈夫だ。掩蔽壕の周囲はクローの棲息地だ。彼らは灰の下に集まっている。まるでカニのように。タブなしでは、命はない」

「そのとおりかもしれんな」

「ずっとゆっくり歩いていくよ。確かなことがわかったらすぐに――」

「もしやつらが壕内に入っていたら、君はここに戻ることなどできやしない。あいつら素早いんだから。君にはそのことがはっきりとわかってないんだ」

「じゃあどうしろというんだ？」

クラウスは考えてみた。「わからんがね。とにかくあんたに見えるようにやつらを地上に出すんだな」

ヘンドリックスは送信機をベルトから外すと、アンテナを伸ばした。「始めるぞ」

クラウスはタッソーに合図を送った。彼女は巧みに丘の斜面を這って、二人の坐っている所まで上がってきた。

「彼がひとりで降りていく」クラウスが言った。「俺たちはここで彼を掩護するんだ。彼が戻り始めたらすぐ、その後方を目がけて撃て。やつらは素早いからな」

「あなたはそれほど楽観的じゃないのね」

「そうさ」

ヘンドリックスは銃尾を開けて、慎重に点検した。「おそらくなにも異常はないのかもしれん」

「君はやつらを見てないからな。何百となく、同じやつが、アリのようにぞろぞろ出てくるんだ」

「行き着くまでに確かめられるといいんだが」ヘンドリックスは銃をロックし、片手にそれを、もう一方の手に通信機をつかんだ。「さてと、幸運を祈ってくれ」

クラウスが手を差し出した。「はっきり確かめるまでは壕内に降りるんじゃないぞ。相手には上から話しかけろ。相手が姿を見せるようにもっていくんだ」

ヘンドリックスは立ち上がった。丘の斜面を下に向けて一歩踏み出した。

やがて彼は枯れた木の切り株の脇の煉瓦や石のかけらの山に向かってゆっくりと歩いていた。前線司令部の掩蔽壕の入口に向かって。

なにも動きはなかった。彼は通信機を持ち上げ、カチッとスイッチを入れた。「スコット？　聞こえるか？」

沈黙。

「スコット！　こちら、ヘンドリックス。聞こえるか？　いま壕の外に立っている。監視用スクリーンでわたしが見えるはずだ」

通信機を握りしめて、耳をすませた。なんの音もしない。入るのは空電だけだ。彼は歩き出した。クローが灰の中から這い出て、彼をめがけて走ってきた。数フィート手前で立ち止まり、こそこそ逃げていった。次のクローが現われた。触手を持った大型のだ。彼に近づき、様子をじっとうかがっていたが、やがて背後に回り、数歩離れてうやうやしくあとをついてきた。すぐそのあと、次の大型のクローがそれに加わった。静かに、クローたちは、掩蔽壕に向かってゆっくりと歩を進める彼のあとを追った。

ヘンドリックスは立ち止まり、背後でクローたちもふっと足を止めた。彼はもう近くまで来ていた。そろそろ壕の階段に近い。

「スコット！　聞こえるか？　いま壕のすぐ上にいる。外だ。地上だ。聞こえてるのか？」

彼は銃を小脇にかかえ、通信機をしっかりと耳にあてて、待った。時間がたっていく。懸命に耳をすましたが、沈黙したままだ。沈黙とかすかな空電だけ。

やがて、遠く、金属に似た音――。

「こちらスコット」

声は中性的で、冷たい。彼には聞き分けられなかった。だがイヤホンはごく小さい。

「スコット！　よく聞くんだ。わたしはすぐ上に立っている。地上で、壕の入口を見おろしているんだ」

「はい」

「わたしが見えるか？」

「はい」

「監視用スクリーンでか？　スクリーンをこっちに向けているか？」

「はい」

ヘンドリックスは考え込んだ。クローたちが彼のまわりを取り巻いて待っていた。灰色の金属の物体が彼を囲んでいる。「壕の中はなにも変わりはないのか？　異常なことはなにも起こらなかったか？」

「すべて異常なしです」

「地上に出てこないか？　ちょっと顔を見たい」ヘンドリックスは深く息を吸った。「わたしの所まで上がってくるんだ。話をしたい」

「降りてきて下さい」

「命令だぞ」

沈黙。

「来るんだな？」ヘンドリックスは耳をすました。応答はない。「地上に出てこいと命令してるんだ」

「降りてきて下さい」

ヘンドリックスはあごをきゅっと引いた。

「レオーネを出してくれ」

しばらく間合いがあった。じっと聞き入っている彼の耳に空電だけが入ってくる。やがて声がした。硬い、細い、金属的な声。さっきの声と同じだ。「こちらレオーネ」

「ヘンドリックスだ。いま地上にいる。掩蔽壕の入口だ。誰か一人ここまで上がってきてもらいたい」

「降りてきて下さい」

「降りろとはどういうことだ？　わたしは命令しているんだぞ！」

沈黙。ヘンドリックスは通信機を下げた。あたりを注意深く見回した。壕の入口はすぐ先だった。もう彼の足元に近い。アンテナを下ろし、通信機をベルトにつけた。慎重に、銃を両手にかかえた。一歩踏み出しては立ち止まりながら、前進した。もし相手に彼の姿が見えたなら、壕の入口に向かっているとわかるだろう。一瞬彼は目を閉じた。

やがて下へ降りる階段の第一段目に足をかけた。

二人のデイヴィッドが彼に向かって近づいてきた。まったく同じ、そして無表情な顔。彼が撃つと二人はみじんに砕けた。無数のデイヴィッドの一団が、なおも音もなく駆け上がってきた。どれもそっくりの姿形だ。

ヘンドリックスは振り返ると、懸命に駆け戻った。壕を離れ、丘に向かって走った。

丘の上ではタッソーとクラウスが下を目がけて発砲していた。小型のクローたちがもう二人に向かって素早く駆けのぼっていた。きらきら光る金属の球体たちは機敏に走り、気の狂ったように灰の中を駆けていた。だが彼にはそのことを顧慮する余裕はなかった。膝をつき、銃を頬に当てて、壕の入口を狙って構えた。デイヴィッドたちはテディ・ベアを抱え、細いごつごつした足を躍らせながら地上への階段を駆け上がり、群れをなしてそこから出てきた。ヘンドリックスはその中心となるグループに向かって撃ち込んだ。彼らは粉々に飛び散り、歯車やバネが四散した。ちりのもやのかかる中をもう一度撃った。

大きな雲をつくような人影がふらふらしながら壕の入口に現われた。ヘンドリックスは驚いて、ふとためらった。男は兵士だった。隻脚《せっきゃく》で、松葉杖で体を支えている。
「少佐！」タッソーの声が飛んだ。また発砲が始まった。その大男が前に出、デイヴィッドたちがそのまわりに群がった。ヘンドリックスは恐ろしさに凍《こご》える思いから我に返った。変種第一号。傷痍兵だ。狙いを定めて撃った。兵士はみじんに砕け、部品や継電器が飛んだ。もうたくさんのデイヴィッドが壕から平地に出ていた。彼はゆっくりと後退しながら、半ばしゃがみ、狙いをつけながら、何度も発砲した。

丘からはクラウスが下に向けて撃っていた。丘の斜面は登っていくクローたちでにぎやかだ。ヘンドリックスは走ったり身をかがめたりしながら丘へと後退した。タッソーはクラウスから離れ、右手へゆっくり大きく回って丘を離れようとしていた。

デイヴィッドが一人、そうっと彼のほうに近づいてきた。小さな白い顔は無表情で、茶色の髪が目までかかっている。デイヴィッドは両腕を広げて、突然かがみ込んだ。持っていたテディ・ベアが激しい勢いで落ち、地面を跳ねて、彼をめがけて弾んできた。ヘンドリックスは撃った。テディ・ベアもデイヴィッドもかき消えた。彼は目をしばたたきながらにやっとした。まるで夢のようだった。
「こっちよ！」タッソーの声だ。ヘンドリックスは彼女のほうへ近づいた。彼女は廃墟となった建物の壁らしいコンクリートの柱のそばにいた。クラウスに渡されたピストルでヘンドリックスの後方に向けて発砲していた。

「ありがとう」息を切らしてあえぎながら、彼女と合流した。彼女はヘンドリックスの手を引いてコンクリートの陰に押しやって、自分のベルトを探った。

「目を閉じて！」彼女は腰から手榴弾《てりゆうだん》をはずした。手早くキャップを外し、きちんとロックした。「目を閉じて伏せなさい」

彼女は手榴弾を投げた。弾はみごとな弧を描いて飛び、壕の入口まで転がり、弾んでいった。傷痍兵二人が煉瓦の山のかたわらに覚束《おぼつか》ない姿で立っていた。さらに多くのデイヴィッドたちがその背後から地上に吐き出された。傷痍兵の一人が手榴弾に近づいて、それを拾おうとぎごちなく身をかがめた。

手榴弾は爆発した。衝撃にヘンドリックスはくらくらっとして、叩きつけられるようにうつ伏せに倒れた。熱風が体の上をうねるように流れた。タッソーがコンクリートの柱の陰に立って、激しく立ちこめる白い砲煙の中から姿を現わすデイヴィッドたちをめがけて、ゆっくりと、手順よく発砲しているのがおぼろげに見えた。

丘の中腹ではクラウスがぐるりと取り巻いたクローたちを相手に奮闘している。後退し、撃っては退き、クローたちの囲みを突破しようとしていた。

ヘンドリックスはやっとのことで立ち上がった。頭が痛い。目がよく見えない。すべてのものが荒れ狂い、旋回しながら彼をなぶっている。右腕はどうしても動かない。

タッソーが後退して彼のほうにやってきた。「さあ急いで。行きましょう」

「クラウスが――彼がまだあそこにいる」

「急ぐのよ！」タッソーは彼を引きずるようにコンクリートの柱から引き離した。ヘンドリックスは頭をはっきりさせようと振ってみた。タッソーはさっさと彼の先に立ってそこを離れた。緊張し、輝くような目で、銃撃から逃れたクローはいないかと警戒している。

たちこめる砲火の煙の中からデイヴィッドが現われた。タッソーはそれを撃った。それ以上デイヴィッドは現われなかった。

「クラウスがいる。彼はどうするんだ？」ヘンドリックスは足を止め、ふらつきながら立っていた。「彼は――」

「さあ急いで！」

二人は後退し、次第次第に掩蔽壕から遠ざかった。小型のクローたちがいくつかついてきたが、それもしばらくのこと、やがて諦《あきら》めて引き返していってしまった。

やっとタッソーが立ち止まった。「もうここなら休んで一息入れても大丈夫だわ」

ヘンドリックスは瓦礫の山に腰を下ろした。息を弾ませながら首筋の汗を拭った。「クラウスをあそこに置いてきてしまったな」

タッソーはなにも言わなかった。銃を開けて新しい薬包をそっと装塡《そうてん》した。

ヘンドリックスは戸惑いながら彼女をみつめた。「君はわざと彼を置き去りにしたんだな」

タッソーは銃をカチッと閉じた。あたりの瓦礫の山を無表情にみつめた。まるでなにかを待ちうけているように。

「どうした？」ヘンドリックスが詰問した。「なにを探している？　なにかが来るのか？」彼はどういうことか理解しようと、首を振った。彼女はなにをしてるんだ？　なにを待っているのか？　彼にはなにも見えない。彼らを取り巻くのは灰、灰と廃墟だけだ。そしてところどころに葉も枝もない不気味な木の幹がある。「なにを――」

タッソーは彼の言葉をさえぎった。「静かに」その目が細くなった。さっと銃を構えた。ヘンドリックスは彼女の視線を追って振り向いた。

彼らが退いてきた道に人影が現われた。人影はよろめきながら近づいてきた。衣服は破れていた。足を引きずりながら、非常にゆっくりと警戒しながらやって来る。ときどき立ち止まっては、一休みし元気を取り戻す。一度はもうすこしで倒れるところだった。一瞬足を止めて踏みこたえようとした。そして歩きつづけた。

クラウスだ。

ヘンドリックスは立ち上がった。「クラウス！」彼はクラウスのほうに駆け寄った。「いったい君は――」

タッソーが撃った。ヘンドリックスは振り返った。彼女はもう一度発砲し、弾丸は灼《や》きつくような一条の熱の線となって彼をかすめた。熱を放つ線《ビーム》はクラウスの胸に命中した。彼の体は爆発し、歯車類が飛んだ。一瞬彼は歩きつづけた。そして前後に体が揺れた。両腕をぐっと広げて地面に音をたてて崩れた。歯車がまたいくつか転がり出た。

沈黙。

タッソーはヘンドリックスのほうを向いた。「彼がなぜゼルディを殺したのか、これでわかったでしょう」

ヘンドリックスは再びゆっくりと腰を下ろした。首を振った。茫然としていた。考えることができなかった。

「わかった?」タッソーが訊いた。「納得がいった?」

ヘンドリックスはなにも言わなかった。なにもかも、どんどん彼から失われていく。湧き立ち彼につかみかかる闇。

目を閉じた。

ヘンドリックスはゆっくりと目を開けた。体中が痛い。起き直ろうとしたが、鋭い痛みが肩と腕を走った。彼はあえいだ。

「起き上がっちゃだめ」タッソーが言った。彼女は身をかがめて、冷たい手を彼の額に当てた。

夜だった。見上げると星がいくつか光り、漂う灰雲の向こうに輝いている。ヘンドリックスは歯をくいしばって横になった。タッソーは冷静に彼を見守っている。木切れや草を集めて火をおこしていた。炎はちろちろと燃え、上に吊るしてある金属製のカップに触れる。すべて静けさに包まれている。たき火の向こうは動かぬ闇。

「それでは彼が変種第二号だったのか」ヘンドリックスは呟いた。

「あたしはずっとそう思っていたわ」

「じゃあどうしてもっと早くにやっつけなかったんだ」彼はわけを知りたかった。

「あなたが引き止めたんじゃないの」タッソーはたき火に近づいて金属のカップの中をのぞいた。「コーヒーよ。すぐに飲めるようになるわ」

彼女は戻ってきてヘンドリックスのそばに坐った。やがてピストルを開き、発射機構を熱心に調べながら分解し始めた。

「すてきな銃だわ」口に出すともなくそう言った。「構造がほんとにみごと」

「やつらはどうした？　あのクローたちだよ」

「手榴弾の衝撃でほとんどが故障してしまったわ。こわれやすいのね。構造が高度なのだと思うわ」

「デイヴィッドもか？」

「そう」

「あんな手榴弾をどうして持ってたんだね？」

タッソーは肩をすくめた。「あたしたちの考案よ。あたしたちの技術を見くびっちゃだめね、少佐。あんな弾がなかったら、あなたもあたしも生きてはいなかったわね」

「すごい威力だ」

タッソーは脚を伸ばして、たき火で足先を暖めた。「彼がルディを殺したあとも、あなたには少しもわかってないらしくて、あたしは驚いたな。なぜあなたは思ったの、彼が――」

「言ったじゃないか。彼は怖がっているのだ、そう思ったのだ」

「ほんとに？　ねえ、少佐、ほんのちょっとの間だけどあたしはあなたのことを怪しいと思ったのよ。彼を殺させまいとしたんだもの。彼を庇《かば》ってるのかもしれないと思った」彼女は笑い出した。

「ここにいても安全なのか？」しばらくたってヘンドリックスが訊いた。

「しばらくの間はね。彼らがほかの地域から援軍を連れてくるまでの間だけど」タッソーはぼろ切れで銃の内部の掃除を始めた。それが終ると、発射機構を元どおりにきちんと納めた。銃を閉じ、銃身に指を走らせた。

「我々は運がよかった」ヘンドリックスは呟いた。

「そうね。とても運がよかった」

「力ずくで危険から救ってくれて、ありがとう」

タッソーは返事をしなかった。ちらと彼を見上げた目がたき火の明りに輝いていた。ヘンドリックスは自分の腕を調べてみた。指が動かない。脇腹全体がしびれた感じだ。体の内部にたえず鈍痛がある。

「気分はどう？」タッソーが訊いた。

「腕を痛めた」

「ほかには？」

「内臓をやられている」

「弾が爆発したときに、あなた、しゃがまないんだもの」

ヘンドリックスはなにも言わなかった。タッソーがコーヒーをカップから金属の皿に注ぐのをじっと見ていた。彼女はそれをヘンドリックスの所に持ってきた。

「ありがとう」彼はやっとのことでどうやら口にした。なかなか飲み込めなかった。胃の腑《ふ》のひっくり返る思いがして、皿を脇に押しやった。「いまはこれ以上飲めない」

タッソーは残りを飲んだ。時が過ぎていった。二人の頭上の暗い空をもうもうたる灰雲が渡っていった。ヘンドリックスはうつろな心を抱いて休んでいた。しばらくして気がつくと、タッソーが彼を見下ろすように立って、じっとみつめていた。

「どうした？」彼は呟いた。

「少しは気分がよくなった？」

「いくらかね」

「ねえ、少佐、もしあたしがむりにでもあなたを連れてこなかったら、彼らにつかまってたわね。死んでたわ。ルディのように」

「わかってるよ」

「なぜあなたを引っ張ってきたか知りたくない？　そのつもりならあそこに置き去りにできたのよ」

「どうしてわたしを引っ張ってきたんだね？」

「あたしたちはここを脱出しなきゃならないからよ」タッソーは静かにたき火をのぞき込みながら、棒切れで火をかき立てた。「ここでは人間は誰も生きていけないわ。彼らの援軍が来たら、もう望みはないわ。あなたが気を失っている間、あたしはそのことであれこれ考えたの。彼らがやってくるまでおそらく三時間ぐらいあるわね」

「それで、脱出する手だてをわたしに期待しているんだな」

「そのとおりよ。あなたがここから連れ出してくれるとあてにしてるの」

「どうしてわたしにそれを？」

「だってあたしには皆目わからないもの」片側に明りを浴びて彼女の目は輝きながら彼に向けられていた。明るくしっかりと。「もしここから連れ出してくれなかったら、三時間のうちにあたしたちは殺されるのよ。この先それしかないの。どうなの、少佐？　どうするつもり？　あたしは一晩中待ってた。あなたが意識を失っている間、あたしはここに坐って、待ち、耳をすませていたの。そろそろ夜が明けるわ。夜は終りかけてるのよ」

ヘンドリックスは考えた。「奇妙だな」やっとそう言った。

「奇妙って?」

「わたしなら脱出させられる、君がそう考えたことがだよ。わたしにどういうことができると思ったのかなあ」

「〈月基地《ムーン・ベース》〉に連れてってくれる?」

「〈月基地《ムーン・ベース》〉だって? どうやって?」

「なにか方法があるはずだわ」

ヘンドリックスは首を振った。「だめだな。そんな方法なんて知らんよ」

タッソーはなにも言わなかった。一瞬ひたとみつめていたその目が揺らいだ。ぷいと顔をそらして、頭を下げた。そそくさと立ち上がった。「コーヒーは?」

「いらない」

「勝手になさい」タッソーは黙ってコーヒーを飲んだ。彼にはその顔が見えなかった。考え込んだまま地面に横になり、気持を集中させようとした。考えるなどむりだった。頭はまだ痛い。それにまだ虚脱感が彼にのしかかっていた。

「一つだけ方法があるかもしれない」彼はふいに言い出した。

「そう?」

「夜明けまであとどのくらいだ？」

「二時間。太陽がまもなく顔を出すわ」

「この近くに宇宙艇《てい》が置いてあるはずだ。わたしは見たことはない。だがあるのは知っている」

「どんな種類の船なの？」彼女の声は鋭かった。

「ロケット式巡航艇だ」

「それで地球を離れられるの？〈月基地《ムーン・ベース》〉へ行けるの？」

「そのはずだ。緊急の場合にね」彼は顔をこすった。

「どうかしたの？」

「頭がね。考えごとがどうも。なかなかなんだ——なかなか集中できない。あの弾のせいだ」

「その宇宙艇はこの近くにあるの？」タッソーは彼のそばにそっとやってきて、尻を落として坐り込んだ。「どのくらい離れてるの？　どこにあるの？」

「いま考えているところだ」

彼女の指は彼の腕に食い入った。「近くなの？」彼女の声は鉄のように冷酷だ。「どこにあるのかしら？　地下に格納してあるのかしら？　地下に隠してるかしら？」

「ああ。地下格納庫だ」

「どうやって見つけるの？　標識があるの？　記号の標識かなにかでわかるの？」

ヘンドリックスは考えを集中した。「いや。標識も記号もない」

「じゃ、なにがあるの？」

「目印だ」

「どんな目印？」

ヘンドリックスは答えなかった。揺らめく明りの中で、その目はなにも見えぬ眼球のようにどんよりとしていた。タッソーの指が彼の腕に食い込んだ。

「どんな種類の目印なの？　なにが目印なのよ？」

「わたしは——わたしは考えられないんだ。休ませてくれ」

「いいわ」彼女は手を放して立ち上がった。ヘンドリックスは地面に仰向けに横になり、目をつむった。タッソーはポケットに両手を突っ込んで彼から離れて行った。足元の岩のかけらを蹴とばし、空をじっと見上げながら立ち止まった。夜の闇はもう薄れて灰色に変わり始めていた。朝が訪れようとしている。

タッソーはピストルを握って、たき火の回りをぐるぐると行ったり来たりしていた。地面には、ヘンドリックス少佐が目を閉じ、身動きもせず横たわっている。次第に灰色が空に高く広がっていった。風景が目に映るようになり、灰地の平原が四方に開けていた。灰と建物の跡、そここにある壁、コンクリートのかけらの山、葉も枝もない木の幹。

空気は冷たく身を切るようだ。どこか遠くで鳥が一羽気のめいるような声で二、三度鳴いた。

「ええ」

ヘンドリックスが身じろぎした。目を開けた。「夜が明けたのか？　こんなに早く？」

ヘンドリックスはわずかに体を起こした。

「君はなにか知りたがっていた。わたしに尋ねていたね」

「それじゃ思い出したの？」

「ああ」

「それはなんなの？」彼女は緊張していた。「なんなの？」鋭く繰り返し尋ねた。

「井戸だ。涸《か》れ井戸だ。井戸の下の格納庫にある」

「井戸ね」タッソーはほっとした。「それじゃ井戸を見つけましょうよ」彼女は時計を見た。

「あと一時間だわ、少佐。一時間で見つかると思う？」

「手を貸してくれ」ヘンドリックスは言った。

タッソーはピストルをしまい、手を貸して彼を立ち上がらせた。「これじゃ大変だわ」

「ああ、そうだ」ヘンドリックスは唇をきゅっと結んだ。「だけどそれほど遠くじゃないと思う」

二人は歩き出した。早朝の太陽は二人にわずかだがぬくもりを降りそそいだ。大地は平坦で不毛、見渡すかぎり灰色に、そして死んだように広がっていた。鳥が数羽、頭上はるか高くをゆっくりと輪を描いてさえずりもせず飛んでいた。

「なにか見えるか？」ヘンドリックスが訊いた。「クローの姿は？」

「ううん。まだ見えない」

彼らはコンクリートや煉瓦がまっすぐに立ち並ぶ廃墟をいくつか通り過ぎた。セメントの土台。ネズミがさっと逃げ、タッソーははっとして跳びのいた。

「ここは昔は町だった」ヘンドリックスが言った。「村だ。田舎の村。かつてはブドウで暮らしをたてている土地だった。我々のいまいる所がそうだったんだ」

彼らは雑草が生い茂り、あちこちにひび割れのように亀裂のできた、荒廃した道にやってきた。右手のほうに石造りの煙突が一本立っていた。

「気をつけろ」彼が注意した。

ぽっかり口を開けた穴、覆いのなくなった地下室だ。よじれ、曲がったパイプのぎざぎざした端が突き出していた。一軒の家の跡をよぎった。浴槽が横にひっくり返っていた。こわれた椅子《いす》が一つ。スプーン、陶器の皿の破片。通りの中央で地面が陥没していた。そのくぼみは雑草や瓦礫、骨片でいっぱいだ。

「こっちだ」ヘンドリックスが呟いた。

「ここを行くの？」

「右だ」

二人は大型の戦車のそばを通った。ヘンドリックスのベルトの検知器が不気味にカチッと音をたてた。戦車は放射線で被曝していたのである。戦車から数フィート離れてミイラ化した死体が口を開け、大の字に倒れていた。道路の向こうは平坦な原っぱだった。石や、雑草、そして割れたガラスの破片。

「そこだ」ヘンドリックスが言った。

石造りの井戸囲いが傾き、壊れたまま突き出していた。その上に板が何枚か渡してあった。井戸の大半は瓦礫の中に沈んでいた。ヘンドリックスはよろめきながら近づいていき、タッソーはかたわらをついていった。

「確かにこれだと思うの？」タッソーが言った。「とてもそんなものには見えないけど」

「間違いない」ヘンドリックスは歯をくいしばって井戸の縁に腰を下ろした。息遣いがせわしい。顔の汗を拭った。「高級指揮官が脱出できるようにと準備されたものだ。掩蔽壕が敵の手に落ちたとかの万一の場合に備えてだ」

「それはあなたのこと？」

「ああ」

「宇宙艇はどこ？　ここにあるの？」

「わたしたちがいま立っている足の下だ」ヘンドリックスは井戸の石積みの表面に両手を走

らせた。「このアイ・ロックはわたしだけに反応する、ほかの誰でもだめなんだ。わたしの艇《てい》だ。そうなるはずだったと言うべきかな」

鋭くカチッと音がした。しばらくして足元から二人の耳に低い軋《きし》む音が聞こえてきた。

「下がって」ヘンドリックスが言った。彼もタッソーも井戸から離れた。

地面の一部分がすうっと開いた。金属のフレームが、煉瓦や草を押しやって、灰の中からゆっくりと突き出してきた。この動きは、宇宙艇が見えてきたときに止まった。

「ほらそれだ」ヘンドリックスは言った。

宇宙艇は小さかった。太い針のように金網のフレームの中に宙吊りになって、静かにじっと動かない。艇が持ち上げられたあとの空洞に、灰が雨のように降りそそいだ。ヘンドリックスは艇に近寄った。網の上に登ると、ハッチをゆるめ、手元に引っ張って開けた。艇の中に制御装置と与圧操縦席が見えた。

タッソーも来て彼のそばに立ち、中をじっとみつめた。「あたしはロケットの操縦には慣れてないの」しばらくして彼女は言った。

ヘンドリックスがちらりと彼女のほうを見て言った。「操縦はわたしがやる」

「あなたがですって？　座席は一つしかないのよ、少佐。一人乗りに作られたってことはあたしにもわかるわ」

ヘンドリックスの息遣いが変わった。彼は艇の内部をようくあらためた。タッソーの言うとおりだ。座席は一つだけだ。この艇は一人の人間だけを運ぶように作られていた。「なるほど」彼はゆっくりと言った。「そして、その一人というのは君だ、そう言うんだね」

　彼女はうなずいた。

「もちろんよ」

「なぜだ？」

「あなたには行けないもの。とてもこの旅行の間ももたないかもしれないわ。あなたは怪我《けが》をしてるのよ。おそらく向こうへはたどり着けないでしょう」

「興味深い指摘だ。だが、いいかね、〈月基地《ムーン・ベース》〉がどこにあるのかわたしは知っている。だが君は知らんのだ。何カ月も飛び回って、それでも見つからないかもしれない。うまく隠されているからね。なにを目標に探すかも知らないで――」

「運を天に任せてやってみなくちゃ。もしかするとあたしには見つけられないかもしれない。あたしひとりではだめかも。でもあなたは必要な情報を全部教えてくれると思ってるの。あなたの生命はそれにかかってるんですからね」

「どういうことだ？」

「もしあたしが間に合うように早く〈月基地《ムーン・ベース》〉を見つければ、あなたを迎えに宇宙艇を寄こすようにできると思う。もし間に合えばのことよ。間に合わないときには、あなたにチャンスはないけど。艇には食糧なども積んであると思うわ。それでかなり長い間あたしは生きてられるだろうし――」

ヘンドリックスは機敏に動いた。しかし傷ついた腕は彼の思うにまかせなかった。タッソーはしなやかな身のこなしで横に滑るように体をかわした。彼女の片手が電光石火の速さで近づいた。ヘンドリックスの目に銃尾が振り下ろされるのが見えた。一撃をかわそうとしたが、なにしろ彼女は早かった。金属の銃尾は頭の側面、耳のすぐ上を打った。しびれるような痛みが全身を駆け抜けた。痛みともくもくと湧き立つような暗黒。彼はすべるようにくずおれた。

おぼろげに、彼はタッソーが見下ろすように立ち、爪先《つまさき》で彼を蹴っているのがわかった。

「少佐！　起きなさい」

彼はうめきながら目を開けた。

「あたしの言うことを聞くのよ」彼女は銃を彼の顔に向けながら身をかがめた。「あたしは急ぐの。もう時間はそんなに残ってないわ。宇宙艇はいつでも出発できるの。でも、発《た》つ前に、あたしに必要な情報をあなたからもらわなくちゃ」

ヘンドリックスは頭をはっきりさせようと首を振ってみた。

「急いでよ！　〈月基地《ムーン・ベース》〉はどこにあるの？　どうやって探せばいいの？　目標はなんなのよ？」

ヘンドリックスはなにも言わなかった。

「返事をしてよ！」

「すまんが」

「少佐、この宇宙艇には必要な食糧が積んであるわ。あたしは何週間も飛んでいられるの。そのうちには〈基地《ベース》〉も見つかるでしょう。でもあなたは半時間もすれば死んでしまうのよ。あなたの生き長らえられる唯一のチャンスは——」彼女は口をつぐんだ。

斜面沿いの崩れかけた廃墟がいくつかあるあたりでなにかが動いた。灰の上でなにかが。タッソーは銃の狙いをつけながら素早く振り向いた。そして撃った。炎がぱっと跳んだ。なにかが砂地を転がりながら逃げていった。もう一度撃った。クローははじけ、歯車が飛んだ。

「わかった？」タッソーが言った。「あれは斥候《せっこう》よ。もうすぐやってくるわ」

「向こうの人間をわたしの迎えに寄こしてくれるんだな？」

「ええ。できるだけ早くね」

ヘンドリックスは彼女を見上げた。じっと彼女の表情をうかがった。「本当だな？」奇妙な表情が彼の顔に浮かんだ。貪欲《どんよく》なまでの渇望だった。「わたしを迎えに戻ってくるんだな？　〈月基地《ムーン・ベース》〉に連れていってくれるんだな？」

「あなたを〈月基地《ムーン・ベース》〉に連れていくわ。でもそれがどこにあるのか教えてくれなくちゃ。もう時間もほとんどないし」

「わかったよ」ヘンドリックスは岩のかけらを拾うと、体を引きずり上げるように坐り直した。「よく見てるんだ」

ヘンドリックスは灰の上に描《か》き出した。タッソーはその横に立って、岩のかけらの動きをじっと追った。ヘンドリックスは月の大まかな地図を描いていた。

「これはアペニン山脈。ここにアルキメデス・クレーターがある。〈月基地《ムーン・ベース》〉はアペニン山脈の端の向こう、約二百マイルの所にある。正確にどこかはわたしも知らない。地球にいる者は誰も知らんのだ。君がアペニン山脈の真上に来たら、赤い閃光を一度、緑色の閃光を一度放ち、そのあと赤い閃光を二度つづけて素早く放って合図をするんだ。〈基地《ベース》〉のモニターが君の信号を記録する。〈基地《ベース》〉はむろん地下にある。先方は磁気係留かぎで誘導してくれるんだ」

「それで制御装置は？　あたしに操作できるかしら？」

「操縦はほとんど自動になっている。君のやることは適切なときに間違いなく信号を送ることだけだ」

「ちゃんとやるわ」

「座席は発進時のショックのほとんどを吸収する。空気と温度は自動的に調整される。宇宙艇は地球を離れて自由空間に出て行く。機首を調整して一直線に月に向かい、月の表面百マイルほどの軌道に入る。軌道に乗っていくとやがて〈基地《ベース》〉上空に運ばれる。君がアペニン地域に入ったら、信号ロケットを投下するんだ」

タッソーは宇宙艇にするりと入って与圧操縦席に体を沈めた。アーム・ロックが自動的に巻きつく。タッソーは制御装置に指を触れた。「あなたは行けなくてお気の毒。あなたのためにお膳立てができていたのに、その旅行ができないなんてね」

「ピストルは置いてってくれ」

タッソーはピストルをベルトから抜き取った。手の中で、なにかを思案するように重みを見ていた。「この場所からあまり遠くへ行ってはだめよ。見つけるのが大変だもの」

「ああ、ずっと井戸のそばにいるよ」

タッソーは指をなめらかな金属の表面に走らせながら、発進スイッチをつかんだ。「すばらしい宇宙艇ね、少佐。よくできているわ。あなた方の技術には感心するわね。あなた方はいつだっていい仕事をしてきた。すてきな物を作れるのね。あなた方の仕事、あなた方の創造したものは、あなた方の最もすぐれた業績だわ」

「そのピストルを渡しなさい」ヘンドリックスはいら立ってそう言いながら手を差し出した。やっとのことで立ち上がった。

「さようなら、少佐」タッソーはピストルをヘンドリックスの体の向こうへ放り出した。ピストルは地面にぶつかって音をたて、弾み、転がっていった。ヘンドリックスは慌《あわ》ててそれを追った。体をかがめ、さっと手に取った。

艇のハッチがカチンと音をたてて閉まった。差し錠がぴたりと下りた。ヘンドリックスは戻ってきた。内側のドアが閉まろうとしていた。彼はよろけながらピストルを構えた。砕けるような轟音《ごうおん》がした。宇宙艇が金属の檻《おり》から勢いよく飛び出し、残った網は溶けた。ヘンドリックスは体がすくみ、あとずさりした。艇はもうもうと湧き立つ灰の雲の中に打ち上がり、空に姿を消した。

ヘンドリックスは長いこと、その噴射雲が消えてしまうまで見送って立っていた。なに一つ動くものはない。朝の空気は冷え冷えとして静かだ。彼はやってきた道をあてどなく戻り始めた。たえず動いているほうがいい。救援が来るまでにはだいぶ時間があるだろう——来るとしての話だが。

ポケットを探ってようやくタバコを一箱見つけた。むっつりしながらその一本に火をつけた。あの時みんな彼からタバコをもらいたがった。しかしタバコは数少なく、貴重だった。

トカゲが彼のそばの灰をするすると這った。彼ははっと立ち止まった。トカゲは姿を消した。頭上では、太陽が空高く昇っていた。ハエが何匹か、彼の側《そば》にある平たい岩にとまった。ヘンドリックスはハエを足で蹴った。

だんだん暑くなってくる。汗が顔をしたたり落ち、衿首《えりくび》に入った。口が乾いた。

やがて彼は足を止めて瓦礫の上に腰を下ろした。救急袋を開けて麻薬剤のカプセルをいくつか飲み込んだ。あたりを見回した。ここはどこだ？

なにかが前方に見えた。地面に長々と横たわって。音もたてず、身動きもしない。

ヘンドリックスは素早く銃を抜いた。人間のように見える。思い出した。クラウスの死体だ。変種第二号だ。タッソーがここで彼を撃った。灰の上に散らばる歯車や継電器、金属部品が見えた。陽の光に照り輝いている。

ヘンドリックスは腰を上げ、そこまで歩いていった。足でその動かない体をそっと押し、少し向きを変えさせた。内臓のように。金属の胴体、アルミニュームの肋骨《ろっこつ》や背骨が見えた。ワイヤがまたはみ出した。ワイヤとスイッチと継電器の山、無数のモーターや棒。

彼は身をかがめた。転倒によって頭蓋骨は砕けていた。人工頭脳がのぞいて見える。彼は目を凝らした。迷路のような回路。極小の真空管。髪の毛のように細いワイヤ。頭蓋骨に触れた。頭蓋骨はくるりと横を向いた。型名認識板が見えた。ヘンドリックスはそれをじっと眺めた。

そして青ざめた。

第四号だ——第四号。

しばらくじっと認識板をみつめていた。変種第四号。第二号ではなかった。彼らは間違っていた。タイプはもっとあったのである。三つだけではなかった。おそらくもっとたくさんあるのだろう。少なくとも四種類。そしてクラウスは変種第二号ではなかった。

だが、もしクラウスが変種第二号でないとすると——。

ふいにヘンドリックスは緊張した。なにかがやってくる、丘の向こうから灰地を歩いてくる。なんだろう？　目を凝らした。人影だ。人影がゆっくりとやってくる。灰地を前進してくる。

彼のほうに向かって近づいてくる。

ヘンドリックスは素早くかがむと、銃を構えた。汗がぽたぽたと目に入った。人影が近づき、彼は高まる恐怖心を懸命に抑えた。

最初のはデイヴィッドだった。デイヴィッドはヘンドリックスの姿を見て足を早めた。残る人影もそのあとから急いでやってくる。二番目のデイヴィッド。三番目のデイヴィッド。どれもそっくりな三人のデイヴィッドが、声も立てず、表情も変えず、細い脚を上下させて彼に近づいてきた。それぞれテディ・ベアを抱えて。

ヘンドリックスは狙いを定め、撃った。先頭の二人のデイヴィッドはみじんに砕けた。三人目はなおもやってくる。そしてその背後の人影。黙って彼のほうに向かって灰色の灰地を登ってくる。デイヴィッドのうしろにそそり立つような、〈傷痍兵〉。そして――。

そして〈傷痍兵〉のうしろからタッソーが二人、並んでやってくる。重いベルトをしめ、ソ連軍のズボンに、シャツを着、長い髪。ほんの少し前まで見ていたなじみの姿だ。宇宙艇の与圧操縦席に坐っていたあの姿。すらりとした、黙々としている、そっくりの二人。

彼らはすぐ近くに来た。デイヴィッドが、突然抱えていたテディ・ベアを落として、身をかがめた。テディ・ベアが地面を突進してきた。反射的に、引き金にかけたヘンドリックスの指がきゅっと締まった。テディ・ベアはあとかたもなく消えた。二人の〈タッソー〉は無表情に、並び合って、灰の上を歩きつづけている。

彼女たちがヘンドリックスのそばにほとんど近づこうというとき、彼はピストルを腰の高さに構え、そして撃った。

二人のタッソーは消えた。しかしその時すでに次のグループが丘を登り始めていた。どれもそっくりな五、六人のタッソーが一列に並んで、速い足どりで彼のほうへ向かってくるのである。

彼はタッソーにあの宇宙艇を渡し、信号も教えてやったのに。彼のおかげでタッソーは月へ、〈月基地《ムーン・ベース》〉へ向かっている。彼のおかげでそうできたというのに。

あの手榴弾については、結局彼の思ったとおりだった。ほかのタイプ、つまりデイヴィッド型、傷痍兵型、そしてクラウス型についての知識があって設計されたものだった。人間の設計したものではない。人間とまったく隔絶された地下工場の一つで作られたものだった。

タッソーの列が彼のほうに近づいた。ヘンドリックスは勇気を奮い起こして、彼女たちの様子をうかがった。よく知っているあの顔、あのベルト、たっぷりしたシャツ、手榴弾を所定の位置に注意深く身につけて。

あの手榴弾は——。

タッソーたちの手がもう彼に及ぼうというとき、最後に皮肉な考えがヘンドリックスの頭に浮かんだ。そのことを思うと、彼は少し気が楽になった。あの手榴弾。あれは他の変種たちをやっつけるために変種第二号が作ったものだ。その目的だけに作られたものだった。

彼らはすでにお互いを敵として使用する武器を考案し始めているのである。

くじ

シャーリイ・ジャクスン　深町眞理子＝訳

六月二十七日の朝はからりと晴れて、真夏のさわやかな日ざしと温かさに満ちていた。花は一面に咲きみだれ、草は燃えたつ緑に輝いていた。十時近くなると、村人たちは、郵便局と銀行とのあいだの広場に集まりはじめた。住民の多い町などでは、くじを引くのに前後二日もかかり、そのため六月二十六日から始めなければならないところもあるのだが、全住民合わせてもほぼ三百人にしかならないこの村では、その行事全体を通じて、ものの二時間とかからない。だから、朝の十時から始めても、まだ、村人たちが午餐《ごさん》をとりに家へ帰るのに、じゅうぶんな時間を残して終わることができるのだった。

最初に集まってくるのは、むろん、子供たちだった。学校はついこのあいだから夏休みにはいったばかりで、まだ多くの子供たちに、その開放感がしっくりなじんでいないようすだった。事実、そうして集まってきても、すぐさまわっと騒々しい遊びに散ってゆく子供はすくなく、しばらくは静かにかたまって立ち話をするといったふうだった。その話題も、いまだにクラスのことや先生のこと、教科書のこと、さらには学校で受けた罰のことなどにかぎられていた。そんななかで、ボビー・マーティンは、早くもポケットを小石でふくらませていた。しばらくすると、他の少年たちもボビーを見ならって、できるだけすべすべした、できるだけ円い石を選んでは、ポケットに詰めこみはじめた。最後にボビーとハリー・ジョーンズとディッキー・ドラクロワ——村人たちはこの姓を〝デラクロイ〟と発音した——とは、広場の片隅に大きな石ころの山を築き、他の少年たちの襲撃にそなえて、それを防護した。少女たちは、すこし離れたところにかたまり、たがいにさえずりあいながらも、相手の肩ごしにちらちらと少年たちのほうをうかがっていた。もっとずっと幼い子供たちは、砂ぼこりのなかをころげまわるか、でなければ兄や姉の手にしがみつくかしていた。

まもなく、男たちも、それぞれ自分の子供たちに目を光らせながら、植え付けや雨や、トラクターや税金のことなどを話し話し集まってきた。男たちは石ころの山から遠く離れた一角にかたまった。ときおり冗談も出はしたが、あまり騒々しい声にはならず、聞くほうも笑うというよりは、むしろほほえむ程度だった。女たちは、色の褪《あ》せたハウスドレスやセーターを着て、男たちのあとを追うようにやってきた。そしてそれぞれの夫のそばへ行きながら、たがいに挨拶《あいさつ》をかわし、二つ三つゴシップを交換しあった。やがて夫のかたわらに立った女たちは、思いおもいに自分の子供たちを呼び集めはじめた。子供たちは、四回も五回も呼ばれてから、しぶしぶやってきた。ボビー・マーティンは、首根っこをおさえようとする母親の手をひょいとくぐりぬけると、大声たてて笑いながら、石ころの山に駆けもどった。父親が声を荒らげて叱《しか》りつけた。ボビーはこそこそともどってきて、父親といちばん上の兄とのあいだに場所を占めた。

このくじ引きの行事は、スクエアダンスやティーンエイジ・クラブの催し、あるいは万聖節の行事などとおなじく、公民活動にささげる暇と精力とを兼ね備えたサマーズ氏によってとりしきられていた。丸顔の陽気な男で、石炭屋を営んでいたが、子供もなく、おまけに細君が口やかましい女だというので、ひとびとは彼に同情していた。いま彼が黒い木箱をかかえて広場に到着すると、村人たちのあいだから、いっせいにざわめきが漏れた。彼は一同に手をふってみせ、それから大声で「きょうはちょっと遅いな、みなの衆」と言った。サマーズ氏のあとからは、郵便局長のグレーヴズ氏が、三本脚の円椅子《まるいす》を持って現われた。円椅子は広場の中央に据えられ、その椅子にサマーズ氏が、運んできた黒い箱を置いた。村人たちは、円椅子とのあいだに一定の距離を置き、遠巻きにそのようすを見まもっていて、サマーズ氏が、「だれか手を貸してくれんかね？」と言ったときにも、しばらくたがいに顔を見あわせてもじもじしていた。やがてようやくふたりの男――マーティン氏とその長男のバクスター――が進みでて、サマーズ氏がなかの紙片をかきまわしているあいだ、しっかり箱をおさえる役目を受け持った。

初代のくじ引き道具はとうのむかしに失われてしまっていたが、いま円椅子に置かれている黒い箱も、村の最年長者を自任するワーナーのじいさまでさえ、まだ生まれていなかったころから使われているものだった。サマーズ氏は、おりにふれ村人たちに、新しい箱をつくってはどうかと持ちかけているのだが、その黒い箱に代表される程度の伝統をすら、だれもくつがえしたがらないのだ。それというのも、現在の箱は、その前の箱、つまり、ご先祖たちがこの土地に定着して、村の建設にとりかかったときにつくった箱の、その破片の一部からこしらえたものだ、との伝承があったからである。いまでも毎年、くじ引きが終わると、サマーズ氏はきまって新しい箱のことを口にしてみる。だが毎年、その問題は結局のところ先送りされて、うやむやのままに消えてゆくのだ。年を追って、黒い箱は見すぼらしくなってゆき、いまでは、いっぽうの側がひどくささくれて、下地の木肌が見えているほか、数カ所で色が剝げたり、しみがついたりして、もう完全な黒ともいえないほどになっているのだった。

マーティン氏と長男のバクスターとは、サマーズ氏がじゅうぶんに紙片をかきまぜるまで、黒い箱を椅子にしっかりおさえつけていた。すでにこの儀式の相当部分が、あるいは忘れ去られ、あるいは捨て去られていたので、サマーズ氏もどうにか数年前からは、それまで代々使用されてきた木片に替えて、紙片を用いるところまでは漕ぎつけていた。木片は、村が小さかったころには申し分なかったかもしれないが、いまでは人口が三百を超え、しかも年々増加する傾向にあるのだから、なにかもっと簡便な仕掛けを用いる必要がありはせぬか、そう主張したのだ。くじ引きの前の晩になると、サマーズ氏はグレーヴズ氏とふたりでこの紙片をつくり、箱に入れる。それから箱はサマーズ氏の営む石炭屋の金庫に運ばれ、翌朝サマーズ氏が広場へ持ってゆく用意ができるまで、鍵《かぎ》をかけて保管されるのだ。それ以外のときには、箱はどこかにかたづけておかれる。ときにある場所に、またときには他の場所に。たとえば、一年をグレーヴズ氏の家の納屋で過ごしたかと思えば、つぎの年には郵便局の床下に、またときには、マーティン食料品店の棚の上に置きっぱなしにされる、といったあんばいだ。

サマーズ氏がくじ引きの開始を宣言するまでには、ご念の入った手続きがまだいろいろと残っていた。まず、いくつかの名簿を作成する必要がある——一族の長の名簿、それぞれの一族におけるそれぞれの一家の長の名簿、それぞれの一族におけるそれぞれの一家の家族の名簿。それにつづいて、くじ引きをつかさどる幹事役たるサマーズ氏の、しかるべき宣誓の儀式が郵便局長の手で執り行なわれる。かつてはここで幹事役が、ある種の吟唱《ぎんしょう》を行なったという言い伝えもある。ほんのお座なりな、調子っぱずれの詠誦《えいしょう》だが、それが年ごとに万事遺漏《いろう》なくくりかえされていたのだとか。さらに、それを唱えているあいだ、幹事はその場にじっと立っている習慣だったと信じているもの、いやそうではなくて、幹事は村人のあいだをめぐり歩いていたはずだと信じているものなど、諸説あったが、もうずっと以前から、儀式のこの部分は省略されたままになっている。そのほかにも、かつては儀式としての一定の挨拶の型があって、くじを引くために進みでてくるひとりひとりにたいし、幹事は決められた型どおりに挨拶の言葉をかけなくてはいけないことになっていた。とはいえ、これもまた時の流れとともに変わり、いまでは、ただ声をかけるだけでよいと考えられている。サマーズ氏は、こうした経緯のすべてにしごく詳しかった。いま、清潔な白いシャツにブルージーンズというでたちで、片手を無造作に黒い箱にかけ、グレーヴズ氏とマーティン家のふたりの男を相手に、何事か長々と述べたてているサマーズ氏の姿は、この儀式にきわめてふさわしく、かつ荘重《そうちょう》に見えた。

サマーズ氏がようやくその独演を終え、集まった村人たちのほうへ向きなおろうとした、まさにそのとき、ハッチンスン夫人がセーターを肩にひっかけ、急ぎ足に広場への道をやってきて、群衆の後ろにすべりこんだ。「きょうがなんの日だったかってこと、きれいに忘れちゃっててさ」と、彼女は隣りにいるドラクロワ夫人に言った。ふたりは顔を見あわせてひそやかに笑った。「いえね、うちのひとはまた、薪《まき》でも積みに出てったのかと思ってたんだよ」と、ハッチンスン夫人は言葉をつづけて、「ところが、ひょいっと窓の外を見ると、子供たちがいない。そこでようやくきょうが二十七日だってことを思いだしてね、こうしてとんできたわけさ」そしてエプロンの端で手を拭《ぬぐ》う。ドラクロワ夫人がそれに相槌を打つ。「だけど、さいわいあんた、まにあったよ。あっちじゃまださかんにしゃべくってるようだから」

ハッチンスン夫人は首をのばして人垣ごしに四方を見まわし、夫と子供たちとが最前列に近いあたりにいるのを見つけた。さよならがわりにドラクロワ夫人の腕を軽くたたくと、彼女は人垣を押し分けて前へ出ていった。ひとびとは機嫌《きげん》よく彼女を通してやり、なかの二、三人は、ちょうど前のほうまで聞こえるぐらいの声で、「おいハッチンスン、かみさんがきたぜ」とか、「なあビル、おかみさんどうにかまにあったぜ」などと呼びかけた。ハッチンスン夫人がようやく夫のそばにたどりつくと、待ちもうけていたサマーズ氏が、陽気な口調で言った。「やあテシー、わしらはあんたなしでやらにゃならんかと思っとったで」するとハッチンスン夫人は、にやりとしながら言いかえした。「おや、まさか流しに皿を置きっぱなしにしたままで、出てこいっていうんじゃあるまいね？」彼女に道をあけてやったあと、またざわざわともとの位置にもどろうとしていた群衆のあいだに、忍び笑いがさざなみのようにひろがった。

「さて、そんなら」と、サマーズ氏がしかつめらしく言った。「早いとこ始めて、早いとこかたをつけてしまうとしようや。それだけみんなも早く仕事にもどれる。ところで、だれかきてないものはいないかね？」

「ダンバーがきてない」何人かが言った。「ダンバーがいない。ダンバーが欠けてる」

サマーズ氏は名簿を調べた。「クライド・ダンバーだな。それは承知してる。脚を折ったんだったろう？　だれが代わりに引くのかね？」

「あたし、だろうと思うけど」と、ひとりの女が言った。サマーズ氏はふりむいて、声の主のほうを見ると、「ふむ、女房が亭主の代わりに引くか」と言い、さらにつづけて、「あんたには、代わりに引いてくれるような大きな息子はおらんのかね？」と訊いた。サマーズ氏にかぎらず、この村の住民なら、だれしもその答えは百も承知なのだが、こうした質疑をどこまでも正式に遂行すること、それこそが幹事の役目なのだ。ダンバー夫人がそれに答えるあいだ、サマーズ氏は慎みぶかく、いかにも興味ありげな表情で聞き入った。

「ホレースはまだ十六になんないんですよ」と、ダンバー夫人は口惜しそうに、「だから今年は、どうやらあたしがうちのひとの穴埋めをやらなきゃなんないみたいです」

「よかろう」サマーズ氏は言って、手にした名簿に何事か書きこんだ。それから、口調を改めて、たずねた。「ところで、ワトスンの息子は、今年は引くのかね？」

群衆のなかから、背の高い少年が手をあげた。「はい。おれがおふくろと自分の分を引きます」そう言って彼は、群衆のあいだから口々に、「そんだ、いい子だぞ、ジャック」とか、「おめえのおっかさんも、これでやっと男衆にまかせられるようになった、つうわけだ。よかっただな」などといった声が飛ぶなかで、神経質に目をぱちぱちさせながら、首をすくめて立っていた。

「よし」サマーズ氏が言った。「それじゃこれでぜんぶだな。ワーナーのじいさまはきとるかね？」

「ああ、きとるだ」声が言った。サマーズ氏はうなずいた。

ここでサマーズ氏がひとつ咳払《せき》いして、手にした名簿に目を落とすと、群衆は急に水を打ったように静まりかえった。「みんな、用意はいいか?」と、サマーズ氏は声をはりあげた。「さて、これからわしが名前を読みあげる——一族の長《おさ》が最初だ——そしたら、呼ばれたものは前に出てきて、箱からくじを引く。全員が引きおわるまで、くじはひらかず、たたんだまま手に持ってること。いいかね、みんなわかったな?」

すでに何度もくりかえしてきたことなので、ひとびとはこの指示も半分がた聞いていなかった。大多数のものは、舌でくちびるを湿しながら、周囲を見まわすこともなく、うっそりと押し黙って立っているきりだ。やがてサマーズ氏が片手を高々とあげて、「アダムズ」と呼んだ。ひとりの男が群衆から離れ、前へ出てきた。「こんちは、スティーヴ」サマーズ氏が言い、そしてアダムズ氏も、「こんちは、ジョー」と応じた。ふたりはたがいに顔を見あわせ、ぶすっとした表情で落ち着かなげに笑いあい、それからアダムズ氏が例の黒い箱に手をさしいれて、小さく折りたたんだ紙片を一枚とりだした。彼はその紙片の一端をしっかと握ったまま、くるりと向きなおって、急いで群衆のなかのもとの位置にもどった。そして、自分の手から目をそむけるようにしながら、家族たちとのあいだにちょっと距離をおいて立った。

「アレン」サマーズ氏が呼んだ。「アンダスン……ベンサム」

「なんだか、くじとくじとのあいだに、まるっきし間《ま》がないみたいな気がするよ」と、ドラクロワ夫人が後ろの列のグレーヴズ夫人に話しかけた。「前回のを、つい先週すませたばかりみたいな感じでさ」

「月日のたつのはたしかに速いもんだよ」グレーヴズ夫人が相槌を打った。

「クラーク……デラクロイ」

「あ、うちの亭主だ」ドラクロワ夫人が言った。夫が前へ進みでるのを、彼女は息を詰めて見まもった。

「ダンバー」サマーズ氏が呼びあげた。ほかの女たちが「さあさ、あんたの番だよ、ジェイニー」とか、「ほら、行った行った」などと言うなかを、ダンバー夫人はしっかりした足どりで箱にむかって歩いていった。

「つぎはうちだ」グレーヴズ夫人が言った。そして、グレーヴズ氏が箱の脇をまわって出てきて、重々しくサマーズ氏と挨拶をかわし、箱のなかから紙片を一枚選びだすのをじっと見つめた。このころまでには、群衆のなかのそこここに、大きな手に小さく折りたたんだ紙片を握り、落ち着かなげに表を返したり裏を返したりしている男たちの姿が見られるようになっていた。ダンバー夫人とそのふたりの息子も、紙片を握ったダンバー夫人をまんなかに、たがいに寄り添いあって立っていた。

「ハーバート……ハッチンスン」

「そらお行きよ、ビル」ハッチンスン夫人が言った。まわりの村人たちが笑った。

「ジョーンズ」

「おらあこういう話を聞いたんだどもよ」と、アダムズ氏がすぐそばに立っているワーナーのじいさまに言った。「北の村じゃあ、もうくじ引きはやめべえかという話が出とるそうだが」

ワーナーのじいさまは鼻を鳴らした。「阿呆《あほう》どもじゃ、そりゃ。群盲というやつよ」と言う。「おおかた若《わけ》えやつらの言うなりにでもなっとんのじゃろ。そんなやつらの言い種になんか、ろくなこたあねえ。たぶんそのつぎにはよ、洞穴にでも住んでよ、もうだあれも働かねどもええ、そんな暮らしにもどりてえ、なぞと言いだすに決まっとるわ。だがな、わしらあ代々こう言いならわしてきたんじゃ——『六月にゃくじ引き、とうもろこしゃ実る』ってな。それをやめて見い、みんないっぺんにはこべとどんぐりの粥《かゆ》に逆もどりじゃて。ええか、くじはいつだってあったんじゃ」それから不機嫌につけくわえて、「ジョー・サマーズの若造めが、いちいちみんなとジョークなんぞ言いおって。見ちゃおれんわい」

「だけど、もうくじをやめた村だって、いくつかあるっていう話だけどねえ」アダムズ夫人が言葉をはさんだ。

「ばかな、そんなこたあ百害あって一利なしじゃ」ワーナーのじいさまはきっぱり言いきった。「若造どもの阿呆んだれめが」

「マーティン」そしてボビー・マーティンは、父親が前へ出てゆくのをじっと見まもった。

「オーヴァーダイク……パーシー」

「早くしてくれないかねえ」ダンバー夫人が上の息子に言った。「もっとさっさと進めてくれないかねえ」

「もうすぐ終わりさ」息子は言った。

「走ってとうちゃんに知らせにいく用意をしておき」ダンバー夫人は言った。

サマーズ氏が自分の名を呼び、かたくるしい足どりで前へ出ると、箱のなかから紙片を一枚選びだした。それから、声を高めて呼んだ。「ワーナー」

「今年で七十七年めじゃ、わしがくじに出るのもな」と、ワーナーのじいさまは人波をかきわけて前へ出ながら言った。「そうさ、七十七回めじゃよ」

「ワトスン」さいぜんの長身の少年がおずおずと進みでた。だれかが言った。「びくびくせんどもええだ、ジャック」そしてサマーズ氏も言った。「ゆっくりやんな、坊や」

「ザニーニ」

そのあとに長い沈黙がつづいた。息詰まるようなひとときが流れた。それからようやくサマーズ氏が、自分の紙片を空にかざしながら言った。「そんじゃ、みなの衆」ちょっとのあいだ、だれも動かなかったが、つぎの瞬間、紙片はいっせいにひらかれていた。女たちがとつぜん堰《せき》を切ったようにしゃべりだした。「だれだい？」、「だれが当たったんだい？」、「ダンバーかい？」、「ワトスンかい？」。それから、それらの声がつぎつぎに言いはじめた。「ハッチンスンだと。ビルだとさ」、「ビル・ハッチンスンが当たったんだと」

「行って、とうちゃんに知らせな」ダンバー夫人が上の息子に言った。

　ハッチンスン一族の姿をもとめて、ひとびとは周囲を見まわしはじめていた。そのなかで、ビル・ハッチンスンだけは身じろぎもせず立ちつくし、じっと手のなかの紙片を見おろしていた。と、ふいにテシー・ハッチンスンが、サマーズ氏にむかってわめきだした。「あんたはうちのひとに好きなだけの時間をやんなかった。くじを選ぶだけの時間をかけさせなかった。あたしゃ見てたんだ。あんなのフェアじゃない！」

「泣き言をお言いでないよ、テシー」ドラクロワ夫人が言った。グレーヴズ夫人も言った。「そうともさ。あぶない橋を渡ったのは、あたしらみんなおなじなんだから」

「テシー、黙んな」と、ビル・ハッチンスンが言った。

「さて、みなの衆」サマーズ氏が言った。「これまでのところは、まず順調に進んできた。時間どおりに終わらせたけりゃ、ここでまたひとふんばり、がんばらにゃならん」それから二枚めの名簿に目を通して、言った。「ビル、あんたはハッチンスン一族を代表してくじを引いたわけだ。そこで訊《き》くが、ハッチンスン一族には、ほかにまだ家族がいるかね？」

「いるよ、ドンとエヴァがいる」ハッチンスン夫人が叫んだ。「おなじあぶない橋を渡るんだったら、あの子たちにも渡らせるがいい！」

「娘はな、そのご亭主の一族のほうで引くんだよ、テシー」サマーズ氏がやんわりと言った。「そんなことはあんただって、みんなに劣らずよく承知してるはずだろうが」

「そんなの、フェアじゃない」テシーはくりかえす。

「いや、あいにくといねえようだね、ジョー」ビル・ハッチンスンがくちびるを嚙みしめて言った。「おれの娘は、亭主のほうの一族といっしょに引く。こいつはしごく順当だ。だとすりゃ、あとおれのところにゃ、がきしかいねえ」

「ならば、一族を代表してくじを引くってことに関するかぎり、そいつはあんただ」サマーズ氏が説いて聞かせる口調で言った。「さらに、その一族のなかの家族を代表して引くってことになると、そいつもあんただ。まちがいないね？」

「まちげえねえ」と、ビル・ハッチンスン。

「子供は何人だね、ビル？」サマーズ氏はあくまでも形式にこだわる。

「三人だ」と、ビル・ハッチンスン。「ビル・ジュニア、それにナンシー、あとはデーヴのちびと。それにテシーとおれ」

「結構。それでは」と、サマーズ氏。「ハリー、みなのくじは集めたかね？」

グレーヴズ氏がうなずいて、紙片の束を掲げて見せた。

「じゃあそいつを箱に入れてくれ」サマーズ氏が指示する。「ビルのもとりかえして、いっしょに入れるんだぞ」

「あたしゃもういっぺん最初からやりなおしてくんなきゃ、やだ」と、ハッチンスン夫人が努めて自分をおさえている口ぶりで言った。「何度でも言うけど、さっきのはたしかにフェアじゃなかったもの。あんたはうちのひとに、好きなのを選ぶだけの時間をかけさせなかった。だれだって見てたんだ」

　グレーヴズ氏は束のなかから五枚の紙片を選びだし、それを箱のなかに入れると、残りはそのまま地面にばらまいた。一陣の風がそれらをとらえ、四方の空に運び去った。

「ねえ聞いておくれよ、みなの衆」ハッチンスン夫人が周囲のひとびとにむかって訴えていた。

「用意はいいか、ビル？」サマーズ氏がたずねた。ビル・ハッチンスンはちらりと細君と子供たちに目を走らせ、それからうなずいた。

「念のために言っておくが」と、サマーズ氏が言った。「くじを引いたら、各自がみな引きおわるまで、たたんだまま手に持ってること。ハリー、あんたデーヴ坊やに手を貸してやってくれ」グレーヴズ氏が幼い少年の手をとった。少年はグレーヴズ氏に手をひかれ、嬉々《きき》として箱のそばへやってきた。「箱のなかから紙を一枚おとり、デーヴィ」サマーズ氏が言った。デーヴィは手を箱のなかにさしいれ、うれしそうに笑った。「ひとつだけとるんだよ」

サマーズ氏は言った。「ハリー、坊やのかわりに、そいつを預かっといてくれ」グレーヴズ氏は子供の手をとると、小さな握りこぶしから折りたたんだ紙をとりあげ、自分で握った。ちいちゃなデーヴィは彼の足許《あしもと》に立ったまま、不思議そうに彼を見あげた。

「つぎはナンシーだ」サマーズ氏が言った。ナンシーは十二歳だった。学校友だちがみな息を殺して見まもるなか、彼女はスカートをひるがえして前へ出ると、気どった手つきで、箱から紙片をつまみだした。「ビル・ジュニア」サマーズ氏が言った。赤ら顔で、なみはずれて大きな足をしたビリーは、くじをとりだすはずみに、あやうく箱をひっくりかえしそうになった。「テシー」サマーズ氏が言った。彼女は一瞬ためらったのち、いどむように周囲を見まわすと、口をへの字に結び、つかつかと箱に歩み寄った。そしてひっさらうように紙片をとりだし、背中に隠した。

「ビル」サマーズ氏が言った。ビル・ハッチンスンは箱に手をさしいれ、あちこちさぐりまわったあげくに、ようやく最後の一枚をつかんで、手を引き抜いた。

群衆は静まりかえっていた。ひとりの少女がつぶやいた。「どうかナンシーじゃありませんように」そのつぶやき声は、群衆の隅々にまで伝わっていった。

「むかしはこんなやりかたはせんじゃった」ワーナーのじいさまが聞こえよがしに言った。「人間どものほうもじゃ。むかしとはまるで変わってしまいよって」

「よし。じゃあくじをひらけ。ハリー、あんた、デーヴ坊やのをあけてやってくれ」サマーズ氏が言った。

　グレーヴズ氏は紙片をひらいた。彼がそれを高々と掲げ、だれの目にもそれが白紙であることがわかると、群衆のなか全体に、ほっと吐息《といき》の波が揺らいだ。ナンシーとビル・ジュニアは、同時におのおのの紙片をひらいた。そして同時にふたりともぱっと顔を輝かして笑うと、それぞれのくじを頭上高くかざしながら、ひとびとのほうへ向きなおった。

「テシー」サマーズ氏が言った。しばしの空白。そこでサマーズ氏はビル・ハッチンスンをかえりみ、ビルは自分の紙片をひらいて、それを呈示した。白紙だった。

「じゃあテシーだ」サマーズ氏が言った。押し殺したような声音だ。「ビル、かみさんのくじをみなの衆に見せてやってくれ」

　ビル・ハッチンスンは細君に歩み寄り、その手から紙片をもぎとった。紙の面には、まぎれもない黒丸がしるされていた――前夜、石炭屋の事務所で、サマーズ氏が濃い鉛筆でしるした黒々とした丸。ビル・ハッチンスンは、それを高々とかざした。群衆のなかに、ざわざわと波紋がひろがっていった。

「よし、ではみなの衆。早いところかたづけてしまおう」と、サマーズ氏が言った。

　すでにこの儀式の大部分を忘れ果て、初代のくじ箱も失ってしまっていたにもかかわらず、石を使うことだけは、村人たちもいまだに覚えていた。さいぜん少年たちが集めた石ころの山が一同を待っていたし、紙くずとなったくじが風に舞っている地面にも、石はまだたくさんころがっていた。ドラクロワ夫人は、両手でなければ持ちあげられないほどの大石を選び、ダンバー夫人のほうをふりかえった。「さあ行こう。さっさとおいでよ」

ダンバー夫人は両手に小石を握っていて、せきたてられると、息を切らしながら、「あたしゃね、走るのはまるきり苦手なんだよ。先に行っとくれ、あとから追いつくから」と言った。

子供たちもすでに石を握っていたし、ちいちゃなデーヴィ・ハッチンスンの手にも、だれかがいくつかの小石を握らせた。

テシー・ハッチンスンのまわりには、空いたスペースができていた。そのスペースの中央に立った彼女は、村人たちがじりじりと近づいてくると、必死にそのほうへ手をさしのべた。「こんなのフェアじゃない」そう言ったとき、石がひとつ、その側頭部に命中した。

ワーナーのじいさまが言っていた。「さあやれ。やるんだ、みなの衆」

スティーヴ・アダムズは、グレーヴズ夫人とともに村人たちの先頭に立っていた。

「こんなのフェアじゃない。こんなのいんちきだ！」ハッチンスン夫人が絶叫した。村人たちがどっと襲いかかった。

パラダイス・モーテルにて

ジョイス・キャロル・オーツ
小尾芙佐＝訳

おまえたちブタどもの何人が。悪魔の使者たちが。心の底でひそかに姦淫《かんいん》をするやからが。無垢《むく》なひとびとを犯し奪うやつらの何人が。肉欲にふけり這《は》いつくばる何人が。神の怒りの権化《ごんげ》である〝スター・ブライト〟に処置されてしかるべきおまえたち、もしわたしがはやばやと穴ぐらに追い詰められなかったら、そのうちの何人がひとを殺していたか、わたしに知るすべはない、なぜなら主《しゅ》である神の叡知《えいち》によってそれはわたしたちに明かされることはないのだから。アーメン。

ゆらめく光の平面のはるかかなた、シェラネヴァダの山脈が藤色にかすんで見える砂漠では、光は剃刀《かみそり》の刃のように鋭くまっすぐに落ちる。空は硬質のセラミック・ブルー、まるでペンキで描いたように深みがない。〝スター・ブライト〟は過ぎ去った数時間の麻薬の生み出す幻想から醒《さ》めると、しばらく自分がどこにいるのか、だれといっしょにいるのかわからなかった。モーテル、レストラン、ガソリンスタンドなど、えんえんと続く見慣れた、あるいは見慣れない風景、リノとラスベガスのカジノのおびただしい広告の看板——彼らはいましもスパークスの市境に近づこうとしていた、ビリー・レイ・コブは、赤い革張りの内装のスティール・グレイの高級車、レンタルのインフィニティのハンドルを握っている。〝スター・ブライト〟は、あたりをよく見たいと白縁のサングラスをはずしてはみたものの、光は眩《まばゆ》く強烈だった。朝にしても昼下がりにしても、もともと日光に肌をさらけだす時間に向いている女ではない。彼女の魂がはっきり目を醒ますのは、ネオンの光がまたたきはじめる黄昏《たそがれ》どき。でもわたしはなぜここにいるのだ、なぜいま？　そしてだれと？

神の啓示が近づいているとは知るよしもなく。

インフィニティの運転席、彼女のかたわらでそっくりかえっているのは、カリフォルニアはエルトンから来たコブ氏、某メーカーの営業マン——ゆうべそう自己紹介をした。コブ氏は四十六になる猪首《いくび》の男、汗かきで、目蓋《まぶた》のぼってりと厚い蛙《かえる》みたいな目、じとっとした物欲しげな笑い。着ているのはスポーティな休暇用の服——これは彼の休暇だ、ともあれ——ポケットにB・R・Cと頭文字の縫い取りのある派手なブルーのクレープのシャツ、ポリエステルのチェックのズボンは股のところに皺《しわ》がよっている。安ピカの真鍮《しんちゆう》のバックルのついたナヴァホ・インディアン風の革ベルト。右手にオニックスの指輪、左手に金の結婚指輪、ふたつともぶくぶくした肉に埋もれている。コブ氏が自分のほうを見ているのが目のはしに見えたので、〝スター・ブライト〟はサングラスをあわててかけなおした。厚化粧のその顔は、こってりと塗りあげた仮面。自分が美しく見えるのは承知だが、この容赦ない白熱の砂漠の太陽のもとでは、まあぴったり年齢通りとはいかなくても――もともと年相応に見られたことがない――おそらく三十一、二、カリフォルニアのコブ氏をまんまと騙《だま》しおおせた二十八という齢《とし》にはとうてい見えないだろう。

彼女は、〝スター・ブライト〟――カリフォルニアはタホー湖のキングス・クラブの〝エキゾチック・ダンサー〟。道徳の混沌《こんとん》とした現代において人並みの生活費を稼ごうとしている、独立独歩の女性、タホー湖の前はカリフォルニアのサンディエゴに住んでいた、それともフロリダのマイアミだったかな？　テキサスのヒューストンの時代もあったっけ。

それ以前の記憶は消えてしまった、夢というものが、たとえどんなに鮮やかな悪夢であっても、目が醒めるとともにうすらいでいくように。

まだ午後六時にはなっていない。真昼のように明るい。それなのにビリー・レイ・コブは、モーテルにしけこもうと躍起になっている。インフィニティのフロント・シートにすわっている〝スター・ブライト〟の手をぎゅっと握ったり抱きしめたり、桜色の頰《ほお》を火照《ほて》らせて荒い息を吐いている。赤い革張りの内部は新車のにおいがする、エアコンが、三人目の乗客のようにうなり声をあげている。〝スター・ブライト〟は、新しいお友だちが彼女の性的魅力に惹《ひ》かれているのがまんざらでもない、そう思わなくちゃいけない。「おまえにぞっこんなんだよ、ベイビー」コブ氏がいった、声音《こわね》がちょっときつい、〝スター・ブライト〟が自分のいうことを信じないんじゃないかと疑っているように。「ゆうべのことを思い出しなよ」

そんなわけで、〝スター・ブライト〟が行くものと信じこまされていたリノまで走らなかった。じっさいリノに行ったとしても、どんなちがいがあるだろう？

どうやら衝動によって、ビリー・レイ・コブは、ルート88のパラダイス・モーテルへ、スパークスの市境を入ったすぐの大通り沿いに並んでいるおびただしい〝割引料金〟モーテルの一軒に車を乗りいれた。〝スター・ブライト〟は、痛む目をなかば閉じて考えてみたものの、以前ここにきたことがあるのかどうかよくわからない。凋落《ちょうらく》の兆《きざ》しを見せるサーモン・ピンクのスペイン風スタッコの平屋建てのモーテル、各室及びハネムーン・スイート宿泊料金割引！　午後四時から八時までサービス・タイム！　〝スター・ブライト〟は、みすぼらしい部屋の殺虫剤のにおいをさっそく嗅《か》ぎとってひどく失望したものの、それを面《おもて》には出さなかった。そういうたぐいの女ではなかった。

灰色がかったブロンドの髪、彫りの深い見栄えのする顔、ダンサーらしい長い脚をもつ〝スター・ブライト〟は、男たちの露骨な視線には慣れっこだし、心の底の激しい反感も胸におさめておくことをわきまえていた。燃えあがる怒りのほむらとともに歯をむきだすような真似《まね》は決してしない、眉《まゆ》をよせ、しかめ面《つら》をすることも、白い額《ひたい》の皺《しわ》をくっきり浮かびあがらせることもなかった。とても不幸なティーンエイジャーの娘のように親指の爪《つめ》を歯にあてて血の味がするまで甘皮を噛《か》むこともなかった。

コブ氏がパラダイス・モーテルにチェックインするあいだ、〝スター・ブライト〟は、プールサイドのあたり、もろい紙粘土を思わせる椰子《やし》の並木にはさまれた中庭のあたりをぶらぶらしていた。腎臓《じんぞう》の形をしたプールでは、裸同然のひとびとが数人、水しぶきをあげていて、鼻につんとくる塩素のにおいが漂っていた。おまけにいたるところ殺虫剤のにおいがする。〝スター・ブライト〟は、だれか顔を見知ったものはいないか――だれか自分を知っている人間はいないか――すばやくあたりをうかがった。長年にわたり大勢の男たちと関《かか》わりをもってきたので、用心は常々怠らなかった。

今宵《こよい》、ネヴァダのスパークス、ルート88沿いのパラダイス・モーテルには、〝スター・ブライト〟が知っている理由のある人間、あるいは顔を知られている理由のある人間はひとりも見当たらなかった。

よかった、神さま。

中庭にいる一ダースほどの泊まり客のうち、たったひとりを除いてはみんなそろって肉づきのいい若い娘たちが陽光に大胆に身を曝《さら》している――南西部への訪問者たちだ、たぶん。ちっぽけな水着をつけたオイルでてらてら光る肉体、夢見るように閉じられた目。〝スター・ブライト〟と同じようにマニキュアをした指――足の爪も。アイス・キューブがとけかかっている明るいパステル色の飲み物、空《から》のビール壜《びん》やペリエの壜が錬鉄のテーブルの上にところせましと並んでいる。頭上の拡声器から流れだすロック・ミューザクが空気を振動させ、心臓の鼓動が早まる。〝スター・ブライト〟は踊りたいという狂おしい衝動を感じた。エロチックなビート、激しいリズム、あたしを見て、あたしはここよ、どうしてだれもあたしを見ないの？――〝スター・ブライト〟がここにいるのよ！　シルクのようにつややかな黒いタイト・スカートをはいている、太股《ふともも》が半分むきだしになるくらいの丈、金のラメ入りのホルター・トップが胸をきゅっと締めあげている、きれいに剃《そ》ってあるブロンドの長い脚に靴下ははいていない、素足にコルク製の厚底のハイヒール、左のくるぶしに巻いた細い金の鎖にちっぽけな金のハートがひとつぶら下がっている。耳のピアスは、肩に触れるばかりの光る滝、両の腕には半ダースもの虹色のブレスレットが燦然《さんぜん》と輝いている。深紅色の唇は濡《ぬ》れている、熱があって荒い息をついているように。そして妖《あや》しい魅力をたたえるサングラスが、目の下の痣《あざ》や、くろずんだ隈《くま》を隠している。あんたたち、どうしてあたしを見ないの？　あたしは、おまえたちのだれよりも美しい。

〝スター・ブライト〟がひとびとにはじめてもてはやされたのは、十三のとき、ニューヨークのバッファローで開かれたヤング・タレントのコンテストで優勝したときだった。何年前だって？　そんなこと訊《き》くもんじゃない。

タホーのクラブにいた年上のダンサーが、〝スター・ブライト〟にこんなことをいった。みんながあんたを見るのをやめたら、みんなの目があんたの体を素通りしていくようになったら、あんたはただの死んだ肉。だからじろじろ見られるのは歓迎しなくちゃ。ああいうブタどもは、銀行のお札なんだよ。

でもプールサイドにいる〝スター・ブライト〟に目を向けるものはだれひとりいないようだ。それは、それなりに神の啓示だった。もっともこの時点で〝スター・ブライト〟はそんなことは知らなかった、知るよしもなかった。のちのちネヴァダの新聞やテレビの報道で、ビリー・レイ・コブがパラダイス・モーテルにチェックインするとき、カリフォルニアのロスアンゼルス在住のエルトン・フリン夫妻と名乗ったことを知ることになる。

じっさいひとびとの視線は、プールでばしゃばしゃとしぶきをあげている騒ぎのほうに惹きつけられていた。ちっぽけな黄色のビキニをつけた豊満な肉体の若い女が、日焼けした筋骨たくましい若い男に体をくすぐられて足をばたばたやりながら、アメリカの国旗みたいな縞《しま》模様のふくらんだエアマットレスを胸に抱きしめて嬌声《きょうせい》をあげている。彼らの喚声《かんせい》や笑い声が空気を切り裂く。まったく目立ちたがり屋なんだから！〝スター・ブライト〟はちょっとばかり妬《ねた》ましくて彼らを見つめていた。でもすぐに眉をひそめた。裸に近い姿、とても卑猥《ひわい》な恰好《かっこう》のその若い男女はプールでセックスをしているように見えた。輝く水が彼らのまわりで盛りあがり、さざ波をたてる。周囲のひとびとは、にやにやしながら見物している。恋人たちは気づかないようなふりをしているが、見られることに快感を覚えているらしい。見てよ、あたしたち、こんなに幸せなんだから、あたしたちの体が感じているこの快楽、みんな妬《や》いてるんじゃないの！　若い女の腕が振りまわされ、乳房がビキニのブラから弾《はじ》けだしそうになる。強靭《きょうじん》な脚がばたばたと水を打つと、若い男は、その脚のあいだにずうずうしく体を押しこみ、女の喉首《のどくび》にじゃれつくように嚙みつき、あいだのエアマットレスがするりと抜けると、ふたりはすさまじい悲鳴をあげて水中に沈んでいく。〝スター・ブライト〟は唇をすぼめ、あわてて顔をそむけた。

ビリー・レイ・コブが彼女に追いついてきたのはまさにこのときだ。軽く眉をよせて苛立《いらだ》った表情、むくれたように垂れさがった唇、厚い目蓋のかぶさった目は赤く血走り、ちょっと息をはずませながら、彼は〝スター・ブライト〟の手首をつかんだ。彼はふたつのことをいったけれども、どちらを先にいったのか、あとになって思い出せなかった。ひとつは、「どこにいっちゃったかと思ったよ、ベイビー！」もうひとつは、「もうお楽しみがはじまってるみたいだな、ええ？」

ひっかき傷のついた赤茶色のレザーのグッチの旅行鞄《かばん》ではなく、財布や化粧品やデザイナー・ブランドのコンドームやアンフェタミンやヴァリアムの錠剤の入ったミッドナイト・ブルーのスパンコールのバッグのなかに、〝スター・ブライト〟は護身具をひそませていた。真珠貝の柄《え》のドイツ製のステンレス・スチールのナイフ、細身の刃は長さ五インチ。ティッシュ・ペイパーにくるんでバッグの底に入れてある、剃刀の刃みたいに鋭利な刃はまだテストがすんでいない。ナイフは護身具であって武器ではない。隠匿された武器ではなおさらない。彼女の知るかぎり、〝スター・ブライト〟が数年前にそのナイフを手に入れてから住民として暮らしてきたいくつかの州、そのいずれでも、ナイフを携帯することは違法ではなかった。テキサスのヒューストンのハイアット・リージェンシー・ホテルのカクテル・ラウンジでふたりの風俗取締班専従の私服刑事に誤認逮捕されてからというもの、護身具を身につけるようになった。ふたりは彼女を五時間も拘留して、そのあいだにやつらは胸がむかつくようないやらしい性行為を強要したのだった。〝スター・ブライト〟は二度とふたたびあんな屈辱を受ける気はない、二度とふたたびブタどもにあんなことをやらせるつもりはない。

その晩、〝スター・ブライト〟はとても奇妙な夢！　を見た――いやに胸苦しい思いをしながら取り憑《つ》かれたようにモーテルのプールのエアマットレスの夢ばかり見ていた。

彼女はあのエアマットレスをまともに見ていなかったので、格別な印象もなく、ただビニール製でアメリカの旗のような赤と白とブルーの縞模様、長さは五フィートばかり、子供の玩具ではなく大人用の浮袋、足のとどかない水のなかで溺《おぼ》れたときの救命具になるものという認識しかなかった。〝スター・ブライト〟は泳ぎは巧《うま》くない、水は彼女を脅《おびや》かす、頼りどころのないあの不気味な浮力、不安定さ、自由のきかなくなる体。夢のなかの彼女は素っ裸で水に入っていて、息をつくためにエアマットレスにしがみついてはあはあ喘《あえ》いでいると、何者かが、逞《たくま》しい体の顔のない男が、彼女をエアマットレスからひきはなして水中に沈めようとする。ときどきその男はビリー・レイ・コブになり、ときには見知らぬ男になって――それとも男はふたり、あるいはもっと？――怯《おび》える彼女を笑った、滑稽《こっけい》で軽蔑《けいべつ》すべき女の恐怖、彼らの指、スチールのように硬く容赦ない指が彼女のくるぶしを、なにもはいていない脚をひっぱり、うなじをつかむ。〃スター・ブライト〃は素っ裸の無防備な姿で水中にいる、モーテルのプールの人工的な明るいトルコ玉色の水ではなく、暗く波立つ水のなかで。エアマットレスをつかめさえしたら、あの上に体をずりあげることができたら助かるのに――でも腕と肩の筋肉はしなえて、わずかに残っている力もみるみる失われていき、口には毒をふくんだ水が流れこみ、このまま飲みこめば死んでしまう。そして嘲笑《ちょうしょう》と、硬く痛い男の指。

たすけて！　おねがいだからたすけて！　ああ、神さま！

〃スター・ブライト〃は激しく手足をばたつかせてなんとか浮きあがろうとする……とつぜん目が醒めて、気がつくと見慣れないベッドに、じっとり湿ったくしゃくしゃのベッドに横たわっていた。部屋のクーラーが大きな音をたてているのに、ウイスキーと煙草《たばこ》のけむりと人間の汗とそれからあたりにしみついている殺虫剤の悪臭はいまだに追い出せない。彼女はひとりではなく、かたわらに見知らぬ顔の、素っ裸の小太りの男がいた。ベッドの真ん中に大の字になり、そっくりかえって口をぱっくりと開け、鼻水まじりの鼾《いびき》をかいている。

　コブ氏だ。思っていたより扱いが乱暴でせっかちだった。彼はけもののようなうめき声をあげ、執拗《しつよう》にこねまわし必死になって突っこみながら、ああ！　ああ！　あっ！　と血走ったブタの瞳孔《どうこう》は縮み、その視覚は内へ内へと向かった。時間を測ったら二十二分ぴったり、前夜、やったことをいちいち測ったら、八分、十二分、十六分、〝スター・ブライト〟の脳髄の一部はその場から一歩引いている。蛙みたいな目をしたお友だち、お名前はなんだったか、ひとつじゃなかったような気がするけど、一瞬思い出せないお友だちといっしょにたっぷりとコカインを吸ったくせに彼女は冷静だった。夕方早々にパラダイス・モーテルにチェックインして、交わって、それからまたせわしなく外に出かける、〝スター・ブライト〟がひたすら望んでいたようにシャワーを浴びて身を洗い清める時間もあたえずにだ、そう、べとついている髪の毛をシャンプーする時間も、さんざんこすられた脚のあいだをごしごし洗ってこれ以上熱くできないくらい熱いシャワーで洗い流す時間もあたえずに、コブ氏は、ジャック・ダニエルのウイスキーをひと壜と菓子屋が使うグラニュー糖みたいに純白のさらさらしたコカインを数グラム買いに出かけるといったので、夜が、四方をかこむ壁のようにひしひしと押しよせ、いまにも窒息しそうだった。行こうぜ、ベイビー！　たのしもうぜ、ベイビー！　コブ氏はじっさいまだ見知らぬ他人ではあったが、〝スター・ブライト〟には、自分の感覚を麻痺《まひ》させておくのがいかに必要かということがすでにわかっているようだった。そこで彼女はスプーン・ミラーの上にのせたひとすじのコカインを震える手で鼻にもっていき吸いこむふりをしただけで、ほんとうはいやなにおいのするバスルームでこっそりとヴァリアムの錠剤を一錠でも二錠でもなく、三錠もいそいで飲みくだした、三錠というのはたいてい非常事態のときとか、飲酒がかかわっている場合の、許容量として自分できめた最高の量だった。だからコブ氏のごりごり押しこんだり呻《うめ》いたり喘いだりにも無感覚でいられて機嫌よく応じられたし、つかみかかる手も縁の赤い蛙の目もエスカレートしていく注文にも無感覚で応じられた。いったい何十分、何時間だったのか、いったいどこにいるのか、なぜ彼女、〝スター・ブライト〟、氷のプリンセスのセックス・アッピールときわだった知性をかねそなえた持主、まわりの女の子たちから尊敬を集めていた〝エキゾチック・ダンサー〟が、なぜここにいるのか、彼女にはわからなかった、理解できなかった。汗まみれで震えながら、ベッドの真ん中で大鼾をかいている男からなるたけはなれてふたたび眠りにおちた〝スター・ブライト〟は、こんどは遠くの街のプールにいた。彼女は八つか九つ、この街に住んでいる年上の従姉妹《いとこ》に連れられてアットウオーター・パークにやってきた、シャヒーンからやってきたかわいいシャーリー・ロット、恥ずかしがりやの彼女だけど、とっても大きな街に見えるユウビル、ミステリと冒険に満ちあふれた街にやってくるといつも興奮してしまうのだ。ところがどういう行きちがいか、母親にたのまれてシャーリーを預かった従姉妹が、彼女をおいてさっさと自分の友だちのところに行ってしまったので、シャーリーは、ピンクの縮みの水着を着て白いゴムの水泳帽をあごの下でしっかりとバックルでとめたシャーリーは、いつのまにかプールのなかで見知らぬ子供たちにかこまれていた。年《とし》かさの体の大きい男の子が数人、彼女を眺めていた。濡れたネズミみたいに髪の毛がぺったり張りついた痩《や》せっぽちの見も知らぬ男の子たちが、目に警戒の色を浮かべて、おまえはだれだい、どこから来たの、と訊《き》いている。シャーリーが教えてやると、おまえが気に入ったとでもいうようににこっと笑いかけて、タイヤ・チューブに乗っけてプールを泳いでわたらしてやるからおいでよと誘った。シャーリーははじめは警戒して、従姉妹のティルディを目で探したけれど、ティルディの姿はどこにも見あたらなかったし、男の子たちはとても親切そうでにこにこしているので、すっかり信用してしまった、誘われたのがうれしくもあった。シャーリー・ロットは、妹のグウェンドリンよりずっと器量よしだったので、パパはシャーリーをいちばん可愛《かわい》がった。パパの目の表情で彼女がいちばん可愛いと思っているのがわかった。同じ年ごろの従兄弟、年上の従兄弟たちがいたが、みんなエフライム・ロットが牧師をつとめているシャヒーンのファースト・メソジスト教会に属していた。だからシャーリーは、見知らぬ子供たちなのにこのユウビルの男の子たちも信じてしまった。母親からは、ティルディの顔見知りならともかく、知らない子と親しくしてはいけませんよと注意されていたのに、何度も注意されていたのに、アットウオーターのプールの興奮のさなかで、そんなことはけろりと忘れてしまった。いっしょにおいでよ！　怖がらなくていいよ！　と男の子たちがいい、そこでシャーリーのお出ましとなり、男の子のなすがまま、タイヤ・チューブの真ん中に押しこまれてしまった。水のなかのチューブはつるつるしていて、ぷかぷか浮いて、シャーリーが幼児のようにきゃあきゃあいって手足をばたつかせていると、すぐに男の子たちがプールの向う側に彼女をひっぱっていき、そこは深さが六フィートもあってシャーリーはだんだん怖くなり、でも彼女の横を泳いでいる男の子たちは、だいじょうぶ、だいじょうぶ、心配ないってば、チューブのなかにいれば安全さといった。でもずうずうしい男の子たちが、彼女の下にもぐりこんで足をひっぱったり、太股をつねったり、股のあいだに指を突っこんだりしたので、彼女はパニックに襲われ途方にくれてむやみに手足を振りまわし、いや！　いや！　はなして！　と泣きだして、水をがぶりと呑《の》んで息を詰まらせた。だが男の子たちは獲物の女の子をはなそうとしないでチューブのなかの彼女をつかまえて、わあわあと喚声をあげながら、大きな子供やティーンエイジャーしか泳げない深いほうへひっぱっていき、そこでとうとうだれかが、男の子たちの顔見知りの年かさの女の子があいだに割り込んで、シャーリーをはなしなさいよ、いったいあんたたちなにやってるのよと怒鳴りつけた——すると男の子たちはチューブのなかにいるシャーリーを水中に押しこんだので、彼女はプールの底に沈んでいった。もしあの女の子がつかまえてくれなかったらきっと溺れていただろう、女の子はシャーリーをプールから引きあげて水たまりのあるコンクリートの上に寝かせ、シャーリーは寝たまましゃくりあげ咳《せ》きこんで水を吐き、手負いの獣のように怯えていた。男の子たちはタイヤ・チューブをかついできゃあきゃあ笑いながらプールから逃げていき、シャーリーの従姉妹のティルディがやっと彼女に、彼女をとりまいている見物人たちに気づいて走ってきたので、そこで悪夢は終わりを告げた。だが子供のころのその悪夢は決して終わることはなく、記憶があるかぎり記憶の底のほうに永遠に沈んでいるはずだ。

〝スター・ブライト〟はすすり泣き喉を詰まらせながら、いま薬による眠りから醒めたのだった。午前四時四十六分。その夜は二度と眠れなかった。

ひび割れたベネシアン・ブラインドの向こうで、ピンクの蛍光灯のネオンサインがぱっぱと明滅している。パラダイス・モーテル。パラダイス・モーテル。〝スター・ブライト〟は、湿っぽいくしゃくしゃになったベッドのブタ小屋からそおっと抜け出し、なにもまとっていない体はべたべたした汗でおおわれているのに、クーラーのひんやりした風に思わず震えた。コブの目を覚ますつもりはない、この男から、危険な男から逃げなければならない。彼は〝スター・ブライト〟を痛い目にあわせ、乳房や太股の内側に痣をこしらえ、ああ！　ああ！　あっ！　と彼女をまるで殺したいとでもいうように、体をぐいぐいしごきながら、目は飛び出し、紅潮した顔は風船のようにふくらんでいまにも破裂しそうだった。酒に酔いコカインでハイになり、けだものになり嘘《うそ》をつき、邪魔しないから自由にシャワーを浴びて髪も洗えよと約束したのに、どの男も同じ、彼も嘘をついた。容赦がなかった。

こんな生活は変えなければならない。お助けを、神さま。あたしは追い詰められています。

罪深い身なれど神は彼女に奇蹟《きせき》の夢を、失われた少女時代の夢を見させてくださった。あんな夢はもう十年も、いいえもっと長いこと見たことがない。これは神の恐るべき愛のしるしなのだ。

〝スター・ブライト〟は暗闇《くらやみ》のなか、手探りであわてて服を着た。コブがむしりとった黒いサテンのレースのパンティに足を突っこみ、ぴっちりとしたタイト・スカートと金ぴかのラメのホルターと格闘した。靴はどこ？　旅行鞄は？　スパンコールのバッグは？

いつかみんなは尋ねるだろう。なぜビリー・レイ・コブとパラダイス・モーテルからさっさと逃げ出さなかったのか？　〝スター・ブライト〟ならいかにもそうしていたかもしれない、ネヴァダのスパークスのどこかに隠れ家を求めて、パニックに駆られた彼女の頭ではほとんどわからない、何年の何月の何日かもわからない早暁《そうぎょう》に一目散に逃げていただろう。いかにも、ニューヨークのシャヒーンにあるわが家を飛び出して以来二十年余のあいだには必死に走って逃げたことは何度もある。自己嫌悪と激しい憎悪に満ちた憤怒《ふんぬ》に駆られ、みずからを追い詰めたのはこれがはじめてではない。

だが逃げるかわりに、椅子《いす》にかけてあるコブの服をこっそり探っている〝スター・ブライト〟がいた。真鍮のバックルつきのナヴァホ風の革ベルト。頭文字の縫い取りのあるシャツ、ポリエステルのズボン。窓から射《さ》しこんでくるピンクのちらちらした光のおかげで、ズボンのポケットを急いで探って財布と車のキーを取り出せた。手が震えていたのに狙《ねら》いはあやまたなかった。そしてそこに、すぐそばのテーブルに、ほとんど空《から》になったジャック・ダニエルの壜があり、彼女は片手でなんとかそれをつかむと一気にあおったが、そのとたんに後悔した。激しくむせかえったので、ビリー・レイ・コブの鼾がやみ、目を覚ました彼がぼそぼそといった。

「うん？　なんだ？　だれだ？」

そのあとにつづいたひとときの時間は、ぱっぱと過ぎ去る映像のほかには二度と正確に思い出せない夢のように広がりふくらんでいった。

腹を立て不審をいだいている男に、あたしよ、〝スター・ブライト〟といったけれど、男はふらつきながら、でもぱっちりと目を覚まし、両足をベッドの外に勢いよくおろし、わけを知りたがった。「なんで起きてる、こんな真夜中に」彼女は財布と車のキーを服のかげに隠しコブに背を向けて、バスルームに行こうと思ったの、といった。コブはそのときはもう立ち上がっていた。ふらついてはいるものの、挑みかかるような物腰だった。背丈は五フィート八インチの〝スター・ブライト〟よりほんの一インチほど高いだけだが、体重は百ポンドは多いだろう。「ええ？」と彼はいいながら詰めよってくる。「――バスルームはこっちだぞ、ベイブ。それとも床にお洩《も》らしするってか」〝スター・ブライト〟は口ごもり、熱いシャワーが浴びたいの、髪の毛を洗いたいの、汚くて臭くて眠れないの、というと、コブはこういった。「こんな真夜中に熱いシャワーだと？　いったいどうなってんだ？」彼女はドアのほうに駆けよろうとしたが、手に持った財布と車のキーに彼が気づき、彼女をつかまえるとほっぺたに何度も平手打ちを浴びせ、「こりゃなんの真似だ、この売女《ばいた》？　現行犯ってわけか、おい？」と揺さぶりぶんなぐり、腕をねじりあげ背中に押しつけ頭を押さえつけてバスルームのほうに引きずっていき、「シャワーが浴びたいのか、ええ？——汚い髪の毛を洗いたいってか？　便器のなかで洗っちゃあどうだ？　よくもおれをこけにしやがって！ひっかかったんだ！　ビリー・レイ・コブさまが！」

〝スター・ブライト〟はがっくりと膝《ひざ》をついた。コブは罵声《ばせい》を浴びせ、ねじあげていた腕をはなしたが、ぴしゃぴしゃと平手打ちを食らわせ殴りつけ、面目をつぶされた怒りは激しく、「ゆうべはあんなクソみたいなご託をならべやがって、おれは本気にしてよ。なんておめでたいんだ！　売春婦なんてどいつもこいつもこんなものだって知ってりゃあよかったのに、生きてる値打ちもないやつらだってね！　おれの財布に手をつけやがって！　朝になりゃあくれてやったのに、それまで待てなかったのかよ？」そしてうなり声をあげるなり床に落ちていた財布をつかみあげ、札をひとつかみ抜き出すと空中に投げあげ、落ちてきた札のなかに〝スター・ブライト〟を押し倒し、這いずりまわってそれを拾え、マンコでつかめ、といい、〝スター・ブライト〟がその通りにしないと、馬乗りになり、汗まみれの裸の重い体を背中にずっしりのっけて、「おい、いいだろ、ベイブ！　いいだろう！　〝スター・ブライト〟だと――いんちきめ！　いんちき女郎！　てめえら、みんないんちき女郎だ！――売春婦！　生きてる値打ちもねえよ、堅気《かたぎ》の女の住む世界の汚《けが》れだよ」真鍮のバックルのついたベルトを取りあげると、それで彼女の尻《しり》を打ちすえ、げらげら笑い、「はいよう、お馬！はいよう、走れ！　どうだ、いいだろ？――畜生？　いいにきまってらあ！」そして〝スター・ブライト〟が床にくずおれると、コブは彼女のなかに押しいった、スチールの棒みたいにかたいペニス、はやしたて笑い声をあげ、そして最後にひと声叫ぶと彼女の上に突っ伏し、ぐったりと動かなくなり、リズムを叩《たた》きだすような荒い息を吐いた。彼が立ち上がっても、〝スター・ブライト〟はぐったりと動かなかった。

「さあ、ここから出てけ。さっさと。おれが本気で取り返しのつかないことをおっぱじめる前にな」足で彼女を小突き、髪の毛をむんずとつかんだ。「もうお遊びはおしまいだ、こんちくしょうめ。この部屋はおれさまが金を払ってんだ、出てけよ」

コブは〝スター・ブライト〟を散らばっている札の上に四つん這いにさせ、うなじをがっちりとつかんでドアのほうに引きずっていった。なんと意気揚々としていることか、煮えたぎる悦《よろこ》びが彼の体を燃えあがらせている、けだものの熱気！　てめえの顎《あご》をおれさまがへし折らなかったのはほんとラッキーだったな、おれさまは、売春婦の顎を、堅気の女のあいだで生きる値打ちのない汚いやつらの顎をいつだってへし折ってやるんだ。〝スター・ブライト〟が床に落ちているスパンコールのバッグのほうに手をのばそうとするのを見て、彼はこういった。

「そうだ！　そんなごみはさっさと持ってきな！　そこらじゅう臭くてたまらん！」彼はつかつかとドアに近より錠をはずして開け、〃スター・ブライト〃はよろよろと立ちあがる、服は裂け、鼻は血まみれ、コブは床に転がっているコルク底のハイヒールを見つけるとそれをつかんでドアの外にほうりだした。「こんなごみ！　くせえくせえ！　出てけ！」そして〃スター・ブライト〃が彼のいうとおりすぐに動かないと見ると、靴のあとを追わせてドアから叩き出そうともう一度そのうなじをつかんだが、その瞬間〃スター・ブライト〃ははっと目が醒めたようになりもうごそごそと這いまわってはいなかった、神さまが彼女に力をおあたえくださったようだった。神は彼女の手を導いてくださり、〃スター・ブライト〃がバッグからナイフを取り出し、かたく握りしめると剃刀の刃のように鋭利なその刃でコブの喉首を切り裂いた。血がどっとあふれると彼は驚愕《きょうがく》と恐怖の叫びをあげ、ほとばしる血をせきとめようと喉をつかんだ。〃スター・ブライト〃は喘ぎながら彼から飛びはなれ、彼はがくりと膝をついて、「なんだ——？　なんてことを——助けてくれ——」

〃スター・ブライト〃はビリー・レイ・コブが死ぬのを眺めていた。オイルのように黒い血だまりのなかで、窓から入ってくるピンクの蛍光灯の光がカーペットに染みをつくっている血をぼうっと浮かびあがらせる。

「ざまあみろ！　ざまあみろ！　てめえら！」

未《ま》だ明けそめぬ払暁《ふつぎょう》の光のもと、異様な静けさがあたりを支配していた。それは西方の砂漠の静寂、広大な西方の空の静寂だった。その静寂の下、パラダイス・モーテルの中庭の、腎臓の形をしたプールにはむろん人影はなく、前夜見たときよりプールは小さく見えた。深いほうにエアマットレスが浮いている、〝スター・ブライト〟が思ったようなアメリカの国旗みたいな縞模様ではなく、赤とブルーのただの縞──ふくれあがったビニール、ちょっとくたびれている。大人のための遊具、どこやら哀《かな》しげに見える。さざ波ひとつ立たぬトルコ玉色の水の上で微《かす》かにそれは揺れている。水は、目にも見えず手も触れることのできない未知の生き物の体をおおっている皮膚のようだった。

まだ朝の六時にもならない。〝スター・ブライト〟はあわてずに、モーテルの二十二号室を出て、ひと気のない中庭を横切り、裏手にある駐車場へ向かった。レンタカーのナンバー・プレートをつけたスティール・グレイのセダン、インフィニティの錠を開け、傷だらけのグッチの旅行鞄を助手席におき、ミッドナイト・ブルーのスパンコールのバッグをその鞄の上においた。たとえ見ている者がいたにせよ、その目には、白い麻のズボンにペールブルーのシルクのシャツ、踵《かかと》のぺたんこの靴をはき涼やかな魅力をふりまく長身の落ち着きはらったブロンドの女としか映らなかっただろう。洗いたてでまだ濡れている灰色がかったブロンドの髪は額からきれいにかきあげてある。目は黒かと思われる濃いサングラスのかげに隠れている。完璧に化粧した仮面には、恐怖の影も、憂慮の影すらも浮かんでいない。わたしはなんだか前にここにきたことがあるようだった。神のお告げのもとに。そしてこれからきたるべきものは、神の恐るべきお慈悲のもと。

東の空、隣のホリデイ・インのスペイン風を模したファサードの向こうに、朝の太陽が、真珠色の乳白色の光彩をはなつ黒い雲のかげから顔を出した。すべてを見とおす燃えたつ目。その凝視のもとで、〝スター・ブライト〟は運転し慣れない車をパラダイス・モーテルの駐車場から出し、ほとんど車の影のないルート80を左折した、まるで前々から計画していたように、運命の女神が、彼女のために道路地図のようにはっきりと示しておいてくださったとでもいうように。彼女はルート95を南東に走ってヴェガスに入り、そこでシーザース・パレスの車の海のなかにインフィニティを乗り捨てた。だが彼女は、あの炎のように燃える目をできるかぎり自分の目の前に据えておくつもりだった。

終わりに　なぜ人は怖い話をするのか

さて、本アンソロジーも終わりに近づきました。ここまでお付き合いをいただきまして、ありがとうございました。

当初から、エンディングにはこういうタイトルの文章を書こうと決めていたのですが、わたしって段取りが悪いというかせっかちというか、「なぜ人は怖い話を愛するのか」という問いに対して、すでに第五章で、自分なりの解答を書いてしまいました。

恐怖も邪悪も悲しみも、生者から生まれ出るもの。怪物や超自然的な事象は、生者がその身も蓋《ふた》もない真実から目をそむけたくなったときに、それらを肩代わりしてくれる優しい存在。いわば、犠牲《サクリファイス》の仔羊です。

怖いお話には、もちろん〝極上の娯楽〟という要素がたくさんあります。間違いなくわたしたちはそれを愉《たの》しみ、日々の退屈をまぎらし、他者との親密さを生む糧《かて》としてきました。でも一方で、単なる娯楽であるならば、そこまで突き詰めることはなかろうと思うほどの暗黒をも、倦《う》まずたゆまず創造し続けてこずにはいられませんでした。

それらの創造が、生きている自分たちの抱え込んでいる暗黒の部分をすくい上げ、浄化する力を持っていると信じているからです。

人の歴史の長い長い行列の脇《わき》には、いつだって、そうやって創造された怪物たちや夜の闇《やみ》にうごめくものどもが、ひっそりと付き従ってきました。さらにその列のうしろには、時を経て役割を終え、ようやく創造の地の土に還《かえ》ることを許されたそのものたちの墓が、延々と淋《さび》しく連なっているはずです。

アメリカの作家トルーマン・カポーティに、『冷血』という作品があります。実際に起こった事件や犯罪を素材に、完全なノンフィクションではなく、小説的な要素も含めて作品化するという、ノンフィクション・ノベルの嚆矢《こうし》とされる作品で、舞台はアメリカ中西部の片《かた》田舎《いなか》、通りすがりの二人組の強盗が、裕福な農家の一家四人を惨殺して逃走、逮捕され裁判で死刑判決を受け、処刑されるまでの顚末《てんまつ》を綿密に描き出したものでした。

非情で現実的で恐ろしく、割り切れない部分が無いだけに救いもないこの作品の冒頭に、フランソワ・ヴィヨンという人の手になる一篇の詩が、エピグラフとして掲げられています。初めて『冷血』を読んだときから、わたしはこのエピグラフが気になって仕方ありませんでした。なぜこの文章が、この冒頭に掲げられているのだろうかと。ずっと謎《なぞ》に思っていました。今もそうです。

でも、この詩を読み替えることはできる。

わたしたち生者は、後ろを振り向けば、常につかず離れず、自分たちの闇の部分を代弁してくれる怪物たちが伴走してくれていることを、忘れてはいけないのでしょう。それを忘れ、自分たちの内なる闇を押しつけて土のなかに葬ってきた墓標を顧みることもなくなれば、必ず、闇からの手痛いしっぺ返しを受けることになる。闇に気づかず、生きた人間こそが怪物を創造することができる、創造してしまうことがあるのだという真実も、自分たちがそれに負う部分を持ち合わせていることも、何ひとつ知らないまま歩き続けていけば、その道は早晩、他者の命と傷みに対する絶望的な無関心へとつながっていきます。畏怖のないところに敬虔《けいけん》はなく、恐怖のないところには想像力もないのだから。『冷血』で描かれた事件は過去のものですが、そういう事象は、昨今、残念ながら例をあげるのに事欠きません。

ですから、心の底から〝創造された恐怖〟を愛する者の一人として、このささやかなアンソロジーの末尾には、あえて『冷血』のエピグラフを掲げるのがふさわしいのではないかと思いました。

文中の〝絞首刑囚〟の部分を、〝怪物〟と読み替えてみてください。そして耳を澄ませば、ひたひたという足音さえも潜めて、わたしたちの影のなかに隠れながら、長い年月、生身《なまみ》の人間たちの暗い想念を引き受けてきてくれた怪物たちの、密《ひそ》やかなため息が聞こえてくることでしょう。

われらがあとに生き残る情け深き兄弟たちよ、
われらに無慈悲なる心をもつなかれ、
なぜなら、もしわれらに憐れみをもたば、
神もそなたらに感謝することあればなり。

フランソワ・ヴィヨン
〝絞首刑囚の墓碑銘〟

恐怖の館のお出口は、こちらです。
足元に気をつけて――
そして、メリー・クリスマス。

出典一覧

口絵
『世界の名作怪奇館1　ハルツ山の人おおかみ』（講談社、一九七〇年）
「猿の手」W・W・ジェイコブズ
A・ブラックウッド他『怪奇小説傑作集1』（創元推理文庫、一九六九年）
「幽霊《ゴースト》ハント」H・R・ウェイクフィールド
A・ヒチコック選『一ダースの戦慄』（徳間ノベルズ、一九七六年）
「オレンジは苦悩、ブルーは狂気」デイヴィッド・マレル
スティーヴン・キング他『ナイト・フライヤー』（新潮文庫、一九八九年）
「人狼」フレデリック・マリヤット
ジョン・コリアー他『怪奇小説傑作集2』（創元推理文庫、一九六九年）
「獲物」ピーター・フレミング
A・ヒチコック選『一ダースの戦慄』（徳間ノベルズ、一九七六年）
「虎人のレイ」
『ブレス・オブ・ファイアⅢ公式ガイドブック』（エンターブレイン、一九九七年）
「羊飼いの息子」リチャード・ミドルトン
『魔法の本棚　幽霊船』（国書刊行会、一九九七年）
「のど斬り農場」J・D・ベリスフォード
紀田順一郎・荒俣宏編『怪奇幻想の文学Ⅳ　恐怖の探求』（新人物往来社、一九七九年）

「デトロイトにゆかりのない車」ジョー・R・ランズデール
　ピーター・ヘイニング編『死のドライブ』(文春文庫、二〇〇一年)
「橋は別にして」ロバート・L・フィッシュ
　アシモフ他編『三分間の宇宙』(講談社、一九八一年)
「淋しい場所」オーガスト・ダーレス
　仁賀克雄編『幻想と怪奇1』(ハヤカワ文庫、一九七五年)
「なぞ」W・デ・ラ・メア
　紀田順一郎・荒俣宏編『怪奇幻想の文学Ⅳ　恐怖の探求』(新人物往来社、一九七九年)
「変種第二号」フィリップ・K・ディック
　ジョン・ブラナー編『ザ・ベスト・オブ・P・K・ディックⅠ』(サンリオSF文庫、一九八三年)
「くじ」シャーリイ・ジャクスン
　『くじ』(早川書房、二〇〇六年)
「パラダイス・モーテルにて」ジョイス・キャロル・オーツ
　オットー・ペンズラー編『愛の殺人』(ハヤカワ文庫、一九九七年)

＊巻頭のエピグラフはJK・VOICE著『ポポローグ公式ガイドブック』(エンターブレイン刊)より、「終わりに」で引用されている詩編は、カポーティ著『冷血』(龍口直太郎訳、新潮文庫)に拠りました。

ORANGE IS FOR ANGUISH, BLUE IS FOR INSANITY by David Morrell
Copyright © 1988 by David Morrell
Japanese language anthology rights arranged with Baror International,Inc.,New York
through Tuttle-Mori Agency,Inc.,Tokyo

NOT FROM DETROIT by Joe R. Lansdale
Copyright © 1999 by Joe R.Lansdale
Japanese language anthology rights arranged with Baror International,Inc.,New York
through Tuttle-Mori Agency,Inc.,Tokyo

NOT COUNTING BRIDGES by Robert L. Fish
Copyright © by Robert L.Fish
Japanese language anthology rights arranged with Catherine A.Burns,
Trustee of Mamie K.Fish Revocable Trust,Fairfax,Virginia
through Tuttle-Mori Agency,Inc.,Tokyo

SECOND VARIETY by Philip K. Dick
Copyright © 1953 by Philip K.Dick
Japanese language anthology rights arranged with Baror International,Inc.,New York
through Tuttle-Mori Agency,Inc.,Tokyo

AT THE PARADISE MOTEL, SPARKS, NEVADA by Joyce Carol Oates
Copyright © by Joyce Carol Oates
Japanese language anthology rights arranged with John Hawkins & Associates,Inc.,New York
through Tuttle-Mori Agency,Inc.,Tokyo

＊平井呈一氏の著作権継承者との連絡がとれませんでした。ご存じの方は編集部までご一報ください。なお、本文中今日の観点からして差別的と思われる表現がありますが、作品が書かれた時代背景を考慮し、出典のままと致しました。読者の皆様に御理解いただきますようお願い致します。

〔編集部〕

二〇〇二年十一月　光文社刊

光文社文庫

贈《おく》る物《もの》語《がたり》 Terror みんな怖《こわ》い話《はなし》が大《だい》好《す》き
編 者 宮《みや》部《べ》みゆき

2006年12月20日 初版1刷発行
2017年6月10日 7刷発行

発行者 鈴 木 広 和
印 刷 萩 原 印 刷
製 本 ナショナル製本

発行所 株式会社 光 文 社
〒112-8011 東京都文京区音羽1-16-6
電話 (03)5395-8149 編 集 部
8116 書籍販売部
8125 業 務 部

© Miyuki Miyabe 2006
落丁本・乱丁本は業務部にご連絡くだされば、お取替えいたします。
ISBN978-4-334-74163-1 Printed in Japan

R <日本複製権センター委託出版物>
本書の無断複写複製（コピー）は著作権法上での例外を除き禁じられています。本書をコピーされる場合は、そのつど事前に、日本複製権センター（☎03-3401-2382、e-mail : jrrc_info@jrrc.or.jp）の許諾を得てください。

本書の電子化は私的使用に限り、著作権法上認められています。ただし代行業者等の第三者による電子データ化及び電子書籍化は、いかなる場合も認められておりません。

好評発売中

宮部みゆき

珠玉の傑作が
文字が大きく読みやすくなった！
カバーリニューアルで登場。

物語は元恋人への復讐から始まった
息もつかせぬノンストップサスペンス
『スナーク狩り』

なんと語り手は財布だった
寄木細工のような精巧なミステリー
『長い長い殺人』

予知能力、念力放火能力、透視能力――
超能力を持つ女性をめぐる3つの物語
『鳩笛草《はとぶえそう》 燔祭《はんさい》／朽《く》ちてゆくまで』

〝わたしは装塡された銃だ〟
哀しき「スーパーヒロイン」が「正義」を遂行する
『クロスファイア』（上・下）

光文社文庫

好評発売中

いきなり文庫！

個人短編集に未収録の作品ばかりを選りすぐった

贅沢な一冊！

チヨ子

宮部みゆき

短編の名手でもある宮部みゆきが12年にわたって発表してきた〝すこしふしぎ〟な珠玉の宮部ワールド5編

「雪娘」「オモチャ」「チヨ子」「いしまくら」「聖痕」収録

光文社文庫